从故乡到远方

冯忠良

—— 著 ——

黄河出版传媒集团
阳光出版社

图书在版编目（CIP）数据

从故乡到远方 / 冯忠良著. -- 银川 : 阳光出版社，
2025.1. -- ISBN 978-7-5525-7534-7

Ⅰ . I267

中国国家版本馆 CIP 数据核字第 2024XD0779 号

从故乡到远方 　　　　　　　　　　　　　冯忠良　著

责任编辑　谭　丽
封面设计　圣立文化
责任印制　岳建宁

黄河出版传媒集团
阳　光　出　版　社　出版发行

出 版 人　薛文斌
地　　址　宁夏银川市北京东路 139 号出版大厦（750001）
网　　址　http：//www.ygchbs.com
网上书店　http：//shop129132959.taobao.com
电子信箱　yangguangchubanshe@163.com
邮购电话　0951-5014139
经　　销　全国新华书店
印刷装订　四川金邦印务有限公司
印刷委托书号　（宁）0031129

开　　本　710 mm × 1000 mm　1/16
印　　张　16.75
字　　数　232 千字
版　　次　2025 年 1 月第 1 版
印　　次　2025 年 1 月第 1 次印刷
书　　号　ISBN 978-7-5525-7534-7
定　　价　76.00 元

远游归来仍少年

故乡是每个人远行的出发点，也是身心的归宿地。人在异乡所遇到的风物人事，都会同故乡的进行对比品味，把得失感悟诉诸笔端，纳于著述，保存一份独特的乡村志、城镇记、自叙传，这应该是一名游子对曾经生活过的土地最好的回报。对故乡来说，每个人都是孩子，归来仍是少年，对故乡说的话，肯定是真心、真诚的。

"讲真话，把心交给读者。"巴金先生曾寄语青年作者。其实每一本书，首先是写给作者自己的。忠于内心，真实记录，倾情书写，是一名作家的立身之本。《从故乡到远方》是从大山中的冯家湾到嘉陵江边的南部城、从蜀中大地到锦绣中华，是一本川北农村少年的成长史、心灵史，也是20世纪50年代以来社会的风物志、进化史。书中真人真事真情，让终将逝去的人物长存纸上，让简约的志记丰富生动，让人间真情延绵不绝。一本好书要担负也能担负这样的责任，《从故乡到远方》已做得十分到位。

我在《从故乡到远方》中见到了许多故人。书中不少人物我都认识，记忆中他们仍是20多年前的模样。我与他们更多的是遥相关注，很少接触交往。但通过此书，我更觉熟识、亲近。比如伏书记、蒲大人、何书记、樊部长、吴县长、张主任、袁校长、杨老师、刘老师……看到这些称谓，只有当年人才知早年事，才会唏嘘慨叹、会心一笑。这是文字和音像的功能，也是作者的功力。三言两语，了了勾画，便让他们浮现在我和读者面前，如果要用文学评论的表述方式，就是紧扣人物特征，艺术表达，生动传神。

我在《从故乡到远方》中见到了纷繁世事。冯家湾所在的大坪神坝与山水相连的升钟双峰，地貌人文、物产环境大同小异，在相同的时代洪流中，那些人物事件也大同小异。作者长我10多岁，通过阅读此书，延展丰富了我的乡村记忆。20世纪六七十年代，从包产到户、市场经济、外出务工、旧城改造、新农村建设、城市化转型到脱贫攻坚、乡村振兴……虽然我们不一定在场，但都或远或近、或多或少参与其间，个中甘苦皆有体悟。作者讲述的是"我的故事"，也是"我们的故事"，从自我关怀上升到了现实关怀。

我在《从故乡到远方》中见到了时代命运，包括冯家湾在内的中国城乡大地几十年间华丽转身，早已如文中冯友先憧憬的一样"楼上楼下，电灯电话""走路不沾泥"。南部大地、巴山蜀水、大江南北呈现的日新月异的景象，命运流转、时代进步的丰富细节，史书都不可能生动表达，只有文学作品才能真切再现。冯家湾的变迁是时代的缩影，作者的喜怒哀乐是时代中人的真实感受，书中人物世事的浮沉反转是生活复杂性的体现，作者的游记见闻是人民幸福生活和新时代生动画卷的体现……冯友先"不信，你们就等着看"的梦境，在作者和读者身边已成为见惯不惊的现实。如果不从故乡出发、不从童年记起，不回望对比，是很难表现这个宏大、深刻主题的。

当然，《从故乡到远方》包含的不只是这些，我从中看到的也不只有这些。其实，我更多的是想到了作者本人——冯部长。24年前，我年少青涩，在时代的洪流中东突西荡，结果有一天竟站在考官冯部长面前，成为众多面试者中的一员。我清楚记得那天是在县城状元桥计生局会议室，他提的问题是"假如让你起草一篇关于'三个代表'的讲话稿，你要如何准备"。当年由于职业原因，对此涉猎不广，回答宽泛含糊。想不到，多年以后，我再次面对他，深知才不胜任，万般推脱，终不能辞。没想到，今天这篇文章，正好可以作为当年问题的答案。后来，在县城文庙街八号大院的一间会议室里，多次聆听坐在内圈的冯部长安排部署工作，在座的人无不佩服和惊叹他即席讲话竟与文件一字不差。20多年不见，他转向小说、散文、诗词创作，也让我和众人一再惊叹。几年前，冯部长说他写了个短篇，我见内容是他熟悉和参与过的工作，便鼓动他写一个系列。没想到，几个月后，几十万字的长篇作品就呈现在我面前。短短几年，其散文集又将面世，我知道，这是他人生最宝贵的收获。

人生没有假如，对于一个热爱生活和热爱文字的人来说，所有的经历都是在为自己的书写作铺垫。写作虽然辛苦，但也有快乐，更有意义。能够从一本书中读到自己想看到的，是读者的幸运，也是作者的幸运，《从故乡到远方》中还有许多话题，有机会我们可以细细交流。

冯部长曾任中共南部县委组织部副部长，因我们曾在一栋小楼进出6年，叫他冯部长已习惯，如果换个称谓会觉得生疏。文庙街八号大院已不存在，能在他的书中看到当年的人，想起当年的事，说到底，还得感谢文学。

祝愿冯部长健康快乐，能写就多写。也期待读者在此书中收获更多。

彭家河（青年作家，四川文学奖获得者）

2024年10月于四川大学望江校区

目 录 CONTENTS

一 绵绵乡愁

002 那湾，那事，那人
———山湾巨变记

014 白鹤湖的传说

015 祠 堂

019 纸草棚及我的爷爷

022 老油坊

024 驼背草鞋匠

026 山湾塘

028 棉花专业组组长的苦与乐

032 老院子及大食堂的那些事

034 过 年

037 "龙"字的传说

039 鸟儿们的乐园

041 春姑娘

042 秋景：美丽中的苍凉

044 又是一年柿子红

046 别了，波波

049　农家小园建设记

052　我家的长寿花

057　月　悟

059　神奇的神坝砖塔

061　故乡的雪

二 大美南部

064　从冯家湾游凤凰岛

066　游禹迹岛

070　过三桥，忆三桥

073　南部的《清明上河图》

076　世外桃源记

079　春果飘香

081　唐妃贡李花满园

084　访旭川博物馆

087　有朋自西充来，不亦乐乎

三 秀丽蜀地

090　成都东安湖赋
　　　——写在成都世界大运会开幕之际

093　从游成都桂湖所想到的……

098　成都洛带古镇游

101　从三岔湖到丹景山

104　灯会炫亮东安湖

106　过塔公草原　游四姑娘山

108 九寨沟之旅

114 "人间瑶池"黄龙沟

117 峨眉山的蝉声
　　　　——峨眉山游记（1）

119 惊魂记
　　　　——峨眉山游记（2）

121 峨眉山溪流的断想
　　　　——峨眉山游记（3）

123 这年头，少喝瑟
　　　　——青城山游记（1）

125 青城之水，人的一生
　　　　——青城山游记（2）

127 青城山的蝉声
　　　　——青城山游记（3）

128 来自千年银杏树的思考
　　　　——青城山游记（4）

129 南部游客发现泰安古镇百年香果树
　　　　——青城山游记（5）

131 从植物的趋利避害说起
　　　　——青城山游记（6）

133 来自香果树的启示
　　　　——青城山游记（7）

135 说说"青城山下白素贞"
　　　　——青城山游记（8）

137 回不去的银厂沟

140 西岭雪战

143 碧峰峡游

147　雨中登金顶

150　重游九皇山

154　深秋光雾山　美景不一般

157　自贡游

160　拜三苏祠随记

㈣　锦绣中华

164　自驾游西藏

166　嘉陵江探源：陇南行

170　新疆行

174　粉色沙滩游
　　　　　——云南红河游（1）

176　美丽抚仙湖
　　　　　——云南红河游（2）

179　参拜建水烈士陵园
　　　　　——云南红河游（3）

181　建水文庙誉天下
　　　　　——云南红河游（4）

183　团山古村　世界遗产
　　　　　——云南红河游（5）

186　世外桃源普者黑
　　　　　——云南红河游（6）

190　东风韵送别南部客
　　　　　——云南红河游（7）

194　金秋西北内蒙古游

198　一趟说走就走的旅行
　　　——北海游（1）

200　西江千户苗寨游
　　　——北海游（2）

202　漓江游（上）
　　　——北海游（3）

205　漓江游（下）
　　　——北海游（4）

207　银滩游
　　　——北海游（5）

209　红树林风景区游
　　　——北海游（6）

211　百年老街　昔日香港
　　　——北海游（7）

213　海滩公园游
　　　——北海游（8）

215　蓬莱仙地涠洲岛
　　　——北海游（9）

218　"三千海"游之思
　　　——北海游（10）

220　神秘大江埠
　　　——北海游（11）

221　金滩游
　　　——北海游（12）

223　夜游南宁"三街两巷"
　　　——北海游（13）

225　南宁青秀山游

　　　　——北海游（14）

227　全国名楼甲秀楼

　　　　——北海游（15）

229　北海游赋

　　　　——北海游（16）

232　西湖随笔

237　水墨江南乌镇游

242　龙井游

245　石鼓书院游

247　八千年古舟，三万顷碧波

　　　　——杭州不仅有西湖

250　孤山游

251　游览南江，如赏江南

252　**后　记**

一

绵绵乡愁

那湾，那事，那人

——山湾巨变记

一

在全国地图上，冯家湾连一个点的位置也没有。

祖辈们戏称它是撮箕大个湾，但它却是他们的全部世界。

中华人民共和国成立前，唯一见过大世面的，就是住在我家祖宅后面的大爷冯友先。

他于1928年参加红军，参加过多次战斗，是20世纪30年代神坝乡苏维埃游击队队长，参加过升保起义。

红军走后，他被留了下来，宣传革命，经常向乡亲们描绘美好蓝图，什么"家家有田种，人人有饭吃""走路不沾泥""楼上楼下，电灯电话"等，讲得活灵活现，娃儿们听得睁大了眼睛。

他说完，生怕别人不相信，还要补上一句："不信，你们就等着看。"

大爷的宣传当然没有人相信。大家都认为他是在瞎说。

据父辈们讲，大爷眼睛是被抓获后行刑时用辣椒水浇瞎的。

其实，大家不相信大爷的宣传，主要还是因为冯家湾太穷，感到他对未来的描绘太离谱。

二

民居越是稀有，越显珍贵。但开间不大，几辈人同室而居，不是个别。没有办法，多子女家庭只有忍痛拆房，另建新房。我是独子，除了我家的祖宅被保留外，全被拆除改建或新建，大多分散迁建到了冯家湾二级、三级、四级平台的20多处地方。

山上光秃秃的，树木稀少，且不大，修建的多为冬暖夏凉的土墙房。

土墙是全用黄泥土筑成的高2丈的方方正正的墙，还带门带窗。

土墙工属于技术工种，那个年代的工钱为每人每天1.2元。站在1尺宽的高墙之上，舞动着杵棒，行走自如，还说着插科打诨的段子，是那个年代土墙工独有的开心。

这套技术应该与福建土楼相似，想来也应该属于非物质文化遗产，不知道能否在冯家湾传承下去。

土墙房算是冯家湾的第二代住房了。

那个年代的交通，从神坝场进湾，只有一条主路，过了方山坪就到了。说是主路，其实就是2尺宽的小道。当我10多岁学会骑自行车时，最大的愿望就是能从家里骑自行车上街。当然，那是痴人说梦，正如仅有驾照没有车，还想要路宽阔一样。

三

20世纪80年代初，同样的天，同样的地，同样的人，同样的做法，庄稼却奇迹般地长出了吃不完的粮食。人们打饱嗝的时候也多了起来。

乡亲们除了抢种抢收的农忙季节，想怎么耍就怎么耍，想去哪里就去哪里，谁也管不着。

随着湾脚的40多亩稻田被升钟水库淹成了湖，无田可种，种地已不能满足乡亲们双手勤劳的需求。

改革开放的春风把年轻力壮者吹出了山湾，让他们看到了外面精彩的世界，看到了诗和远方，当然也找到了最适合自己各显神通的淘金之地：有当老板的，有搞管理的，有搞技术的。

搞农业，再精耕细作，还得靠天吃饭。除了种子、农药、化肥，不算劳动力成本，充其量就是将种的粮食用来喂猪喂鸡，将猪肉和鸡蛋换成钱，还不一定能保本。再精打细算，也只能是维持吃饱穿暖的生活。

当乡亲们赶集看到场上的人穿得花花绿绿，听着穿喇叭裤、蓄长发的年轻人讲起外面的花花世界，才觉得仅仅吃饱穿暖是不够的。他们或许隐隐约约感觉到，新的时代就要开始了。

现实是，搞传统农业，没有一个是靠勤劳致富过上美好生活的。

细细一想，还不如外出打工呢——不需成本，没有风险，做一天，有一天收入，月月上千元。就是一个月的收入，也比在家搞一年农业的纯收入还要高出许多。

于是，乡亲们一个介绍一个，纷纷外出打工。留守在家的，差不多就只有跑不动的老人，有病的壮年人和不能随父母进城读书的小孩了。

现在，冯家湾的常住人口不足20人。

四

农村正在被外面的世界掏空，家乡的发展越来越被政府关注和重视。

20世纪80年代，家家户户通了电，建了两级电灌站，可直接将湾底升钟湖的水提到山顶浇满湾。

20世纪90年代，汽车可以开进湾。

21世纪以来，随着升钟库区扶贫措施的推进，家家用上了天然气、自来水，看上了网络电视，普及了手机。

无论冯家湾有着多么快的发展速度，但仍然没有多少挣大钱的门路，在外的青壮年仍然不愿回家当农民。

不过，春节时，他们总要齐刷刷地回到老家，为的是陪父母、会亲友。

他们回到老家，没有地方洗澡，实在忍受不了并不卫生的卫生间，尤其受不了夏秋季一边蹲便，一边还要被蚊子攻击屁股，再也住不惯，也不忍心让父母住着陈旧破烂的房子。于是，他们又计划并实施了冯家湾第三轮住房的改造和修建。

改造最早始于我的侄儿冯邦雄，他复员回来后建成了砖瓦房，用预制板铺楼，两层还带阳台，被称为冯家湾第一套小楼，让冯家湾的人好生羡慕。

这些年，乡亲们主要用从外地挣回的钱，建成了一幢幢现浇房，什么独栋小楼、连排小楼、三层小楼、三合院，都有了现代的卫生间、独立的庭院，有的还带小花园。花样翻新，越建越好，看得人眼花缭乱。

我的一位堂弟媳黄红英，本来不懂建筑，回到冯家湾，竟然自己设计，自己施工，一年建成一幢三层楼房。外表很有点别出心裁的个性，但室内实用、大气。

随着政府项目源源不断地启动，进湾的公路由过去的一条发展到现在的四条——湖边公路、山顶公路、半山公路、循环公路，再也不用担心一条路堵死冯家湾了。

同时，还整治了两口山湾塘，集资建了两座景观亭，铺设了从湖湾到第三级平台的步行栈道。

一到春节，家家户户挂红灯，门前停满了各色各样的小车，一派喜气洋洋的景象。

现在，城里人有的，如天然气、自来水、国家电网、电视网络、手机网络、体育娱乐设施、路灯等等，冯家湾照样有；城里人没有的，如清新的空气、优美的环境、纯净的井水、无污染的蔬菜、土鸡、土鸭、升钟湖有机鱼、满山的野菜等，冯家湾也有。

土地机耕，稻麦机收，"小铁牛"可以直接进地，再也不用吼着干腔，甩着牛鞭，让牛干活了。

从老家开车进城，也就一个小时，不过大城市上班所需要的时间。

母亲今年96岁，头脑清醒，从城里回到农村已有两年。但她一觉醒来感觉仍在城里，恍如梦境。当我们说起是冯家湾时，她都感到难以置信。

尤其是春夜，当皎月泻下满湾玉，蛙声一片时，她常常坐在院坝的木圈椅上，很享受地点燃一支烟，喃喃自语："可惜爹妈和忠良他爹走得早，还是改革开放好呀。"

其实，冯家湾过去再穷，她也觉得很好；现在外面再好，也难入她的法眼。我早些年陪她玩北京、游江南，她一路抱怨："外面有啥好，还不如冯家湾呢。"

难怪，她舍不得把姐姐嫁出湾，还做媒把姑妈、妻姐、她亲侄女和外侄孙女等也嫁来冯家湾。

二爹今年91岁了，家里夏天有空调，冬天有暖气，门口有花园，他一反从前板着面孔的常态，成天乐呵呵的。

五

说在冯家湾搞传统农业不赚钱，尤其是种粮不赚钱，并非说搞其他项目也挣不到钱。

现在没有外出打工的壮汉有4个，都是五六十岁。其实，他们中有3人过去都在外地打工。

第一个是我的表弟冯双良。他自带微笑，长着一张实事求是的脸，是一个精明能干的汉子。其他表弟妹不在家，为了照顾我年迈的姑父母，他和表弟媳只有回到家里。

因为他种庄稼是一把好手，又有威信，最早当社长，后来高票当选为村主任。他"嘿嘿"一笑，露出一排骄傲的白牙。

他既要照顾两个老人，又要带孙子，还要栽桑、养蚕、种粮食，更得做项目，并应付没完没了的会议。并村时，他感到实在累不下去，忙不过来，就干脆申请不当村主任了。

　　不当村主任，他有了更多的时间搞自家的事。近年来，他靠过去养蚕的钱，建成一套蓝顶小楼。现在又当起"鸡鸭司令"。随着农村建房户的增多，他就地打工，还成了紧俏劳动力。能请到他，一天至少150元。还有，若要买土鸡、土鸭，找到他，绝对没错，全是虫草鸡、粮食鸭。

　　第二个是我的同族堂弟冯建良。他脸色黝黑，看起来凶巴巴的。如果在外地，有人打架，他往旁边一站，双方自然都会盯着他，然后把准备伸出的手悄悄收回去。

　　他其实是一个心地善良的人。

　　他怕在外地生病，便回到老家。不仅种粮，还大种蔬菜；不仅卖菜，还卖菜苗——当然也养猪，但极少卖劳动力。不过，买他的蔬菜同样没错。尤其是辣椒，又长又鲜，青得滴水，红得似火，很诱人。来我家的客人路过他家的辣椒地，都忍不住去地里摘上一把带回家。

　　堂弟媳在外做家政。他一人在家，凭着他卖菜和堂弟媳做家政的钱，一年建成三层楼。

　　他怕检查，至今没有病的征兆；堂弟媳没有病的征兆，却查出了病，并成功地动了手术。

　　他在南充护理堂弟媳住院的日子里，全湾人自发组织为他家抢种抢收。

　　他本是一个铁汉，却感动得掉下了眼泪。

　　邻社纷纷称赞冯家湾的人有人情味。

　　第三个是我的同族兄弟冯良建。他个子不高，嗓门却不低，脸晒得黝黑，嵌着一双放光的眼睛，满是激情和热情。

　　我很喜欢他的随意。从他的身上，总能嗅到一股烟酒混合味。他常戴一顶鸭舌帽，斜叼着一支香烟。

　　他在外地打工，出于好心，爱管闲事，常常还要安排老板的工作。搞得老板哭笑不得，气也不是，爱也不是。这几年，他无工可打，干脆回到老家。

他是冯家湾不是"湾长"的"湾长"。

只要政府有什么精神需要传达，哪家有什么事，或湾里发生了什么事，他总是第一时间发到冯家湾的微信群，以引起外地乡亲们的关注。

他不仅要说，还要带头做义工，如抢险、排洪呀等。说实话，冯家湾的发展和管理，幸好有他。

他是冯家湾的"多面手"，水电工、砖工、石匠、屠夫、厨师，虽不算精，但也凑合。他还可以"叮叮当当"用黑的铁把那红的铁砸得金花四溅，敲出一把刀来。他还卖净水器，做轻钢别墅。哪家需要小工，无论需要几个，找到他，准没错，总会给你按时如数请来。当然，他搞农业也是一把好手。

第四个是我的同族兄弟冯余良。他是一位老帅哥，高高的个子，黑黑的脸庞，是个乐天派。就是在贫困潦倒的年代，一出门也是一声高唱，几乎全湾都能听到。只要人多的地方，高嗓门的一定是他。

他家属于石匠世家，父亲是打石头的好手。他也继承了石匠的手艺。现在冯家湾砌坟台，掌墨师非他莫属。就凭他的经验和眼力，无须掌墨，也无须用水平仪，一眼就可看出个方方正正。

他是全湾唯一没有外出打工经历的农民。就凭他们夫妇俩的智慧和勤劳，"海陆空"全面发展，鸡、鸭、鹅齐上阵，到处都是他放养的山羊，地里的各种蔬菜应有尽有。每场他都会背上一些去集市上卖，然后喝个小酒，打个小牌，再乐滋滋地回到冯家湾，日子过得还算舒坦。

去年，他还独自建成了三层小楼，其中也为他长期在外的两位兄长各建了一间。

在冯家湾称得上壮年女性的，就是我的一位同族弟媳了，她叫杨慧娟。

她是老家居委会一社的社长，同时在场上农商银行上班。

因为孩子在老家上学，她不得不回到农村。过去的一社就是冯家湾,而现在的一社还包括原来另外两个社。

她的肤色不算白嫩,但长得秀气,远远就是一脸儿笑,嘴巴甜得如同涂了蜜,不属于"女汉子"之类。选她来当这个大社的社长,确实难为她了,但她已经尽力了。

其实,还有一位冯家湾的"编外湾民"——王年林,一个高挑、白净,留着平头,嗓音略沙哑的汉子。他是方山居委会党总支书记、县人大代表。他不是冯家湾的人,但为把冯家湾打造成新农村建设示范点,他没有少来冯家湾,没有少受委屈。他操碎了心,费尽了力,还带头捐款2000元,却被误解为"偏心眼"书记。

六

冯家湾的发展,当然离不开在外打拼的乡亲们。

吃的问题和零用,不用出湾,留守的父老乡亲即可解决。但建房、修路和公益集资等大项开支,除了留守的壮年外,主要还得由在外创业者提供。

冯家湾的人都较低调。一问起在外干啥,都会不好意思地报以一笑:"没本事,打工呢,就为混一口饭吃。"

一旦临近春节,从外地开回冯家湾的小车,几乎停满了院坝和能停车的地方。

常有人登门拜访,张口闭口都以"老板"相称,似乎冯家湾盛产老板。

哦,原来他们是闷声在外发大财的角色呢。

他们所从事的业务,只有从聊天的内容来猜测,什么房地产呀,石油呀,路桥呀,种植养殖呀,装饰呀,制造呀,餐饮呀,教育呀,婚庆呀,交通呀等,几乎涉及三大产业的主要行业。

当然,春节团聚,也有吹牛的,但不会重复为月球搞装修、为大海造锅盖之类的太离谱的老掉牙的大话,至多不过是高调中的调侃。说者说说而已,听者听听而已,谁也不会当真。过年图的就是开心,往往都会在一阵欢笑声中结束。

他们在外到底干啥，挣了多少钱，除了他们自己，谁也说不清。有钱的人都低调，似乎都怕露富。我是不便妄加揣测的。

冯家湾山清水秀，说不上人杰地灵，但令后人骄傲的祖父辈们还是有的。以清代恭报为证，出过六品衔的太子少保冯耀川，以及20世纪50年代的大学生、核工业专家冯福贤等。

七

现在的冯家湾，远远望去，白虎嘴、楼子顶、马桑梁、院坝嘴翠绿披身，山脊如削，由高而低汇聚湖中；四岔湖水相交，犹如四龙聚会。湖面如镜，铺满蓝天白云、青山倒影；偶有渔船飘然而至，剪开一湖碧水，波光粼粼。俯瞰冯家湾，环湖路沿湾盘旋，三曲回肠，升至晓岭子、大柏垭，如龙盘山直矗蓝天；一条银色步道穿湾而上，各式凉亭点缀其间；白云深处，几多人家，青瓦白墙，炊烟袅袅；湾腰塘荷，亭亭玉立。春有杨柳依依，夏有溪流潺潺，秋有桂花飘香，冬有银杏金黄；入夜，路灯齐放，更显辉煌；微风习习，花果飘香。

有诗为证：

七律·冯家湾赞

青山绿水旋炊烟，似椅舒心享若仙。

玉路三弯翻晓岭，湖波九里荡渔船。

果蔬惹引游人醉，泉露滋生寿鹤朐。

要问康颐何处好，神龟颔首笑欢然。

这些年，在家的乡亲也养成了城里人的生活习惯。

我的堂哥、堂嫂凭着堂哥的退休金生活，养了一群土鸡，年终吃不完就挨家挨户送给亲友。他们几乎每天上午都要到湾脚的湖边路转上一圈才回家做午饭；下午5点早早地吃了晚饭，总要沿着半山公路转上一弯，才回家看电视，准备睡觉。

我羡慕地说："你们这个日子过得安逸哈。"

堂嫂不以为然地笑道："不这样耍，又做啥呢？"一副理所当然的样子。

看来，我老家所在地由原来的村委会改成居委会，还是有道理的。

神坝场的人也爱上了冯家湾。吃了晚饭，他们几乎都要沿湖边散步，来冯家湾走上一遭。

冯家湾的人虽然热爱生活，但对吃的要求并不高。除了猪肉，他们并不喜欢其他肉类。对于鱼、龟、鳖、鳝、蛇、鸟、螃蟹等等，基本是排斥的。

前年国庆，朋友做客冯家湾，在湾脚的升钟湖钓了200多斤鱼，放在我家鱼池。接连几天，把全家人吃到见了鱼就想吐。我叫邻居们拿几条鱼回去帮忙吃，但他们都嫌麻烦，怕刺喉，最后只得放鱼归湖。

还是那一年，升钟湖涨水，淹没了湖湾旱地。待水退去，留下一地白花花、活蹦乱跳的鱼儿。我那同族堂弟为了种地，只有用撮箕把落难的鱼儿打捞放养到半山和湾脚的两个堰塘，定期用草喂养，至今也无人去捕捞。

不过，冯家湾的特色餐饮确实诱人。除了堂妹的酸菜鱼、粉蒸肉外，还有姨妹的千层饼，侄女的肉烧馍，尤其是几乎家家户户都会做的只有稀客才能吃到的酸菜豆花稀饭。豆花是现磨的。那丝丝金黄色的酸菜，裹着白白嫩嫩的豆花，青的花椒，红的辣椒，白的胡椒，绿的葱花，点缀在星星点点的大米之中。豆花入口，随着那麻麻的、酸酸的、辣辣的、柔柔的、爽爽的味道，便不由自主地滑入了喉咙。

当然，冯家湾也有没人要的东西，那就是冬天树上圆滚滚的柚子，挂满枝头的黄澄澄的广柑，落在地上的没有剥皮的核桃。

现在，冯家湾的变化远远超过了大爷曾经向父辈们的描述。

八

凌晨，我做了一个梦。

春节了，大家纷纷从外地赶回，正欢声笑语，参加冯家湾一年一度的团聚。

一团云雾翻过猫石岭，呼呼啦啦，滚滚而来，渐渐吞没了冯家湾，又缓缓吐出了。

大爷到场，哈哈一笑："还认得我不？"

大家先是一怔，然后现惊诧之色，再喜出望外，纷纷让座。

他没有入座，有点得意，一双盲眼居然冒出光来："我当初没有说瞎话吧？"

他又把每个人扫了个遍："嘿嘿，莫说我这双瞎眼，能看穿百年变局呢。现在信了吧？"

大家一阵欢腾，鼓掌回应。

他叹了一口气："冯家湾这么好的日子，你们这些娃儿，为啥不待在家里，齐心协力搞乡村振兴、美丽乡村建设，哪个还要往外面跑呢？"

大家都低下了头。

他见没人回应，便走到他小儿子身旁："桃源，你辜负了你的小名。你是教书先生，又是冯家湾的高辈子，你是哪个做工作的呢？"

桃源叔站起身来，拉住大爷，满脸委屈，欲言又止。大爷为小儿子取此小名，意在要他继承自己的遗愿，在冯家湾实现自己的世外桃源之梦。

其实我知道，为了冯家湾的发展，桃源叔没有少操心，没有少出力，没有少贴钱。

桃源叔正要申辩，突然响起了我写的歌：

远方有诗，没有家；

故乡有家，没钱花。
没盼头的远方，
舍不掉的老家。
远方有诗不属咱，
回家打拼路在哪？

故乡有诗，更有家；
穷则思变，靠大家。
何须闯荡天涯，
创业就回老家。
故乡深情写成诗，
血汗浇开幸福花！

　　我被清晨的手机铃声惊醒，原来这首歌响自我的手机。
　　电话正是桃源叔打来的，他说的也正是有关冯家湾发展的事。我接完电话，细细一想，似有所悟，加之想起昨天下午堂弟水元来我家聊起冯家湾，尤其对冯家湾的历史很感兴趣，便急忙起床，写下所感所梦，形成了这篇文章。

白鹤湖的传说

冯家湾湾脚有一口古老的堰塘，圆圆的，清澈见底，装满蓝天白云，像一面明镜，似镜湖。

因一个美丽的传说，这里曾叫仙女湖；后来成为白鹤的栖息地，又叫白鹤湖。

据传说，很早很早以前，冯家湾还没有人烟，古树参天，常常有一群仙女乘着朵朵白云，款款降落在这里。

她们嘻嘻哈哈，蹦蹦跳跳，纷纷脱掉衣服，跳进湖中戏玩、洗澡；然后穿上衣服，围在湖边，以湖为镜，梳妆打扮；接着手牵着手，沿湖唱起仙歌，跳起舞蹈；直到天黑，才飞回天宫。

自冯氏族人迁来冯家湾后，见此奇观，有人便悄悄隐藏在湖边想看个究竟。仙女们下湖后，方发现有人窥视，便化作一群白鹤悠然飞去，来不及穿的衣服也就化为柳树留在了湖边。

此后，这里虽然再没有仙女降临，但成为了白鹤的栖息地。

每到十五月圆之夜，天上一轮月亮，湖中一轮月亮。当夜深人静时，若是有缘人，会听到镜湖传来白鹤美妙的叫声。于是有秀才猜测说，这群仙女应是月宫嫦娥的侍女。

当然，这仅仅是一个传说……

祠 堂

冯家湾有一座祠堂，坐落在湾脚，过去周围是水田，如今已被升钟湖淹没在广阔的水域中。在我的记忆中，这座祠堂占地面积约60平方米，共两层。虽不雄伟，但四角翘起，远远望去，像展翅待飞的雄鹰。这座祠堂见证了我儿时太多的快乐，也带给了冯家湾人太多的回忆。

插 秧

每年5月插秧，一般是早上扯秧（拔秧苗），上午和下午插。在早饭和午饭之间，在苦累至极之际，都要集中在这里吃茶。所谓"吃茶"，其实与茶无关，就是"打幺台"，吃上一碗面条填饱肚子。家里再穷，这碗面是不可少的。由于是集中在这里吃，怕脸面上挂不住，哪怕揭不开锅了，就是借也要借来做好送来。即使碗里面条不多，也会把面条高高挑起，送到口里，"唰唰唰"地往嘴里吸。哪怕只有盐的调料，单就那响声，也显得特别有味道。

插秧既是苦力活，又是技术活。说苦，是因为必须弓着腰，不抬头，左手握秧苗分秧，右手不停地往田里插；说是技术活，是因为插秧一般是5株一排，凭眼力必须把秧插得左右成排、上下成行。还得眼疾手快，否则就会被后面的人超过，留下大量的面积让你在里面插完。这叫"包饺子"。几乎每天都有"包饺子"的场面。每当这时，为被包超者、包超者双方加油助威的呼叫声、欢笑声此起彼伏，响彻满湾。这也成了家乡插秧劳动最欢快的传统娱乐方式。插秧半天下来，一般的人都会腰酸背疼。好在我才十来岁，不知疼。大人解释说我们小孩子没有长腰杆。我虽然力气不大，但插秧却是一把好手。有时还能充当"打端"的角色。所谓"打端"，就是在田中央插出5行笔直的秧苗，将田一分为二，供其他插秧人在左右边挨着插下去。

打　谷

到了稻谷收获的9月，就会把拌桶、挡席等打谷子的工具堆放在祠堂，并集中在这里吃中午饭。打谷子的工序较多，一般是女人割谷子，小孩抱谷子，男人打谷子，壮劳力背谷子，老人晒稻草——流水作业。如果一道工序跟不上，就会影响其他工序的进行。主要是以打谷子为中心。

打谷子需要的力气和技术不比插秧差。打谷子一般是两个男人相对而立于拌桶两边，首先用双手将粗粗实实的一大捆稻谷紧紧地攥在手里，然后高高扬起，再狠狠地将谷穗打在拌桶的挡板上。当再次扬起稻把时，要顺势将稻谷把松开并旋转一个方向，以确保再打下去拌打的是稻穗的另一面。打谷子需要两人的配合，因拌桶挡板只有一把稻谷的打击面，若同时打下去就会发生冲撞。所以一般是交叉拌打，节奏由慢到快，发出的"乒乒、乓乓，乒乒、乓乓"声就像是高昂奋进的丰收锣鼓乐，听得人心花怒放。抱谷子是我们小孩的事。我们要准时将一大捆稻穗抱到拌桶边并平均分配到打谷人手中——分配不均要挨骂，抱送慢了要挨打。我们在稻田中喊喊喳喳地奔波，有一种上战场的紧张的感觉。待打谷子的男人休息时，我们抱谷子的小孩也会学着大人的样子，有模有样地打上几把。当打谷子的男人凑不够时，我们小孩也就成了后备军。

犁冬田、糊田边

每到冬季，男人们都会待太阳出来后，在祠堂里喝上一杯烧酒，然后下田犁地。我们小孩要么牵牛，要么糊田边。这些算是较轻的活儿。牵牛要紧紧地攥住牛绳，确保水牛不走偏方向。否则，我们小孩要挨大人的骂。我们呢，也就只有拿牛出气了。

糊田边就是先将田边的杂草除干净，然后将田泥糊上并抹光，以防田边生虫长草。若基础不用硬泥夯实，田泥用稀了或用多了，就会垮塌。其实这也是技术活儿。不可思议的是下田后刺骨的寒冷。大人们可以靠喝酒御寒，而我们小孩的手和脸冻得红红的，似乎没有感觉，反倒还觉得开心。大人说我们小孩火气重，其实至少在我看来，这本来就是小孩做的事，显得勇敢，又何乐而不为呢？

祠 堂

关于祠堂的来源，没有记载。据说明末清初，神坝冯氏为避战乱，由麻城辗转射洪迁来，一分为三：上房、中房、下房。下房一湾，名冯家湾。迁来之初，湾脚建祠堂，为祭祖之地，曾为乡校。推算应是同治年间。为什么把祠堂建在远离人家的这里，不得而知。有人说是因为风水，无以证明。但冯家湾却有两大奇事。

一是出读书人。以冯家湾冯家大院堂屋墙上贴的清代的任职恭报为证，冯家湾出有六品御冯吉昌，都察院右都督、总督四川等处地方军务粮饷的太子少保冯耀川，他们应该是学而优则仕的典型。不可思议的是，20世纪70年代以前，全县只有一所高中，全区只有一所初中，高小毕业都是难得的秀才，而冯家湾的大学生、中师生、高中生、初中生却从未间断，还涌现了国家核工业专家冯福贤等。

二是高寿者多。冯家湾寿星层出不穷。姆娘杨琴英一生嗜酒如命，90多岁身体硬朗，还下地干重活，95岁那年仅仅是因为一场意外逝世；

母亲今年94岁了，她10多岁就抽烟，但什么病也没有。二妈王金莲、姑父冯寿贤、姑妈杨彩兰等老人也都是近90岁仙逝。二爹冯育贤近90岁了，虽有病在身，但身体状况依然较好。在冯家湾，80岁左右的老人照样干活，甚至干的是现在外地打工的年轻人都不一定能干的重体力活。可谓耄耋皆是，期颐可期。

冯家湾依然兴旺，但昔日欢快的劳动场景再也不见。虽有祠堂为证，但祠堂已逝，唯有以此文记之。

纸草棚及我的爷爷

冯家湾有个纸草棚，地名还在用，原址在离湾脚不到200米的湾坡上，但棚早就没有了。我留存的也仅仅是我三四岁时的记忆。

纸草棚其实就是造纸的棚。至于造纸之法，我依稀记得是将嫩竹切断，砸碎，用石灰水浸泡烂后，用脚反复踩，再用石碾压，捣绒，又泡在水池中；待植物纤维泡得像粥一样时，就可舀纸了。所谓舀纸，就是用很细的纱布绷成长方形，放在一样大的木框内；再端起木框，轻轻舀起搅拌均匀的纸浆，确保舀起的纸浆纤维厚度一样；然后将纱布绷框取出倒扣在平板上，一张一张地盖上，晚上又一张一张地揭开，晾干，纸就成了。最后，将一张一张的干纸叠起，就可卖钱了。想来，造纸的关键技术应该就是舀纸了，因为纸张的平整度全在那一舀之间。

冯家湾能舀纸的老人很多，但舀得最痴迷、最好的就是我的爷爷冯有丰。或许正是因为对舀纸的痴迷，我的爷爷生出了许多离奇的故事。

纸和文化是孪生的。因此，爷爷十分爱惜字纸。只要发现被丢弃的字纸，他都要一一捡起，小心翼翼地叠起揣在怀里，一有时间，就要拿出来反复看，然后收藏起来。二妈每次打扫卫生，都能从他的铺边、席子底、床下搜出许多字纸来。如果二妈烧了这些字纸，他免不了要发一通火。

因为识的字多了，读的文章多了，他的行为也越来越儒。他长得精瘦，显出一身骨头，也有一身骨气。即使在那个最困难的年代，他宁愿挨冻受饿，也拒不享受他认为不该享受的待遇。我父亲是抱养到同族另一家的，他是我的亲爷爷。我结婚那天，正月初四，他正在挑粪浇油菜。我亲自请他来参加婚宴，这本来是天经地义、理所当然的事，他却严词拒绝，并说："你的婚礼，我表示祝贺就行。但我没有给你家干活儿，凭啥来吃你家的饭呢？"我好说歹说也不行，没有办法，只有以请他来我家做事为名，才把他骗来吃了一顿饭。

他的节约到了家人难以忍受的程度。我从未见过他穿鞋子，下雪也如此。冬天，他是赤着脚下地干活儿。衣服未穿到不能再缝补的程度，他绝不换新。那时，他的3个儿子都还算是有点体面之人。虽然他并不缺穿的，但他就是不肯穿得好一点。无论家人怎么劝说也无济于事。我的父辈们也只有在一声叹息后默默离开。

更让人哭笑不得的是爷爷的饮食习惯。他吃面条从不放辣椒，而吃稀饭必放辣椒，理由无可辩驳："面条本来就好吃，又何必好上加好！而稀饭就是酸菜红苕，一粒米也没有，为什么不可以放点辣椒调调味呢？"

父母的爱是不同的，传统为严父慈母。而爷爷对他儿子的爱，则更多地体现为慈。我从未听他在我的父辈们面前说过一句重话。他随二爹一家住时，对二爹的爱可谓达到了宠溺的程度。二爹的工作开会多，干活少。因此，家里里里外外的重活、难活、脏活，几乎全由爷爷一人承担。有些重活明明可以由二爹来干，二爹也主动要求干，而他总是不让，说怕伤了二爹的腰。那是一个靠工分吃饭的年代。二爹的子女多，负担重，要想年终不超支，领回全家全年的口粮，全靠工分。那时爷爷已是60多岁的老人，完全可以干一些轻活，而他为了多挣工分，却总是找工分高的重活干，也因此保证了二爹家年终不仅能领回全年口粮，而且能分一些红（工分折算成人民币买回口粮后的余钱）。

爷爷是一个闲不住的人。除了吃饭、睡觉，从未看到他停歇一会儿。即使家里和生产队没活儿干了，他也会找活儿干。哪里的地埂有问题，哪里的路垮了，他都看在眼里，记在心头，只要有时间，就会去修补。这些公益活儿，纯义务，没工分，他却心甘情愿，毫无怨言，似乎是他分内之事。做了这些事，他从不张扬，但父老乡亲都知道是他做的。

爷爷劳累一生，却很少生病。70多岁时病了，为了减轻家庭负担，他拒绝吃药，想硬挺过去。但最终他还是走了，走得悄无声息、平平淡淡，正如他的人生一样。

爷爷在世时，我觉得他就是农村一个普通老头儿，平凡得不能再平凡。现在，当再也看不见他那瘦削的身影，每每想起他时，才觉得他是那么伟大。作为晚辈的我们，却显得很渺小。

老油坊

在我儿时的记忆中，油坊就在我老家屋后的碾子坝。油坊早毁，石碾依存。因石碾搬不动，拆不走，是油坊的必备设施。听老人们讲，冯家湾的油坊在中华人民共和国成立前生意红火，很有名气，十里八乡都知道，油农们都把原料背来这里榨油。榨油的主要设备是油榨。油榨一般用整木料挖空而成，直径至少在1米以上，长约4米。油榨内呈长圆形的油槽，正好能容纳装上原料由铁箍圈包住的坯饼。油榨横放，前面露出箍圈和榨眼。正前方吊着长2米多的油锤，油锤用木料做成，锤头用铁圈箍着。这两件都是庞然大物，所以油坊的空间足以容纳上百人。

榨油是古老的传统工艺。我依稀记得，先将油菜籽等原料晒干，炒到香而不焦最佳，碾成粉末，再用木甑蒸熟，装进稻草垫底的铁圆箍内，再满满地、严严实实地包裹起来，然后用脚踩紧，做成坯饼。

备料完成后，将坯饼装进油槽，再塞进木楔。木楔的头都有铁箍，作为榨眼。最热闹和壮观的场面就是榨油了。榨油者都是壮汉，约4人，一边2人，并排双手握着油锤的长杆，像打秋千一样，后退，将油锤高高扬起，在号子声中，狠狠地砸向榨眼。

榨油的领头人有如舵手，站在最前面，一手摸着锤头掌握方向，一手握着锤把，号子由他领吼，手、眼、号子声必须协调一致，以确保榨油人协力同向，锤头正中榨眼。随着领号声、应号声、锤头声在油坊内有节奏地震荡、回响，油榨下方的出油孔便流出金黄色的油汁，先是点点，再是滴滴，然后是串串，亮晶晶的，最后犹如一根金棍，由细到粗，"咕咚咕咚"地灌入油篓子，像流进榨油人的心里，香香的，美滋滋的……

冯家湾的榨油匠有4人，都是我的父辈：金贤、银贤、培贤、希贤。金贤爸、银贤爸是亲兄弟，他们去世早，我没见过。印象较深的是希贤爸，他是贫农，也就成了榨油产业理所当然的传承人。人民公社成立后，油坊被搬迁到了场镇。那时，我在场镇小学读书，每次放学，走过油坊，只要听到榨响，都会进去看看，舍不得离开。我留恋的不仅仅是那热火朝天、轰轰烈烈的场面，还有那浓浓的油香。

那时，吃油是一种奢望，炒菜用的是水，只有过年才能见到酸菜汤里的一点油星。当馋油的时候，我不由得羡慕我的堂兄树良哥。他是希贤爸的儿子，每次放学，他都可以到油坊沾一点油味；经过食品站时，还能嬉皮笑脸、机灵勇敢地闯进去，在砍肉的案桌缝里抠出一丝丝肉来。这也难怪，在那个食不果腹的年代，还能有什么追求呢？好在那时的生活正好符合现在的养生要求，所以那时的年轻人现在都长寿。而那个时候像我们这样的孩子，先是饥，后是饱，现在都有些发福了。

传统的榨油方式早已被现代榨油方式取代。老油坊已不复存在，但老油坊的记忆还是那么鲜活，心中的油味还是那么浓郁……

驼背草鞋匠

　　冯家湾过去能人辈出。不说其他，就是草鞋，冯家湾人也是十里八乡编得最好的。我的同族叔叔冯奇贤就是草鞋匠。奇贤爸确实奇，虽极为不幸，却又极为聪明。说他极为不幸，是因为他小时候本来长得乖，但不慎从楼上摔下来，未能医治，不仅成了驼背，还成了"瓮鼻子"（说话鼻音重，听不清）。长大后，他娶了个叫桂英的智力障碍者为妻，生了个儿子同样是智力障碍者，叫和尚。说他极为聪明，是因为他虽然没有读过书，有残疾，但头脑非常灵活，记性好，尤其是草鞋编得特别好，甚至还可以编一些似是而非的传说，比如说他的草鞋技术起源于刘备等。

　　编草鞋是门技术活儿，会编容易，编好不易。编草鞋的设备是一部架座，前高后低。前面是一排木架，木架正中是三角形的拴桩，供拴草鞋绳的；后面是坐凳。草鞋匠坐在上面，腰上套一个半圆形的木枷，用长绳与木架连接绷直，草鞋就在那长绳上编织而成。草鞋一般用稻草做底，也有用旧布条与稻草混合做底，还有用牛皮筋与稻草混合做底的，主要是为了增加草鞋的耐磨度。其鞋帮、鞋跟、鞋扣、鞋尖、鞋带一般都是用麻做成的。为了美观，有的还在鞋尖上用麻做一朵染红的花。

　　草鞋编制成后，先用鞋槌敲打，使其变软，再修饰鞋型，确保平整、适脚、不损脚、美观为止。顶级的草鞋一般由白色稻草与牛筋混合编制，鞋尖有红花。奇贤爸就靠这门手艺，支撑了全家人的生活。那时是7天一集。赶集一早，他就匆匆吃了早饭，驮着一大串草鞋，跛着脚走到集市上去卖。卖完后再买一些生活必需品回家。奇贤爸虽是一家残疾人，生活得艰辛，但在傻里傻气中还有一些傻开心。有一个当年在冯家湾流传的经典笑话：桂英婶一次偷偷在灶柴灰里烧了一个红苕想吃独食。不一会儿，奇贤爸瓮着鼻子试探性地说："桂英，我闻到一股焦味，你烧的红苕熟了。"桂英婶信以为真，马上去灶柴灰里翻，却没有翻出来："这就怪了，我烧的红苕怎么不见了？"这时，和尚哥却在里屋答道："妈妈，你烧的红苕在我这里，我怕烧焦了，刚刚拿出来，正想分给你们吃呢。"没有料到，母子演绎出了"螳螂捕蝉，黄雀在后"的经典笑话。在那个困难且没有任何娱乐的年代，这个辛酸的笑话一直流传。后来，他们一家三口先后去世。这个笑话让人想起来就想哭，再也笑不出来。

山湾塘

冯家湾有两口山湾塘，一口在湾脚，我出生前就有了；还有一口在半山腰，我还是建修的参与者。那时候，我不过是个小学生。在那个年代，建山湾塘是惊天动地的大工程，需举全大队之力。进入冬季，大队调集各生产队的主要劳动力，自备伙食，扛着红旗，集中到这里大会战。

那时的工程都是人海战术。精壮劳力挖塘基，抬石头，打夯筑坝；瘦弱劳力将塘内的泥土挖背出来倒在坝上用于筑坝。大量的作业是挖背泥土，大队为各生产队分配了任务，划分了地盘。各生产队又按照实际挖背方量来评记社员的工分。

整个建修工地可谓红旗招展，人山人海，热火朝天。最热闹和壮观的场面莫过于抬夯。夯是用整石头打成，四方塔形，腰间两边（也有四边的）绑着一对木棒，可供4人同时抬起。指挥则统一由专人通过喊夯来下达口令。抬夯者随喊夯人的口令，统一行动，以对答声来呼应，同时高高抬起，又重重落下。塘坝上，同时有10多台石夯在作业。

喊夯，与其说是喊，不如说是唱。因为有固定的曲谱和节奏，听起来既悠扬又高昂。喊夯人不但要求嗓门要高、音质要好，而且要善于随机应变，即兴编唱，因为没有固定的唱词。指挥口令一般都是通过唱词来下达，比如抬夯需要朝哪个方向，重点夯哪个部位，哪些夯需要注意或纠正哪些问题，全要通过喊夯人及时编唱及提示。若大家累了，喊夯人则需要编一些笑话唱出来活跃气氛。所以喊夯人虽显轻松，却是需要软功夫的，工分也高。

那时，男女老少齐上阵。为支援冬季兴修水利，小学提前放了寒假。那时，我10岁左右，只能背土，但又十分羡慕抬夯作业。我心有不甘,于是向大队党支书有江爷提出请求。有江爷笑着说:"你人没有夯高,抬什么夯哟。"我却坚定地说自己能行。他于是提出条件,说只要我一中午能挖背半方土,下午就可以抬夯。我信以为真,为抢时间,午饭也不吃,虽然又忙又累地折腾了一中午,却还是只挖背了一个小坑。待有江爷吃了午饭来看到这一幕时,不禁哈哈大笑。虽然是句玩笑话,他却有感于我的执着,答应让我试试抬夯。不料我抬了两下就败下阵来。因为个子矮,即使双手用尽了吃奶的劲儿,也抬不到应有的高度,以致连累到另外3个大人。我只得在大家的哄笑声中灰溜溜地回到背土的行列。

那个年代很苦、很累,生活条件极差,但现在回想起来却是满满的开心和留恋,或许就是因为那个年代的集体生活了。后来,塘建成了,这口塘也改变了冯家湾的命运。

一是增加了水稻的种植面积。山湾塘下的几十亩坡地被改造成水田,也不愁无水插秧,家家的红苕酸菜稀饭里终于可以看到星星点点的白花花的颜色。

二是丰富了孩子们的生活。一到夏天的中午,我们就不约而同地在父母棍棒的追赶中,集中逃到这里,不顾他们的制止,一丝不挂地扎到水里,潜到塘中央才露出小脑袋望着他们笑。父母们只有无奈地守在塘边,后来也默认了我们的这种冒险行为了。

三是成了升钟湖的鱼库。现在,每到夏季,湖水上涨,鱼儿从湖里游进稻田,水一退去,父老乡亲们从稻田里捡到一条条活蹦乱跳的鲢鱼、鲫鱼、鲤鱼、草鱼,甚至还有武昌鱼,嫌做鱼麻烦,就只有放到塘里。今年国庆,我回老家小住了几天,天天吃鱼,居然倒了胃口,以致现在闻到鱼味都有点想吐。

四是美化了冯家湾的风景。今年,冯家湾有幸申请到国家的微型水利整治项目,将老山湾塘整治一新,远远就可以看到塘外坡上"冯家湾欢迎您"6个大字。坝上一排不锈钢栏杆撑着一排彩旗,五星红旗在高空迎风飘扬。一些冯家湾出嫁的女子回到娘家都要在这里合影留念。

山湾塘是新时代的古董,也承载着乡亲们的幸福。

棉花专业组组长的苦与乐

我担任过冯家湾棉花专业组组长，还兼任了生产队政工员（全称政治工作员）、民兵排排长。在专业组和民兵排里，我的年龄最小，只有16岁。

我的"官"虽不大，却管着十来号青少年，还都是冯家湾的"秀才"。所谓"秀才"，也就是小学毕业生。

棉花属于大春作物，要经历育苗、移栽、补苗、施肥、除草、治虫、整枝、采摘、晒干、分类10道工序。

施肥、追肥需举全队之力。肥料主要是大粪和小粪。那时冯家湾集中在山脚居住，而棉花地却多在半山腰和山顶。要把大粪和小粪运到山顶，需要爬垂直高度约400米的山路。

最难爬的是我家屋后垂直高度约50米的山岩路。崎岖的小路宽不到1尺，没有1米的平直路，全是"之"字形，七弯八拐，根本找不到一个停放背粪的背篼的地方，更不用说找一个停放一挑大粪的地方，就连站着歇脚的地也没有。这就需要一鼓作气，一爬到头。如果一人停下来，后面的人也只有跟着停下来，连挑粪换肩的地方也没有。

背粪是以重量记分的。而重量不是次次称，是以抽称的那一次为准。记分员一般会提前隐藏在能够歇脚的地方，在大家筋疲力尽之际突然冒出来，吼一声"歇脚称粪了"，便引起一片哗然，背多的自然高兴，背少的直呼倒霉，有的会悄悄捡起路边的石头藏在粪下面。我一般背70至80斤，也有称到60多斤的时候。

　　挑大粪则是以粪桶的大小记分。一般而言，青壮劳力挑80斤，一般劳力挑60斤，妇女挑40斤，我只有与妇女同列了。

　　背小粪、挑大粪施肥、追肥，一般要三四天时间，那就算是棉花专业组最累的活儿了。

　　棉花与众不同，它的一生要开两次花。一次是在结果之前，开出的花五颜六色，红的、白的、黄的，粉红居多，满满一树，煞是喜人；一次是在棉果长大之后，形似桃子，又称棉桃，在秋阳的暴晒下，棉桃开裂，吐出白绒绒的棉丝，千树万树棉花开。此时的棉叶大都脱落，只剩下白茫茫一片。棉花开心了，专业组的俊男靓女们更是开心。他们纷纷跳进棉田，嘻嘻哈哈，把阵阵欢笑洒在花海。采花是以重量记分，女孩是这方面天生的能手，尤其是姑姑手脚最为麻利。我的采花动作就算快的了，但从未超过她采的重量。

　　整枝是个技术活儿，几乎贯穿于棉花的生长期。主要内容是"三扳五打"，即扳掉棉树上不开花的空枝、疯长的徒长枝和衰老的叶子，摘掉果枝杈上的嫩芽，当棉花长到适当高度和宽度时掐掉棉花主干的顶尖和果枝的旁尖，以确保棉花的花果有足够的养分，并能享受到充足的阳光。

　　说整枝是技术活儿，是因为如果动手术，需要正确辨别需要摘除的部分。如果摘除了好的器官，而保留了坏掉的器官，那就犯了大忌。而且整枝还需一双巧手，正如好的手术医生一样，闭着眼睛也能准确地摸到手术的部位。如果不具备这个技巧，进了专业队是要受排挤的。

　　整枝还是个苦累活儿，当棉株矮小时，人要弯着腰，一弯就是大半天；当棉株长大时，正值酷暑，为了少晒太阳，人们常常是天刚亮就进地，钻进棉田，差不多只高出棉树一个头，满树的露水把衣服打个透湿；太阳一出来，时时都需要与棉树蒸发出的农药味为伴，熏得人头晕脑胀，就连被太阳烤干的衣服也显出一道道白色的农药痕迹。在这样的环境中整枝，一般都得干到12点才收工，下午3点又得上工。

作为棉花专业组组长的我，不但与组员干同样工作量的活儿，而且必须严把整枝的质量关。因为这不仅会影响到棉花的健康生长，而且会影响到专业组当天的评分标准。若生产队记分员当天来现场抽查出质量问题，全天整体的整枝评分标准都会按照评分定额而下降一个等级。所以，我规定了处罚办法：若检查出谁的质量有问题，第一次是口头警告，第二次则要揪耳朵。不料这个办法第一次使用就严重受挫。

我的堂姑长我两岁，在专业组中，她是能手，无论干什么，她都是最快的，质量也不差。但我在质量抽查中却两次发现了她的问题，大家都看着我笑，我只有硬着头皮去揪她的耳朵。谁知刚刚揪到耳朵，她却狠狠将头一甩，顿时耳根出现裂痕，居然出了血。她哭着回到家里向幺婆哭诉，不用说，我挨了几天的臭骂才算了事。

这事让我实在难堪。为了挽回颜面，也为了缓和与堂姑的关系，当然也为了让大家在辛苦的劳作中得到一些欢乐，我便又出新招，在整枝中由我来为大家讲故事。我一般是抢先完成作业量后站在地边讲。在那个年代，除了大家都熟悉的革命英雄故事外，哪还有什么故事可讲？于是我就开始编故事。虽然是编的故事，但大家也听得津津有味。记得我讲了一个即兴编的完全没有生活逻辑的荒唐故事，大家居然听得还很认真：从前，有一对兄弟打架动了刀，哥哥不慎砍掉了弟弟的脑袋。弟弟边跑边哭，跑累了坐在路边擦泪，才发现自己的脑袋掉了。于是他掉头找脑袋，一边跑一边号啕大哭："我的脑袋掉了，谁捡着了还我……"这时哥哥提着弟弟的脑袋赶来："弟弟莫哭，你的脑袋在这里呢。"弟弟接过脑袋连声致谢："还是哥哥好哟。"当然这样的故事我不能白讲，若抽查出谁的质量出了问题，也必须讲一个故事；若讲不出来就学一声狗叫。这个办法还真灵，当然最终都是以学狗叫了事。此后的整枝质量确实有了显著提高。

由于我是生产队里文化程度最高者，政工员的职务也就落在了我的头上。其主要工作就是天刚亮和晚上拿着铁皮做的广播筒在后山读毛主席语录，读报纸，开会组织学文件，用油漆在家家户户的门板上写毛主席语录，用石灰浆在漫山遍野写宣传标语。现在冯家湾一些未重建的老房子上还依稀可见我当年留下的"墨宝"。

最让我上心的就是民兵排排长的工作了，其实全排只有10多个基干民兵，也只有一把"三八式"步枪由我保管。那是"备战备荒为人民"的年代，常常是利用农闲的工余时间，一声口哨召来民兵搞训练，利用路边荒坡组织种植经济作物创收。

在冯家湾，我当的是小"官"，确实苦。但有苦有乐，其苦也乐。

老院子及大食堂的那些事

老院子应该是冯家湾最古老的建筑了。我家老房子虽属县人民政府文物保护点，但无论是其历史还是规模，都远不能与老院子相比。就其带"老"的名称，足以说明其历史的悠久。但究竟建于何时，健在的老人谁也不知。应该是冯氏家族迁来冯家湾的第一户，想来至少有300年了；就其大院子带小院子的建制，住了共8户近50人的规模，就足以说明其宽阔，非一般房屋能比。

老院子位于我家祖宅左后上方，在我儿时的记忆中，属全封闭。一路沿石阶而上，便是朝门。进入朝门，是方方正正的院坝，正前上方是占了三间的堂屋，四方居然居住了7户人。奇怪的是，老院子左上角还附了一个小四合院，还住着一户人。

因为其大，所以人民公社大食堂就设在老院子。

我的母亲没有上过学，因为读过扫除文盲的夜课班，还学会了打算盘，所以当上了食堂会计，主要负责食堂食材的计划和管理。每天有多少人吃饭，每人吃多少，每餐用多少食材，全由母亲按照大队的统一计划计算到人到天并付诸实施。如果计算或实施出了差错，就可能造成社员吃不满月就断了顿。

那时除了大食堂，无饭可吃，因为不允许自家做饭。加之大炼钢铁，家家的锅全被没收，集中炼成了废钢铁。一到吃饭时间，全队100多号人就在老院子排起长长的队伍，由炊事员按照定量舀饭吃。

那时的饭十分简单，顿顿酸菜红苕稀饭，每碗只有两块红苕，很难看到一颗米，就连酸菜也不多。大人两碗，小孩一碗。晚上那一顿，捞完干的吃了，大半碗的水就只有倒了。

我家4口人，每顿共分得7碗稀饭。爷爷、婆婆和母亲每人两碗，我只有一碗。爷爷、婆婆因病卧床不起，母亲还得每顿从自己的两碗共四块红苕中节省出两块来孝敬老人。

在那个没有医药的年代，加之营养跟不上，爷爷、婆婆在病床上躺了一年后就去世了。

那时不用说粮食，就连野菜也很金贵。满坡的小刺甘苗（带小刺的野菜）吃完了，就连大刺甘苗（带大刺的野菜）也吃了个精光。我的一个堂爷爷饿得实在受不了，最后求得半碗粗糠（筛子上面的糠）充饥。但吃了之后，他几天也解不出来大便。

我最盼望的好日子，一是大人们搞夜战，母亲半夜可以端回一碗稀得不能再稀的连麸面糊糊，在爷爷、婆婆吃了半碗之后，我还能喝上几口；二是过年能够吃上一碗面条，就是面汤现在想起来也是最美的味道。

也就是在那个年代，我居然两次遇险，还出现了一生的奇事。

那时小孩子无人照管，只能自己在家玩耍。没有什么玩具，我就削了一根长长的竹尖当匕首，时时插在上衣口袋里。由于家里门槛高，一次跨门槛不小心，一个长长地扑爬下去，竹尖竟从左脸颊插进去，从头顶冒出来。我的堂弟当场吓得边跑边喊，叫回母亲。母亲无计可施，无医可请，只有用力从我的头顶拔出竹尖。虽然无药可施，我居然好了，且此生从不头疼，就连头晕也未遇到。

此后，母亲再也不敢把我一人放在家里玩耍，于是出工干活儿也把我带上。一次，母亲与婶娘们在地里锄草，便让我坐在地边的一块石头上。不料石头动摇，我连人带石头滚下1丈多高的悬坡，居然不偏不倚，仰面朝天躺在了两口约两米深的池塘中间宽不足1尺的隔埂上。母亲叫我"莫哭莫动"，我吓得大气也不敢出，只有等母亲与婶娘们急忙赶下坡来，才得以脱离险境。

难忘的老院子，难忘的大食堂，难忘的那个年代的那些事。

过 年

现在想来，最值得回味的春节，还是儿时农村的年味——20世纪六七十年代。

吃得有味

那是一个穷得吃不起饭的年代。平时多是酸菜红苕稀饭充饥，碗里有一些黄白相间的白米和玉米粒子就算是好的，一天三顿都是这样的主食。一些穷的家庭一天只吃两顿饭，中午就烧点开水，确保烟囱里冒出烟就行。

吃面条是贵客的专享。冯家湾有一个经典而真实的笑话。某家来了一个客人，女主人为客人煮了两碗面条送上桌。孩子也想吃，母亲哄孩子说："若客人吃剩下了，你就吃。"孩子只有眼巴巴地看着客人吃，期待他能剩下一碗。不料客人吃完一碗，又要吃另一碗。孩子慌了，顿时哭了起来："妈妈，他要吃完了。"客人见状，只有无奈地放下了筷子。

过年就不一样了。再穷的家庭，正月初一那天，干饭和肉是少不了的。一般是早上煮一锅，早上吃不完，中午继续吃，晚上改吃面条。

初一以后，一般家家都要请春酒。所谓春酒，就是借登门拜年的客人来了，把同族的长辈和有身份、有地位的人请来吃上一顿饭。

那顿饭，比较富有的家庭先喝酒，有花生可以下酒；穷的家庭就直接进入吃饭程序。饭桌上，比较富有的家庭都会摆上一盘菜，下面全是干豇豆或干萝卜丝，上面铺满一层腊肉，摆得很规则，热气腾腾，香喷喷，薄薄的，每人三片，最多四片，挑起的肥肉能透过肉片照见人。放在碗里，客人一般是一小口一小口地品，谁也舍不得一口吃完。那个味道够回味一年，现在想起来也是香的。

比较穷的家庭，腊肉不够一桌人吃，只有摆上一大碗萝卜汤，把有限的肉埋在最为尊贵的客人的装着干饭的碗底。这时，有肉的客人就得小心翼翼，用饭和着肉偷偷塞进嘴里吃了。那个年代，我是全队唯一读初中的学生。但初次不知，发现肉在碗里，以为人人都有，便公开吃了起来。后来发现其他客人碗里没肉，我十分难堪，不得不狼吞虎咽，几下吃完，提前退席。

穿得最新

家庭唯一的收入来源就是年终工分分红。所以要想穿新衣，只有等过年。

如果劳力少、子女多的家庭，年终不用说工分分红，能够买回口粮，不超支就不错了；有布票也买不回布，哪有新衣可穿？就是不超支的家庭，也不是人人每年都穿得起新衣，只能年年轮流置新衣，或为需要抛头露面，最能代表家庭形象的家庭成员优先准备新衣。所以，一般都会把过去准备的只有过年穿的衣服从箱底翻出来，洗得干干净净穿上。虽然是旧衣服，但看起来也像新的一样。过了初一，又得把衣服收存起来，等下一年春节再穿。

玩得有趣

过年只有正月初一才放假。因此，那一天，家家户户的男女老少早早地吃完饭，就穿上新衣出门疯玩了。

大人们一般是蹬秋千，有单蹬的（一人蹬），有双蹬的（两人对蹬），比谁蹬得高、蹬得久。我的一个姑姑居然能蹬到高空，旋转达到180度以上，差一点就能转个圈了，直到引起一片惊呼才罢休。

再就是把人抬起"荡秋千"，也叫"撞油"。即两人从地上各拉起另一人的手和脚，在空中往返甩荡，用其头朝另一人身上撞，直到累得抬不动时为止。

最后的高潮即尾声就是"压油"。周围的人一拥而上，人压人地压成一堆，直到压得地上的人开骂为止。然后，游戏就在一阵欢笑声中结束了。

小孩的玩法就更多了。除了大人的玩法外，还有跳板、跳绳、挑花、抓子、打叉、拔河、执螺壳、滚铁环、打土仗等。前几年，我与女朋友出游，还比赛过抓子等一些游戏，好像又回到了儿时……

有时我真不明白，最穷的是那个年代，而最快乐的春节也是那个年代。现在都比那个年代的春节生活好得多，有时反而感受不到快乐，全是烦恼。何以如此？

那时的春节都在农村过，同玩的都是朝夕相处的父老乡亲。而现在在城里，邻里互不相识，老死不相往来，只有关起门来自己过。要想找回儿时春节的味道，还是只有回到农村去。但儿时的玩伴还有多少？

我现在终于开悟了，最终的快乐不全是由物质生活决定的，而是取决于精神、心态、境界。精神强大，心态平衡，境界高尚，穷也快乐！否则，富也痛苦！

"龙"字的传说

地处冯家湾山顶的大田楞,有一个水潭,常年不涸。水潭周围是水田,田岩有4个大字:"有龙则灵"。想来这水潭也就是龙潭了。

这4个大字刻在横不见边、竖不见底的岩石上,因岩石上端铺公路而被埋没。但前年春节,我带着两个儿时的伙伴,经过挖刨,还能显出一个"龙"字来。现在又被土和杂草埋没了。

依稀记得,"龙"字有1米多见方,繁体字,楷书,阳刻,仍然不失龙的威严。

关于这4个字的来历,老一辈们说,属龙抓字,是一次惊雷后发现的。

但我不信,龙毕竟是神话传说中的动物,哪能当真?即使有,又哪能抓出那么标准的楷书繁体字,而且还有那么高超的石刻技术呢?

自有了这字后,就有了一个祖宗传下来的习俗。一旦干旱严重,就得由冯家湾的男童,用泥巴将这4个字糊起来。

20世纪60年代初,我也是做过这事的。当然是以玩的心态。

烈日当空,我们几个小伙伴脱光衣服,嘻嘻哈哈,一会儿就把这4个字糊了个严严实实。然后跳进水潭,舒舒服服地洗干净上岸,穿上衣服回家,静等甘霖。

不料几天后,仍是红脸关公,万里无云,根本没有"掉泪"的迹象。生产队队长责怪我们做事心不诚,不恭敬。我心里嘀咕:光着身子能恭敬吗?你的心诚,你脱光衣服去做呀。

又等了几天，天终于下雨了，大人们则称赞起"有龙则灵"来。

后来，冯家湾修复了两座堰塘，升钟水库建成，又建了两级提灌站，可直接将湾底升钟湖的水提到山顶灌遍满湾的农田。湾民们再也不怕天旱了。

随着改革开放，青壮年们纷纷外出打工，留守在家的老人们望田兴叹，再也无力去抽水灌田，耕种水稻；孩子们大都去城里读书，再也没有男童去糊字求雨；随着提灌站被毁，旱地作物又只能听天由命，"有龙则灵"这4个字被人们渐渐地淡忘了。

鸟儿们的乐园

五一假期，我回到家乡。几乎从早到晚，百鸟争鸣，不绝于耳。

天还没亮，鸟比鸡还起得早。先是屋周围小声的"吱吱喳喳"，随之而来的是右前方林子里的"咕嘟咕嘟"，再后全湾一呼百应——"咕咕咕""可恶可恶""布谷""咕咪""嘀哩嘀哩""唧唧啾啾""碗豆炕馍""李桂阳"等等，也不知是些什么鸟儿，争先恐后，在全湾到处发声，此起彼伏，一声盖过一声，似乎谁也不服谁一样。那声音，时而高昂，时而低吟；时而短促，时而长鸣；时而伤感，时而兴奋；时而嘹亮，时而悠扬。初听，似乎杂乱无章；但细细听来，又有节奏。每一种声音都恰到好处地填补了空白，好像缺了一种声音还不完美，从未在同一时间听出过不同的声音。这时，鸡、鸭、鹅才从睡梦中惊醒，狗也开始凑起热闹，参与了鸟儿们的大合唱。

太阳露出了头，湾民们开始劳作。鸟儿们唱得累了，也开始了一天的觅食。它们有的飞向远方，有的飞向田野，有的巡视在湾脚的湖面，有的跳跃在枝头。

湾脚是升钟湖尾端，水面开阔。待清晨一层薄薄的白雾散去，各种水鸟开始露头，一会儿钻进水里，一会儿又从不远处冒出头来，抖去脑袋上的水滴，在湖面游荡。仙鹤们也从柳林中纷至沓来，低空俯视着湖面，寻找可口的小鱼。这时，在湖边夜宿帐篷或小车的垂钓者们，也开始沿湖搜寻上一夜上钩的鱼儿们。

5月的旱地，大一点的鸟是不屑一顾的，常常成为麻雀等小鸟的喜爱之地。它们不仅吃小麦、油菜籽，还吃虫子。其实，它们遭农夫们的怨恨也有些冤枉。

山坡的树林既是鸟儿们的安家之处，也是它们集中活动的场所。如果有人钻进树林，惊动了它们的安宁，各色的鸟儿，有大的，有小的；有长尾的，有短尾的；有花头的，有白头的，有黑头的；有花枝招展的，也有素身的。它们会一边跳跃枝头，一边鸣警，还会发起一阵集体的声讨。这时，你会觉得，它们才是这里甚至是冯家湾的主人。

事实上，冯家湾虽然户籍人口有100多人，但常年在家的也才20多人。不仅个数，就是种类，哪能与鸟儿们相比？

山顶是一片片黑压压的树林，可谓密不透风。有一年春节，我试着独自钻进林子，居然迷路了，还在地上发现了许多不同形状的野兽们的脚印和粪便。正在紧张之际，听到林中鸟叫，我才舒缓了一口气，循着鸟儿们的行踪逃出了丛林。

入夜，本来是应该安静的时候，"李桂阳"却不知疲倦，仍不消停，伴着青蛙"呱呱"的叫声，用它那高昂而清脆的嗓音，把"李桂阳"叫得响彻满湾，直至天明。

唉，冯家湾还有人类的空间吗？

春姑娘

春姑娘乘着柔柔的风，翩翩而至。

她像魔术师一样，独独留下蓝天白云，把阳光洒满大地，把红的、黄的、白的、绿的彩墨洒向田野，再用神笔勾出叠叠的青山，染上层层的新绿，泼出悠悠的湖水，裁出条条的新柳，描出朵朵的桃花、李花、杏花、梨花、菜花……又点上一群群上下翻飞的蜂蝶，缀上一只只空中穿梭的飞燕，最后嵌入一个个穿红着绿、嘻嘻哈哈的红粉佳人。

我穿行在美丽乡村的画卷中，听着鸟语，闻着花香，清新的空气沁人心脾，如梦似幻，令人陶醉。

她完成了她的画卷，在一场淅淅沥沥、如泣如诉的甘霖后，与我道别："我走了，夏姑娘就要来了，她有一颗火热的心。我以后还会来的。"

最后，她留下一首词，飘然而去。

春光好·好春光

春风暖，百花妍，笑开颜。鸟语唤惊新柳，满江欢。燕子筑巢成伴，蜂儿采蜜声喧。蝴蝶翻飞争艳舞，上云天。

秋景：美丽中的苍凉

一场淅淅沥沥的秋雨，没完没了，一下就是一个多月。

入夜，无情的雨点滴滴答答敲打着芭蕉，敲打着雨棚，敲打着秋思，敲打着无眠……

群山遍挂瀑布，山沟满是溪流，江湖渐渐上涨，侵吞着弯弯绕绕的山脚。

近日终于放晴。放眼望去，秋日像一把无形的彩刷。所刷之处，天变了，湛蓝的天空飘着朵朵白云；地变了，金黄一片，洋溢着秋的色彩。

伴着凉爽的风，叶儿当空舞，金菊竞相开，桂花遍地香；在丰收的田野上，高粱红了，谷子黄了，农户的梁上又悬着一串串玉米棒。在凋疏的枫叶林里，蝉还在歌唱，但声调再也没有了夏日的高昂；在瑟瑟的苇花丛中，半夜听到的是秋蛙那有气无力的挽歌。

当午，一行行鸿雁横空而过，传来阵阵凄凉，声音隐约可辨："秋哥，秋哥……"路边横着"乡村振兴，人人有责"8个金黄色的大字。稻田里，一老农形单影只，满身田泥，满脸沧桑，一手握镰，一手遮阳，目送南飞的大雁，展开粗壮的歌喉，苍老的声音在山谷回荡。细细听来，原来是用地方小调唱的一首词《桂殿秋》：

秋雨住，抢收忙。漫山遍野一片黄。家家户户皆孤老，几日儿孙可返乡？

附词一首：

喝火令·秋雨桂花叹

　　九月西风起，千株桂子黄。嫁由秋雨逞凶狂，枝叶蕊遭摧殄，飘落再无香！有意寻佳偶，无心找错郎。出身高贵又何妨？祸纵天飞，祸纵地无常，祸纵虎伥横霸，命运两茫茫！

又是一年柿子红

金秋国庆，我回到农村老家，远远就看见邻居门前的柿子树上挂满了小红灯笼，洋溢着一树丰收的喜庆。

我不由得喜从心来——又是一年柿子红！其实，这棵柿树已不年轻。柿果虽然年年见，却仍像是久别重逢的恋人。我来不及休息，就奔柿树而去。站在树下，只见那果实红红的、圆圆的、光光的、挤挤的，在阳光的照射下，随风摇曳，碰来碰去，晃晃荡荡。邻居要我摘一个尝鲜，其实，我的内心早已按捺不住，于是放下斯文，随手摘下一个还垂着晶莹雨滴的柿子——手感滑滑的、柔柔的、软软的。剥开一层薄薄的果皮，鲜嫩的果肉便露了出来，咬上一口，汁很浓。细细品来，感觉绵绵的、溜溜的、甜甜的，还带有一丝涩涩的苦味。

其实，我的老家秋果很多。正是柿子熟透之时，闻名遐迩的脆香甜柚、蜜橘也已成熟，虽然味道纯正，却无人问津，掉了一地。而柿子则大受青睐，求者甚众。何以如此？这不禁让我联想到人生。如果人生老是强硬，硬邦邦的，谁碰谁倒霉，大家就只有避而远之了；如果像柿子那样，该软则软，谁不喜爱呢？如果人生太顺利，太圆满，太甜蜜，身在福中不知福，还有什么值得回味的呢？反之，人生虽有挫折，但终成正果，犹如柿子，苦中有甜，甜中带涩，这种人生不是更有滋味吗？不用说红色是秋天的颜色，只说那柿子的谐音（柿——事）及红红、圆圆的外表的寓意——事事红红火火、圆圆满满，不正是人们所追求的吗？

知道我喜爱柿子，告别老家时，邻居送了一袋，堂兄竟送来五袋，装了满满一车。拉回城里，我全送人了，一袋也没留下。因为，我真正喜爱的，是柿子那喜庆而深刻的寓意，还有树上那未摘的熟柿——红彤彤的脸蛋，惊艳百果的美丽！

附词一首：

摘得新·故乡柿子红

满树红，圆圆挂碧空。任秋风曳曳，若灯笼。心心相印寄柔意，望飞鸿。

别了，波波

祖宅修复完工，我将94岁的母亲送回老家养老，请翠玉堂姨妹照料。

为防母亲孤独，儿子又送去由朋友相送的一只猫，乳名波波。朋友还为波波送来丰厚的"陪嫁"——卧具、躺具、餐具、成套玩具，够吃半年的猫粮。

为防逃跑，初来我家的波波被安排在杂屋里，享受着衣食无忧的生活。虽生活无忧，它却有着很强的戒备心。每次去喂猫粮和水，都未能见上一面。一次，我与儿子去找它，明明听见它的响动，但循声而去，却不见踪影，最后才在外边堆满杂物的关上门的柜子里找到它。我们很奇怪，不知它是怎么把自己关进去又能出来的。波波并不感恩于儿子对它的领养，一蹿出来就冷不防地对他下了狠手，害得他不得不连夜回城打了疫苗。这也难怪，因为它需要的不仅仅是物质生活，更重要的是行动自由。儿子并不记恨它，而是给予理解，为它打开窗户，开始让它从窗口自由出入。

谁知此后，翠玉竟有五天不见猫粮被吃，也不见波波现身，于是打电话向我报告："波波出走了。"我略有遗憾："来去自由，随它去吧。"

几天后，我回到老家，见波波正躺在院坝里享受着阳光。见到我，它一溜烟似的跑了。

翠玉说，波波回来后，一身邋遢，还有伤痕。它居然不吃猫粮，只吃饭菜了。我分析，或许它出走之后，在猫社会混，没有猫粮可吃，只有入乡随俗，在其他猫处吃饭菜吃成了习惯。后喧宾夺主，在别家与主猫争食，不受待见，就只有逃回来了。看来，在外边，自由和美食同样不可兼得——它又想回来试试。

在我家，波波不再被关，有了自由。至于美食，它试图用献媚的方式去争取——一到吃饭时间，或饿了，就围着翠玉和母亲叫个不停，并用它那长尾巴去扫主人的腿，以引起关注。翠玉对它要求严格，为它立下规矩：不许进厨房，不许上桌，不许进住房，不许在吃饭时来桌下叫，只能吃主人剩下的饭菜。但母亲心软，加之本来厌食，实在禁不住波波的乞求，往往都会不顾翠玉的反对，把自己碗里的饭菜分给波波吃。母亲喜欢重口味的食物，翠玉一般都会根据她的口味，专门为她做出好吃的有营养的饭菜，而这正是波波所喜爱的。

有了母亲的宠爱，波波开始挑食了。渐渐地，它不仅不吃猫粮，还拒吃米面，只吃肉类，乃至后来只吃香肠和罐头。更有甚者，它居然喜欢上了山珍海味。家里没有，怎么办？它练就了一身武艺，自己找去。为练武艺，我家餐桌和客厅崭新的皮垫沙发，母亲的新床垫，都成了它的靶子，被它抓得遍体鳞伤。它居然可以顺着堂柱一跃蹿到5米高的抬梁上，并通过窗口跳进二楼的房间。它还学会了高超的盗窃技术，居然打开紧闭的窗子，偷走了女儿放在厨房里的一大坨鲜肉。

此后，波波已不屑于居家候食，开始外出，上天入水，捕食山珍海味。去年冬天，它有空就伏在鱼池边，静静地盯着水面。一次，它居然跳进水中，抓住一条鱼，又奋力跳上岸来，不顾湿淋淋的身子和寒冷，将活蹦乱跳的鱼吃了个尽，只留下鱼鳞，才拖着圆鼓鼓的肚子，满足地去火盆边取暖，把毛烤干。此后，我们再也不敢把鱼放在鱼池里了。

今春以来，波波常常到野外，蹲在树下，伏着身子，盯着树上欢叫的鸟儿。几乎每天，它都会像功臣一样，大摇大摆地拖回一只麻雀，在它的窝里慢慢享用，留下一堆鸟毛，让主人来打扫。更让人难以忍受的是，燕子来梁上筑巢，波波居然坏我家好事，悄悄蹿上梁去，活活地吃掉一对燕子。我连别人杀鱼都不敢看，对它在家如此作恶多端，岂能视而不见？于是开始对它的恶行进行干预。

如此一来，波波对我自然不满。每次见到我，它都会逃窜。虽然不敢当面报复，但它对我也下了阴招。我进客厅，都会把鞋子放在门外。有一天清晨出门，门外的一双新鞋却差了一只，后来偶然在500米远的山坡上发现，但已不能再穿。这样的事又发生过一回。我一开始没有怀疑到波波，后来无意中抓了个现行，才开始质疑波波的猫品。

于是，我在朋友圈求人收养波波。有朋友问我："送走波波，有了耗子怎么办？"我回复："收养一只爱管闲事的狗狗不就得了。"这虽是笑言，但也是真话。今天得到消息，药王寺准备收养波波。我想，太好了。波波理当到寺里吃素悔过才是。

这些天，翠玉每天都要喂给它较香的饭菜。但它哪里肯吃？摆起阔来，与往常无别。或许是通过邻居猫狗将消息传开去，反倒引来全湾的猫狗，成天成群结队来这里候吃波波的美食。而波波呢，则卧在它们的对面——它不是守财奴，而是想拿出主人的架势，看谁顺眼就放谁去吃，要大家对它俯首称臣。这个做派实在令人不齿！

其实，波波也有可爱之处，正如孙悟空一样，降妖除魔是一把好手，只是须防滥杀无辜以成泼猴。别了，波波，不要怪我狠心，我家实在不敢养，也养不起你了。此事本来不值一提，但波波如此顽劣，皆源于主人的娇惯。我想，何不写出来让世人吸取教训呢？

农家小园建设记

祖宅前有一块坡地，名曰地，实则不长庄稼，就连5年前栽的脆香甜柚，至今也不结果。究其原因，全是黄泥，且土层薄，还有一大块麻子石，搬不动，炸不掉，顽固不化，横在地中，大有一股你能把我咋样的赖皮之霸气。20世纪70年代，这块地只能做沼气池。后来，沼气池废了，便做了垃圾场。

祖宅前摆一个垃圾场，显然不合适。

屋前既不能堆放垃圾，又不能撂荒，于是我们决定响应政府建设美丽乡村的号召，将其改造成小园林。

今年春节，请来成都市一位园林专家。他随意一看，不经意地用腻子粉在地里画了几个圈，撒了几条线，就算是规划。

3月，我们按照规划，拉来近十车熟土，背至地里，堆了几座小山。

夏季干旱特别严重，造园施工被一推再推，国庆大假终于动工。

我们回到老家，其实都派不上用场，只能做一些服务性、辅助性的工作。

成都园林拉来一车苗木，用长臂大吊车移至地里。来的10多位工人，在两位年轻专家的现场指导下，加班加点，冒着秋雨，仅用两天时间，就紧张地结束了苗木的移栽；同时将祖宅遗弃于此的三口石水缸、两个小石磨、两个石碓窝和一个石柱墩做了摆放造型。我们又别出心裁，在这些传统石器上做了装饰。再请来两位乡亲，按照规划，在现浇的水泥路面上，用废弃的各种瓷砖铺成了五颜六色的园中小道。

小园初成，不禁让人眼前一亮，众口称绝。过去的腐朽，被专家一点化，居然化为了今天的神奇。

祖宅入口有一株扇形的紫薇树。紫薇花色中的紫色为传统的经典色，有紫气东来、带来好运之意；其红红火火，也象征着幸福。

两棵硕大球形的金桂像一对卫士矗立于花园至祖宅的阶梯两旁，清雅高洁，香飘四溢，被称为仙友，象征着美好、吉祥和友好。

小园正中是一株石榴，一根分出四枝主干，象征着一家四姐弟同根同心，四通八达，共同繁荣；由一个圆形的小花台所包围，象征着四姐弟的团结；其花台内有三种青色的满天星，一个石碓窝侧放并从中栽出一片绿黄色的佛甲草，像流淌出来的琼浆玉液，组合成一个绝妙的图案，象征着和和美美的幸福大家庭。祖宅余下的一个古色古香的石头柱墩，四周雕刻着吉祥的花草虫鸟，放在树下，正对着祖宅堂屋，上面放着一盏太阳能宫灯，象征着祖宗的品格和智慧照亮着子孙后代。其石榴果也象征着这个家庭红红火火、多子多福和团结。

园中还散栽着海棠和红叶李。海棠花有着相思、富贵、国色天香和坚韧不拔的寓意；红叶李的花语则是幸福、向上、积极，代表着这个家庭对美好事物的祝愿和憧憬。

地面主要由满天星栽成条形、椭圆形、圆形等丰富多彩的形状，在初夏会盛开出各色小花，花球不断，花朵繁盛细致、分布匀称，犹如满天繁星，朦胧迷人，清丽可爱，又仿佛清晨云雾、傍晚霞烟，故又别名"霞草"，有清纯、致远、浪漫之意。地表则由麦冬来铺栽。麦冬是多年生的常绿草本植物，寓意公平、无畏、不求回报，有生津解渴、润肺止咳的药效。

在小园的尖角处，用冬青栽成一堵围墙，隔出一个小果园，准备栽一些既具食用性又有观赏性的桃、李、柿、梨、柚、樱桃等果树。

最值得惊叹的是祖宅遗弃的几件石头古董，居然在园中派上用场，焕发出生机。其中最出彩的是大石碓窝和柱墩，处于园中石榴树下，前已有述；三口水缸分布在园林的前、中、后，水面各躺着四片绿色的莲叶，从中冒出一朵莲花，出淤泥而不染，白而不俗，娇而不艳，小红鲤鱼在缸中自由地游荡。两个小石磨摆放在右侧。大一点的石磨居中，其磨孔长出一朵菊花，象征着高尚的情操，出水槽放着一个小石碓窝，长出一朵多肉花，象征着冰清玉洁、顽强不屈；小一点的石磨居前，其上放着一盏太阳能宫灯，象征着时来运转、与日同辉。

由废弃的地板砖铺成的园中小道，穿园环绕而过，像一条随意飘落在园中的彩带，既有曲径通幽的意境，又有锦绣前程的寓意。

站在高处，俯视小园，不禁让人喜出望外，原来是一个葫芦的图案。宽厚的葫芦底座正对堂屋，中间的葫芦肚正是圆形的石榴花台，上方是细细的葫芦手把。葫芦的寓意不正是福禄吗？虽然看似葫芦底座由小院坝占了一角，但正好象征着事物没有完美的。人是这样，家也如此。

停笔之际，赋诗一首，以抒发情怀。

五律·农家小园赞

农舍有花香，深秋也传芳。
雅园飘醉色，绿树透清凉。
碎片通幽路，阶梯上祖房。
都言城市好，哪及我家乡。

我家的长寿花

我家飘窗前，摆了几盆花草。其中一盆长寿花，是先萍于六年前专为母亲买的。

这盆花体形匀称，枝繁叶茂；花团锦簇，芬芳扑鼻；老花未谢，新花又开；一年四季，从未衰败。而母亲耳聪目明，头脑清晰；虽然厌食，但身体康健。先萍甚是称奇，我自然欢喜有加，倍加珍惜，更加精心养护。就是母亲回到乡下老家这两年，花儿也依然与母亲的性格一样，与邻花争奇斗艳，毫不示弱。

母亲的一生也与这花儿一样，永远是山村百花中最耀眼、最强势的那一朵。她智慧过人，虽然没有上过学，但通过上夜课扫盲班，却能识、写好多字，并学会了打算盘，还先后担任了人民公社大食堂会计、生产队出纳员。

6月19日，我在赴云南红河考察学习归来的当夜，开门一看，花儿已耷拉着脑袋，开始萎缩，我顿生不祥之感。正在这时，我就接到翠玉的电话：母亲病了！翠玉是我的堂姨妹，是母亲的专职陪护。

第二天一早，我一边打电话请在镇医院工作的堂弟四林出诊，一边急急地驱车往家赶。红梅和兰花已提前赶到。

我在回家的路上，碰到出诊回院的四林。他告诉我，母亲的病不能确诊，得去医院。

母亲蜷缩在床上，精神萎靡。我问起她的病情，她微睁双眼，还是那句老话："我不舒服得很呀。"

每次听到她这句话，我就心如刀绞。与往常一样，我问她到底是哪个部位不舒服，她似乎说不清楚，同样回我过去的老话："没有不舒服的地方。"又补了一句，"我都95岁的人了，还要我怎个呢？"我又一次懵了。

总不能让母亲在家拖着，没有办法，我们也顾不上她的极力反抗，把她哄坐在木椅上后，我要背她上车，她仍严词拒绝。还是经媛媛提醒，我们才连椅子一起将她抬上了车。

我已提前与医院联系好，一进去，马上安排母亲做胸部CT。天啦，她的肺部居然白了60%。

周院长明确告诉我，他们只有尽力。言下之意，母亲的病治愈希望渺茫。

特效药、西药、中药、输液、输氧五管齐下，一直在死亡面前拒绝打针、吃药，甚至视饭菜为敌人的母亲终于配合。只要是医生的要求，她都百依百顺，从不抗拒。儿女们一天一探视，母亲的特护病房几乎成了我们的家。她时时念叨的先萍，也从成都专程来南部看望她，让她感受到了什么是喜出望外。

仅5天时间，母亲的病情出现奇迹，脱离了生命危险，神态恢复如初。听说没有了生命之虞，母亲对饭菜的态度同样恢复如初。一方面见食就烦，千方百计避免进食；另一方面却抱怨体力不支。她虽然在医生面前满脸堆笑，满口答应按时吃饭，但是当吃饭时，却以"不饿呀""不想吃呀""等一会儿吃呀"等各种理由拒绝。我只有充分发挥做思想工作的优势，连哄带骗。这招刚开始还灵，后来就逐渐失效了。

我报告医生，医生加了开胃药，但收效甚微，又无可奈何："饭要自己吃，不吃饭，免疫力、抵抗力自然弱，身体怎么恢复？如果不吃饭，找神仙也没用。"

为了维持母亲的营养，我只有同意给她输人血白蛋白，但这也不是长久之计。住院17天之后，在具备出院条件的情况下，我只有听从院长的建议，为母亲办理出院手续，把她接回城里的家观察休养。

为了母亲，我把城里的家办成了家庭医院，买回5升医用制氧机、医用床、轮椅、坐便器等，请翠玉来城里专门为她做她喜欢吃的饭菜，我也跑遍全城为她采购她曾喜欢的小吃。但这些都不足以感动她，这些精美的小吃仍不足以激发她的食欲，她仍然我行我素。

我的儿女及儿媳们也是极尽孝道，轮流上门劝她吃饭，喂她吃饭。她开始还买账，但时间久了，也不以为然起来。我有时耐不住性子，喂她吃饭时，态度生硬了一点，她不仅把饭吐了，还会把我骂得狗血淋头。

其实，她的吞咽功能、消化功能、排泄功能都很正常，进食后并无不适，但她最反感的就是进食。

眼看她对进食的恐惧感一天天增加，身体一天天消瘦，我的心里实在难受，但又无能为力。尤其让我伤心的是，她的大小便有时失禁，且胯部肌肉动则疼痛，无论坐卧，稍动就要发出撕心裂肺的叫唤。而在护理中，大小便失禁与动弹不得又是一对尖锐的矛盾。我求救于医生，医生也只有安慰我："95岁的老人，一切器官和机能都老化了，加之她忌药忌食，的确没办法。"我知道这话意味着什么。

此时的我，呼天天不应，叫地地不灵，只有认命。回忆我的人生，似乎陪伴亲人离世就成了我一生别无选择的使命。在职之时，作为独子，陪伴瘫痪在床的父亲4年；离职之后，作为相依为伴的丈夫，陪伴比瘫痪更难受的妻子近10年。

妻子去世，母亲又成了我唯一的牵挂。虽然我为她请了专职保姆，但厌食却成为医生施药不灵、令全家人头疼的难事。

在她住院期间，我成天奔波于家与医院之间；出院之后，我在城里的家中日夜陪护着她，看着她从厌食到拒食的倔强，心里实在不是滋味。当她严重到一动就痛、见饭就闭嘴时，我仍不顾她的痛骂，抱起她让保姆为她换纸尿裤，抱她上轮椅，赔着笑脸劝她吃饭，坚持喂她吃药、吃饭。

在医生都感到无能为力之后，7月21日，我只有随救护车，陪母亲一路输液、输氧，回到农村老家。她见到了纷纷前来探望她的冯家湾的晚辈及父老乡亲，也给足了他们面子，听从了他们的劝告，能吃一点他们喂的饭菜。

一个月前，母亲在一旁听到我给表妹谈及我前面所说的陪伴重病中的父亲及妻子的经历后，居然感动之下，开始吃点东西，其疼痛感也大大减轻。第二天，她便开始正常进食，早晨还配合我，让我用轮椅推着她环绕房子一周，沿着公路到了姐姐家，在她家吃了早饭。

在家近半个月来，让我特别开心的是，母亲基本能保证一日三餐；由于改善了喂药方式，她勉强能正常吃药；通过四肢按摩，她原来肿的部位已消退许多，除大幅度翻动以外，不再感到疼痛。但让我特别难受的是，她静躺或静坐10多分钟，必须变换体位。面对她自主翻身的难受，我也承受不了，还得为她翻身，否则有生褥疮的风险。这样一来，无论昼夜，我们基本得不到正常休息。即便如此，还得承受为她翻身和按摩不可避免地让她疼痛时，她对我口无遮拦的责骂。当然，享受这种"待遇"的不仅有我，还有大凡与她亲近且贴身护理的家人及亲友。

其实，只要母亲日渐好转，心里好受，作为儿子能被她责骂也是一种幸福。但是，这样的好景并不长。渐渐地，她拉肚子不止，且疼痛程度及频率加剧。我请来专家诊断，专家说她急需补充营养和钙。而她又回到拒不张嘴的过去，且别无他求，唯有一死。

这是我们绝不能接受的。

县中医院的大夫通过中医疗法为母亲治疗。后经县人民医院检查，发现她腿有骨折，身体还有多种老年疾病，又生起了褥疮。县人民医院虽然是三级甲等医院，竭尽全力，多次专家会诊，但在自然规律面前，仍然显得无能为力。我们被告知，母亲病情发展的趋势不可逆转。

在剧烈的疼痛面前，为了让身边人不停地为她翻身，变换体位，以减轻疼痛，母亲对身边人不再强势，甚至用起了哀求的口吻。在死亡和痛苦面前，她不得不妥协，低下她那高昂的头，将钢铁般的强硬化为面团一样的柔软。那种无奈和痛苦，不知她是怎么承受的，或许需要的同样是刚强。一想到这里，我的心里比她更难受。

家族不幸，一个月前，我的堂弟在川北医学院做了脑瘤手术后发生意外。母亲得知，喃喃自语："从此，儿已见不到娘，娘也见不成儿了。"可见其慈母之心，爱之深，情之切。其实，母亲并不缺慈爱。

母亲在逝世的前夜，紧紧攥住我的手，迟迟不肯松开，用她那满是慈爱的双眼看着我，却说不出一句话来。我们四目相对，老泪纵横。此时无声胜有声。其实，她要说的话我都知道，应该全是对我及儿女们、孙子孙女们、亲友们、亲房们、父老乡亲们满满的期待，衷心的祝福。

9月6日清晨6点36分，我的母亲95岁的心脏永远停止了跳动。她还来不及与她的孙子孙女们见上最后一面，就永远离开了这个美好的世界，离开了她日夜牵挂的亲人和父老乡亲。此时的她，一脸的安详，居然没有一丝儿痛苦。

我在送母亲灵柩回老家前，专程回到城里的家。飘窗前的长寿花，花瓣已全部脱落，但绿叶尚存。我坚信，母亲的智慧和长寿基因一定能生生不息，代代相传……

母亲今晨已入土为安。我坚信，她将离苦得乐，再也没有病痛，再也不用承受被人劝导吃饭带来的痛苦。

月 悟

母逝"三七"有余，近日秋雨连绵。今日中秋，回到老家，难得放晴。入夜有客来访，恰皓月当空，遂请客唱歌，吾独登楼顶赏月。

吾一时兴起，叹月良多；感慨之余，一一记下。

此非诗非词，非歌非曲，非赋非文。非为别，只为趣也。

月落月升月不累，月圆月缺月不悲。

月明月暗月无泪，月大月小月无卑。

岁岁月月月相似，月月岁岁岁轮回。

月圆满脸皆是笑，月缺两头不见亏。

月圆失去星星伴，月缺却有星星陪。

月满月亏都喜悦，入夜唯见星月飞！

明月引出清风惠，清风迎来明月归。

明月清风共美酒，风月相依献玫瑰。

月邀吾等遥同醉，月下吾请花为媒。

月宫嫦娥含羞至，月影婆娑娇低眉。

欲言又止云遮月，趁月荫蔽紧相偎。

滚滚心潮因月起，丝丝月语入心扉。

云消月现樽高举，花前当月共一杯。

嫦娥含泪奔月去，忍看月女广袖挥。

何日登月再相会，独闯月宫探深闺。

清风明月桂花媚，桂花清风月生辉。

若是世间无月夜，人生哪得有月追？

莫道月儿有圆缺，人生如月焉完美！

文末，填词一首：

一剪梅·月思

一挂婵娟悬九霄，圆也多娇，缺也多娇。

银辉遍地桂香飘，忧也吹箫，喜也吹箫。

望月举杯思小乔，醉也今宵，醒也今宵。

嫦娥宫里泪相邀，去也魂消，别也魂消。

神奇的神坝砖塔

中秋节，我回老家，路过九龙寺到神坝场的拦湖坝，两岸杨柳依依，随风飘荡。透过丝丝杨柳，但见被升钟湖水淹没近40年的神坝砖塔，居然傲然露出湖面大半截，我不甚惊喜。

此塔《南部县志》有记载，有图片。

神坝砖塔建于清同治三年（1864），本来属于省级文物，因当年缺乏资金，加之搬迁砖塔技术难度较高，无奈之下，我等神坝人只有眼睁睁地看着它被升钟湖水渐渐淹没。近40年了，因为今年遇到60多年以来最严重的旱灾，此塔才得以重见天日。

命名神坝砖塔，是因砖塔建在神坝。而神坝的命名却让很多人大感不解：神坝无神无坝，名从何而来？最近看到网络上有一些关于神坝取名的来历，作为土生土长的神坝人，我不仅从未听说过，甚至觉得有些牵强。

但我身为神坝人，却又说不出神坝名称的来历，实在觉得有些不甘，于是回忆起神坝老场镇的地形及其与此塔的关系。

神坝老场镇原在拦湖坝的上游，从现在上下游开阔的湖面不难看出，神坝老场镇原来就建在坝上。不但建在坝上，规模很大，而且老场镇周围的大片农田平平整整，面积不小。单说拦湖坝下游古塔所在的塔子岩，前面就是一大片平坦的田地，还是人民公社时期的高产试验田。

今天看到砖塔再现真容，我觉得实在是荣幸，又在我的老家——方山居委会的地盘之上，于是就有了航拍的冲动。

据史料记载，神坝砖塔高约14米，为7层六角形仿木结构浮雕砖塔。它既是一座文风塔，又是一座字库塔。底层基座每面阔1.75米，逐层向上缩小。第一层塔身转角处施浮雕抱鼓柱石，抱鼓上各有倒立跑狮一只；第二层塔身其中四面塔壁镶嵌青灰石板，上刻序言："恪遵敬惜字纸之训，勿弃字纸之文，小之判一身之功过，大之即关文运之盛衰……夫求木之茂者，必固其本，欲水之清者，必浚其源，今将为一方培文风，而先令一方惜字纸……以补去水来风，则文峰并峙。"序言由陕西汉中府城固县辛酉科举人王雨村撰写。另一面有砖砌塔门，用以焚烧字纸。每层每方有倚柱，其上施阑额，出檐屋顶制成筒瓦，檐口雕成圆形瓦当及沟滴。塔顶为中国古代建筑的六角攒尖顶。塔身第二层两面与以上五层每面、第一层转角抱鼓两面、抱鼓座三面、倚柱、阑额、塔檐及檐角浮雕各种人物、花鸟、山水、琴、棋、书、剑、几、瓶、蝙蝠等图案224幅。神坝砖塔造型精美，雕刻艺术高超，是南充现存13座塔中建造最为特殊的。

此塔为研究四川地区古塔建筑提供了又一实物资料，具有很高的历史价值、艺术价值和科学价值。

现在，此塔露出湖面的部分有四层及塔顶。虽然不算完整，但雄风依在，更显古朴沧桑，且图案清晰，栩栩如生。

现正值升钟湖有史以来水位最低之时，若有意者，不妨抓住难得的时机，前往观赏。

故乡的雪

昨天，城里的雪仍下个不停。听说城里人纷纷带着小孩去升钟湖西水赏雪了，我顿时来了兴致。我的故乡冯家湾同在升钟湖，离西水不远，山的海拔差不多，何不回去看看？

于是，下午3点，我驱车出发了。虽然一路雪花飘飘，迎面碰撞在挡风玻璃上，又被无情的雨刮刮在两边，但是远山近路并不见积雪。

到了升钟场，往返车辆增多，看见回城的车顶堆着雪人，我知道，肯定是赏雪车辆返城的收获。场镇道路被堵，我只有舍近求远。但在向西水镇进发的途中，才到半山腰，长长的车流弯弯曲曲地向山上蠕动，下山的车顶几乎都炫耀着一身白衣的雪人。我的车走走停停，从升钟场到香柱山，平时只需十分钟的行程，今天居然用了三个小时。

终于看到了香柱山。香柱山高高在上，层层叠叠的寺庙，平时金黄色的屋顶看起来银装素裹，山湾原本是绿油油的大片麦苗和油菜苗，现在也成了白茫茫一片。

这里是城里车的终点，许多车开始停下赏雪。继续向前的车辆开始减少，我的车终于可以畅通无阻地回冯家湾。

我将微型云台架在靠近前窗玻璃的平台，只见一路两旁，远山近房，白雪皑皑，小树抬不起头，大树的枝头已是负雪累累。我仿佛在北国穿行。

过西水场镇，红色的灯和白色的雪交织在一起。

晚上7点，我终于到家了。平时从城里回家只需一个小时的车程，昨天居然用了四个小时。

乡亲们说，冯家湾有十多年没有下过这样大的雪了。上午，山上山下都是白茫茫的一片。但下午雪已开始融化，现在只剩山顶有雪了。

我虽然后悔回家晚了一些，但仍不甘心，于是今天上午便将车开到山顶。

太阳已升出好高，山顶的雪在加速融化。我赶紧启用无人机拍摄。

山湾已不见白雪，露出本来面目：山脚的升钟湖，湖面如镜；山腰的房屋，白墙黑瓦；山坡的树木，郁郁葱葱；田园一片碧绿，似有早春的气象。

而山顶却是另一个世界，海拔约500米的猫石岭、楼子顶，雪盖柏林，白花花一片，如披上了花白的虎皮，在威武中尽显妖娆。

住在山顶的族弟要我去他家烤火，我只有收回无人机。刚进入他家院坝，我就被坝前白雪覆盖的冬青吸引。厚厚的白雪中冒出冬青的嫩芽，多么倔强的生命；顺着雪盖，可见山下我家的祖宅，还有山顶之雪的另一种形态。

这时，我细观积雪，再没有了飘洒在空中的浪漫，也没有了刚刚着地时花的模样，尖尖的棱角已化成平平的冰层。我不禁有些伤感：雪花虽美，却犹如昙花，寿命不过几个小时；无论在空中多么潇洒，但凡落在地上就不要想再飞起来；无论多么洁白无瑕，无论身上的棱角显得多么尖锐，终究还是要化于尘埃，归于泥土。唉，人生又何尝不是如此呢？

我离开族弟家，去往小岭子。这时，我不禁转悲为喜：只见不远处的一树山楂，虽被白雪覆盖，但那密密麻麻的果实露出了头，火红一片，格外鲜艳，甚是耀眼。而这一树果，我曾于10月陪成都朋友来此采摘，现在冰冷的积雪中，它们依然充满着生机，散发出迷人的芬芳！

以此诗为赞：

七绝·雪赞

飞空为玉花，落地也无瑕。

润土悄声息，来年见嫩芽。

二

大美南部

从冯家湾游凤凰岛

国庆节，有七八个朋友来冯家湾老家玩，我们一时兴起，乘两艘快艇游凤凰岛。

快艇从老家生产队边界的神坝古塔启程，随着阵阵"嗖嗖"声，如箭出弦，直冲凤凰岛而去，留下船尾一串长长的雪白的浪花。

游艇很快穿过我家居委会水域，也就越过了神坝镇辖区，进入西水镇水域。远远看见一座横跨两岸的拱形大桥，这就是连通西水镇至大坪镇的铁边公路大桥。

过了铁边，水路向左，是去太霞；游艇往右，便是去凤凰岛及主坝方向。

水路随着山转。虽过中秋，两岸仍显青翠。正值国庆大假，但见沿岸停放着三三两两挂着四川、重庆牌照的车辆，钓客们在湖边搭起帐篷，撑起遮阳伞，悠闲地垂钓。

沿途时有快艇乘风破浪，时有渔船渔歌对答。湖面一会儿开阔，一会儿变窄；一会儿笔直，一会儿转弯，大有船到山前疑无路、柳暗花明又一湾之感。

升钟湖湖面分布着大大小小约100个岛屿，其中以凤凰岛最为著名。凤凰岛是升钟湖中最大的岛屿，其外形像一只展翅飞翔的凤凰，故而得名，它是升钟湖最美的地方。该岛面积约300亩，离湖岸最近约50米，岛上绿树成荫，左右有两个小岛相伴，由5个蜿蜒起伏的小丘、3个平坦的半岛和2个幽静的湖湾构成。

　　此时，岛上鸟语花香，广阔的湖面波光粼粼，又有野鸭、白鹭相戏。我曾于5月陪同朋友垂钓凤凰岛，若夕阳西下、渔舟晚归时，风景更显静谧而优美。

　　穿过凤凰岛，便见太子半岛。太子半岛是湖区最大的半岛。半岛上有一座太子山，山上有一座太子庙。相传古时候有一位皇帝因都城失守，携家眷逃往巴蜀。途中迫于追兵，只好将皇太子寄养在这座山的一户百姓家中。几年后，皇帝收复了都城，孤山寻子，小太子在百姓家安然无恙。皇帝十分感动，于是为此地赐名太子山，并种下一株柏树作为纪念。现在这株古柏仍郁郁葱葱。

　　太子半岛有一座冯家大院，是我朋友的老家，也是当地一家有名的民宿，我曾多次入住，也曾介绍过许多朋友去玩。

　　游程归来，换了一艘大马力快艇。我们感受到的，不仅是超快的快感，还有升钟湖飞速发展，令人目不暇接，让人感到刺激的动态的醉美。

　　以词为赞：

渔歌子·从冯家湾游凤凰岛

　　碧水悠悠快艇飞，青山祥云伴船移。鸥鹭醉，鲢鱼肥，渔歌唱晚乐忘归。

游禹迹岛

即使你是本地人，如果五年没有回家，来到这里，你肯定不知道这是哪里。

即使你是外地人，如果蒙上双眼让你第一次来到这里，睁眼一看，你肯定会说，这是某某大城市的大手笔。

这里，就是南部县禹迹岛。

禹迹岛在南部县城主城对岸的满福坝新区，顾名思义，是大禹留下足迹的岛。

在南部县留下大禹足迹传说的还有禹迹山，大禹到底来过南部县没有，无从考证，不得而知。其实也无须知道。因为，命名的本意还是纪念。

不过把这里命名为禹迹岛还是很有道理的，因为这里离禹迹山不远，离有大禹典故的八尔湖也较近。尤其是禹迹岛在嘉陵江边，现已建成了水上公园，大禹又是以治水而闻名于世的。古代大凡有水而被治理的地方，似乎多与大禹有关。

但是，此岛与毗邻的红岩子湖并非古有，而是新建，与大禹毫无关系。

在满福坝八车道的宽广的琴台大道中段，有一座雄伟的玉石牌坊，这就是禹迹岛的入口大门。

进了大门，是一座广场。广场不大，但穿过广场，映入眼帘的一幅充满诗情画意的水墨山水实景长卷，足以让人赞叹。

一座悠长的廊桥，两头通过一段游廊，再由两座凉亭托起正中长方形的楼阁，横卧在波光粼粼的湖面上，连接着湖的东西两岸；一组两小一大的半月形桥拱与倒影组合成三轮满月，倒映在湖中的蓝天、白云和太阳相映成趣；桥的中段，两头古色古香的凉亭，撑起当中一座碧瓦重檐的楼阁，四角翘起，犹如待飞的雄鹰；三两渔船穿过拱桥，时有鹭鸥几点，同醉逍遥；远远望去，湖的对岸，三三两两的游人在宽广的林荫道上悠闲地散步。

广场尽头的下方，是一幅长方形花岗石书法长卷，雕刻的是名家所撰所书的《禹迹岛赋》。

出了广场，沿着湖岸的青石板道，漫步向西约200米，过一座较为平缓的小拱桥，就到了湖中央的半岛。半岛向东，便是廊桥；半岛向西，则进入有"水上走廊"之称的水杉景观区。

水杉景观区的湖水通过小拱桥与主湖贯通。步入水杉景观区，犹如进入水上迷宫。横竖成排的水杉直立湖中，直冲云天；宽约2米的浮桥浮于湖面，水涨桥高，弯弯绕绕，贯穿于水杉林中。一路向西，一步一景，步动景移，曲径通幽，好一片水上森林！

步行约一小时后，水上森林的尽头又是一座拱桥。过了拱桥，便是威尼斯水城。

莎士比亚的喜剧《威尼斯商人》让威尼斯成名。古老的威尼斯水城最早源于意大利，后来在远隔万里的美国西海岸加利福尼亚州的海滨也建了一座翻版的现代威尼斯水城。没有想到，无缘无福一睹海外古老和现代威尼斯水城风采的游客，居然在我的家乡就能真切地游览并感受到威尼斯水城的风情。

威尼斯水城仿照古意大利水城风格，陡坡尖屋顶，仿木架构，褐色，所有街道和建筑都建于水上。远远望去，犹如湖面升起的一座艺术长廊。节假日，各式船只穿梭其中，熙熙攘攘，好不热闹。

从水城乘船至对岸，便是一大片银色的沙滩。这里是童话世界。没有见过大海的孩子们，可以在这里尽情地享受沙滩和阳光。

沙滩背后就是大型娱乐世界。摩天轮是这里的标志，十里之外都可看见，疑是天上悬玉环。娱乐大世界源自人类对生命的理解和人生的感悟。生命在于运动，运动则又回报给人生以乐趣。来这里，追求的是一种惊心动魄的冲击和动感。其项目丰富多彩，组合滑梯多种多样，喷水冲浪应有尽有，适合不同年龄段的游客。

从娱乐大世界后门的出口再往西行，便是公园的尽头。一座全玻璃观景台高高翘起，前伸，悬空在浩瀚的嘉陵江江面，犹如正要起航的巨轮。

观景台与城西重镇——老鸦镇，翘首相望。中间隔着一座天然的孤岛。此时不禁让我想起，20年前，我曾带领全家乘船去岛上垂钓，追捉野兔，妻子活跃在野炊现场，此场景历历在目；如今妻子已病逝6年，今日中秋，想来不免伤感！

开始返程，细细一看，才知来时所游的线路属于禹迹岛的内湖。这里是内湖的进口，与外侧的嘉陵江贯通。

嘉陵江与内湖之间隔着一条矮矮的山梁。山梁两侧，翠绿的草坡或草坪之上，各色花果四季飘香；山梁之中是一条宽阔的观光道。这是景区内观光车专用道，也是自行车运动道，路边还有一条彩色、柔软且富有弹性的游客步行道。沿此道路，可以同时观赏内湖和嘉陵江风光。

我们的返程，漫步在嘉陵江边。

沿着弯弯曲曲的青石板步行栈道，穿过一片树林，走过摆放着各色各样景观石的路段，步入延伸到嘉陵江心的木栏栈道，穿行在白花花的芦苇丛中，时有受惊的水鸟冲出，扑打着翅膀，或巡视江面，或扶摇直上蓝天。对岸，正是五面山。

出了木栏栈道，是一大片粉黛乱子草观赏区。那粉红色的草花随风起浪；在柔和的色彩中，成双成对的情侣正在记录着他们的浪漫。

这时，可以看到将要竣工、横跨南北的嘉陵江三桥和对岸巍巍的豪威益大酒店。

　　在嘉陵江三桥桥头的西侧，有一座秀丽而精巧的小山。这里是返程的终点。登上山顶，禹迹岛主景区尽收眼底，但见江中有岛，岛中有湖，湖中有桥；处处是景，如诗如画；舟行碧波上，人在画中游。蜿蜒曲折的生态游廊，沿湖延伸；湖中碧波荡漾，水杉林立，绿荫轻摇，让人流连忘返。感慨之余，填词一首：

眼儿媚·禹游禹迹岛

　　神禹巡游禹迹园，碧镜映青山。廊桥水景，水杉水草，去往渔船。

　　游人谈笑秋风里，快乐似神仙。禹王长叹：当年治水，哪比今天！

过三桥，忆三桥

难得一个艳阳天，秋高气爽，与朋友相约，去阆中看水城。不料，阆中水城并没有我们想象中的那么热闹。除了现成的大片水域之外，许多项目仍在建设和完善之中。

然后返回，想去南部嘉陵江三桥转上一圈，并看一看南部水城。

嘉陵江三桥是党的二十大召开的前一天试通车的。确定这一天试通车，毫无疑问，庆祝意义大于实际意义。

我们从阆中返回直奔三桥，远远便见宽阔的引桥路。引桥路中间为花团锦簇的隔离带，两边是由绿草坪、假山石、罗汉松、花卉、青石板汀步组成的坡形花园。

穿过四通八达的立交桥，便见高耸入云的索塔，连接着三角形的斜拉索。三座索塔吊起了横跨嘉陵江两岸的斜拉桥。笔直的桥面，双向六车道，还有专用自行车道、人行道，人来车往，熙熙攘攘。约四分钟，便到达彼岸。开车的感觉只有一个字：爽！

侧面望去，便是红岩子电站桥。距红岩子电站桥不远处还有看不见的嘉陵江一桥和二桥。这些桥虽是老桥，却记载着南部历史变迁的辉煌，是南部那个时代的骄傲。

嘉陵江一桥是南部县第一座横跨嘉陵江的拱形大桥，于1992年底建成通车。记得通车当天，人山人海，锣鼓喧天，从此南部告别了过江必乘船的历史。春节，我和爱人与县城大多数人一样，都选择到嘉陵江一桥去凑热闹，融入喜气洋洋的氛围中。也是那一天，我们才第一次居高临下，观嘉陵江胜景，看波涛滚滚，大江东去。

红岩子电站桥是以电站拦河坝代桥的大桥，于2002年建成。而电站则是千里嘉陵第一座由全县全民集资入股建成的梯级发电站，从此南部告别了有水缺电守穷的历史。其电站的意义远远大于桥梁的意义。此时，不禁让我想起红岩子电站建设的大功臣伏文超。他在县委书记任上，独具慧眼，以无私无畏的惊人魄力，力排众议，顶住来自上下左右的压力，在尚未立项、没有资金来源、一穷二白、多年来只酝酿不动工的情况下，在一大片荒沙滩上，启动了红岩子电航工程建设，仅用了建设嘉陵江三桥一半的资金，如期建成且并网发电，让全县人民当上股东，享受了唯一一次投资政府项目在短期内回本分红的福利。

嘉陵江二桥是南部县第一座行车载重量可以超过20吨且跨度最长的梁式大桥，也是过去巴中、仪陇等老区通往成都、重庆的唐巴公路上的重要枢纽工程，建成于2007年底。从此南部告别了载重车要绕经盘龙过渡的历史。一般人对此不会有体会，嘉陵江对岸施工的业主和单位感受最深。嘉陵江二桥为江对岸满福坝新区建设、河东工业园区建设立了大功，节省的成本至少是数亿元！

嘉陵江三桥则是南部县第一座斜拉桥，其宽度为目前国内中央矮塔混凝土桥之首，与满福坝琴台路互通，成为城北新区和南部水城的交通纽带。这座大桥承载着南部人的许多期待。三年来，我几乎有空就去看看，航拍高手刘铭先生笑称自己为嘉陵江三桥建设的社会监督员，每天几乎都要为满足关注该桥建设的南部人搞近乎施工现场航拍的直播。

过了嘉陵江三桥，我们又去了南部水城。没有比较，就没有鉴别，与阆中有水无城的水城相比，这时才真正感到南部水城名副其实：有在嘉陵江建成的威尼斯、禹迹岛、娱乐大世界，难道还不能称之为城吗？

在返回主城的路上，嘉陵江三桥已华灯初上。我的心情有些激动，再次为南部骄傲。从此，满福坝新城建设将如虎添翼，充实着全县人民更加丰富的梦想。

此时，我有感于嘉陵江三桥建成，撰联一副，虽欠工整，却是心意。

三桥飞架南北，连通新旧闹市；
一江贯穿东西，见证古今变迁。

南部的《清明上河图》

一看标题，大家或许会大吃一惊：《清明上河图》为中国十大传世名画之一，为北宋宫廷画家张择端的存世精品，现藏于北京故宫博物院，南部怎么会有呢？

不错，《清明上河图》是国宝级文物，属于北宋风俗画。此图以长卷的形式，生动地记录了北宋都城东京（又称汴京，今河南开封）的城市面貌，反映了当时社会各阶层人民的生活状况，是北宋时期东京繁荣的见证，也是北宋城市经济情况的写照，体现了宋代建筑的特征，具有很高的历史价值和艺术价值。早些年，开封按照此图，仿建了现代版的清明上河园作为旅游景点，我还专程去游览过。

应该说，无论是画，还是实景的园，南部都没有。

清明前夕，有朋友自成都来，我陪他们逛新建的滨江路。

我们从高大雄伟的南部中学新建大门来到红岩子电站桥桥头，放眼向西望去：浩瀚的红岩子湖，白云入平镜，湖光醉山色；柳帘垂堤岸，春风拂游客。岸边停放着两艘游轮和几艘快艇。一湖碧水，波光粼粼；时有快艇穿梭其间，像剪开蓝色的锦缎，裁出一串雪白的浪花；又有鹭鸥几点，时而巡视江面，时而腾空而起，同醉逍遥……

红岩子广场右侧之上，六车道的十里滨江大道自柳林广场而来，经壮观而绚丽的蝴蝶彩桥，从红岩子正阳广场腾空而过，在嘉陵江三桥桥头交会，穿过五面山，直达火车站。

望不见尽头的红岩子广场，经过改造，焕然一新，更显敞亮。桃红李白，垂柳依依，蜿蜒的步道穿插在绿荫之中。我试用无人机拍摄，从红岩子电站桥桥头起航，穿过五彩斑斓的月亮广场，与古朴的钟楼擦肩而过，悬停在正阳广场上空。左侧是大红翅膀的蝴蝶彩桥，两翼高翘，如待飞的蝴蝶，象征着南部红红火火，飞向美好的未来。江边是红岩子电航工程纪念碑，扬帆起航的标志性造型，银色的外表在阳光下熠熠生辉，象征着南部的发展将一帆风顺。过了正阳广场，原来的一大片荒滩已被建成狭长的园林，曲径通幽的步道连接着两个小广场。这时，巍巍的嘉陵江三桥已快占满无人机遥控画面。于是，无人机沿着园林尽头的坡道上了新建的滨江路，映入画面的是一幢幢傲矗云天的高楼。

原来，这里是新开发的红岩子上河城二期楼盘。

上河城——这里有河吗？或许，开发商把嘉陵江当河看，黄河不也称河吗？处于嘉陵江下游的县城北门是南部老城的入口，这里处于上游，新建的像城一样的楼盘，不就是上河城吗？

看到上河城，自然想起《清明上河图》。如前所述，《清明上河图》描绘的是北宋时期清明时节，东京城郊接合部上河两岸的繁荣景象和热闹场景。而今，避开朝代不说，单就所处的位置、场景，这里与《清明上河图》何等相似！

这里最早同样属于城郊接合部，同样是沿江河修建而兴起的城市。上河城是主城区的高档小区，入住的差不多都是非富即贵之家，对岸是满福新区，有闻名遐迩的禹迹岛和威尼斯水城。嘉陵江三桥犹如《清明上河图》中的虹桥，已成为交通枢纽，东西连接北门至火车站，南北连接着老城和满福新城。如果豪华轮船过嘉陵江三桥，或许也将有着画中那样的热闹场景。有所不同的，仅仅是因为时代的不同，其建筑、人物、车船等景物而展现出来的不同风格，但相同的，都展示了一代前所未有的兴旺与繁荣，是那个辉煌年代的骄傲！

想到这里，我没有满足于自己的理解，便沿致远路走过上河城二期楼盘的街面。令我大吃一惊的是，这才三个月没到这地方来，原来紧紧相连的一大片荒地，现已建成偌大的浩口河悦水公园了。

浩口河的整治虽然仍在完善之中，但看着那宽阔的河面和笔直的河道，不难想象，如果以后通水，小船完全可以航行。那时，不又是一条上河吗？现在，河的两岸已建成公园，春风荡漾；绿茵茵的草坪上怪石嶙峋，栽植着四季花树。放眼望去，红的桃花、粉白的樱花争奇斗艳，各色蝶儿和蜂儿正忙着与花儿接吻，好一幅当代《清明上河图》！

我朝上河城二期高楼望去，一条竖幅广告亮有"临江而居，学区府邸"的字样。细细一想，还真是如此——前面正是悠悠的嘉陵江，沿着新滨江路向东行约1公里，就是南部中学正大门，再行约1公里，就是滨江小学和一小了。但我还想看看，这里真的称得上"府邸"吗？

进入小区，只见10多幢高楼围成一座精巧的园林，小巧玲珑而别致。

我把无人机放到楼顶，便看到了不远处的灵云山公园。这时，我想起我的一个侄儿在上河城二期买了房并已入住，便收回无人机，敲响了他家房门。

他买的是小户型，虽然才96平方米，却有三室一厅一厨一卫，户型合理实用，没有浪费。不用开灯，光线柔和。从不同方向的窗户望去，红岩子风景区、嘉陵江、嘉陵江三桥、满福新区、禹迹岛、威尼斯水城、火峰山公园、灵云山公园和五面山尽收眼中。我不禁赋诗一首：

七律·上河城赞

巍巍高阁上苍穹，浩浩江湖落醉鸿。

新桥建成通禹岛，红岩盘旋接南中。

广场玉立帆雕壮，灵云飘飞火峰雄。

居室景观哪里好？现房独数上河宫。

世外桃源记

朋友即将离开其生活工作几十年的县城，去外地定居养老，于是我们相约再游世外桃源。

世外桃源离县城不远，开车由212国道沿嘉陵江一路向西，约10分钟就到了。

其实，这里称世外桃源有点假。大门前车来车往，不但离县城近，而且位于老鸦场镇和学校之间，相距仅一两百米，明明是世中闹市之所。

进大门一看，这里哪有"芳草鲜美，落英缤纷"的桃花林？大门往左，可见两树桃花绽放。深秋了，不用说，这是两株花枝招展的假桃树。

但转念一想，桃花源出自陶渊明的虚构，历史本来没有，何必当今求？

绕过桃树，原有的塑钢围成棚、四周敞亮的露天茶园正在改装成布篷带窗的新茶房。

沿着茶园两侧的石梯下行，一个在嘉陵江边用木板悬空铺成的长方形观景台让人眼前一亮，豁然开朗。虽不见"土地平旷，屋舍俨然，有良田美池桑竹之属"，但见浩瀚的嘉陵江自阆中方向而来，环绕过一座孤岛，浩浩荡荡向县城奔腾而去。

远远望去，江的上游水面开阔，碧波荡漾；江对岸是一大片树林，郁郁葱葱。江中孤岛是椭圆形的小草原，虽无人烟，天气转凉，仍生机勃勃，不由得让我想起20年前全家渡船去岛上野炊的快乐时光。隔岛东望，是禹迹岛的尽头，新开发的水城房产高楼林立，玻璃悬空观景台隐约可见，高大的摩天轮犹如悬在天宇的花环，五面山山顶的寺庙更显庄严。岛的下游便是禹迹湖的外江，如一条绿色的缎带，穿嘉陵江三桥而过。

记得前次来时是雨后初晴，这里碧空万里，白云飘飘，空气清新如洗，微风习习，还带有嘉陵江沿岸绿植的清香，直入心肺，不忍呼出；而今天来时，虽在绵绵的秋雨之中，但对坐在遮阳伞下赏江面上的烟雨蒙蒙，却别有一番情趣。

观景台上摆满了撑伞茶桌，前次来几乎座无虚席，有的打牌，有的观景，有的谈天说地，有的洽谈生意。这次来虽然下雨，但雅间几乎爆满。都是匆匆世间客，来此悠悠世外玩。

这时，我不禁想起去年应邀来此品茶，却遇上一位高调的自称闲士的本地陪客。他与我们仅是初识，却侃侃而谈，大肆炫耀他的财富和儿子事业的得意。当时我真为这位朋友捏一把汗。不久前，听说其所炫耀的人中有人出事了。此时，我只有一声长叹：既置身世外，心仍在世间，还如此张扬。何必呢？

去上面的餐厅吃完午饭，没有料到，秋天的脸色也与有的人一样，说翻脸就翻脸。刚刚放晴，此时居然听到了雷声，然后是淅淅沥沥的雨点。我们只有上了餐厅的二楼，这才欣喜地发现，二楼后面是一排高档的雅间，前面是高高在上、前无遮拦的大型观光露台，这里才是观赏嘉陵江最好的位置，俯瞰之下，嘉陵江美景尽收眼底。

我们像发现新大陆一样兴奋，在这里一边品味香茗，一边观赏江景。不一会儿，天终于放晴。这时，顿然觉得此地的奇特，既有如"桃花源"另是一番天地、与世隔绝、悠然自得的意境，又有《岳阳楼记》"衔远山，吞长江，浩浩汤汤，横无际涯……波澜不惊，上下天光，一碧万顷"的壮阔，还有其"心旷神怡，宠辱偕忘，把酒临风，其喜洋洋者矣"的心境。

而本人系草民凡夫一个，哪有范仲淹"居庙堂之高则忧其民，处江湖之远则忧其君……先天下之忧而忧，后天下之乐而乐"的资格和境界？此刻只有收录前次来时所填的一首词，以示俗人之感慨：

殿前欢·世外桃源观嘉陵江

水连山，蓝蓝天上白云翻。晴空万里成魔幻，如梦犹仙。陵江碧浪翻，高楼远。座座雄风展。怎么得了，哪是人间？

春果飘香

又是一个双休日，一帮好友三三两两从南部县城出发，相约来到流马镇。

过高速路出口不远处，下一道山湾，柳暗花明，不禁让人眼前一亮。远远望去，不仅春光明媚，鸟语花香，在青山环抱之中，还有一大片柑橘园直抵山边。

我们将车停放在村广场。好客的老板闻讯赶来，热情邀我们进地采摘。我甚是好奇，明明是百花争艳的春天，怎么还会有果子不舍枝头呢？我们实在按捺不住内心的期待，进入地中，只见株株个头不高的柑橘树枝硕果累累，虽然被白色的纸袋包裹得严严实实，但那诱人的清香还是和着那和煦的春风，直钻鼻孔，沁入心脾，不忍呼出。

我实在装不了斯文，不满足于饱饱眼福，更想饱饱口福，便随手摘下一个，撕开那遮羞的纸袋，剥开那薄薄的果皮，只见那黄澄澄的果瓣露出金灿灿的果肉，吞进嘴里，不用细嚼，便化为甜甜的果汁——居然无核。那爽爽的味道，本想在口中多停留一会儿，以便细细地品味，不料肠胃已迫不及待地将其吸下肚去，手也不失时机地又塞进一瓣。

饱了肚子之后，面对如此美味，我们自然不肯就此罢休，于是又要来袋子，采购了一批放在车上。

听说我们一行是县城专程来采购果子的，所在的狮子口村党支部书记何朝印来了。听他介绍，老板何国洪本来是本村在外地发展的成功人士，不忍看见家乡贫困，便乘着脱贫攻坚、乡村振兴的东风，由村党支部动员回家发展，租下500多亩土地，成立了合作社，栽植耙耙柑，自创品牌"新柑"。

现在"新柑"上市已有三年，远销重庆、西安等地，供不应求。同时，当地农民再也不用外出打拼，而是以地入股分红；既当老板，又就地打工挣钱。

乡村振兴让我大开眼界，感到梦想成真。村党支部引进了人才，兴办了产业，打造了青山绿水，开发了拥有科技和文化含量的"新柑"，不正是中央提出的"产业振兴、人才振兴、文化振兴、生态振兴、组织振兴"在狮子口村的成功探索和实践吗？原来，我们今天看到的，不仅是"新柑"这一春天的硕果，还有乡村借助春风振兴的初步成果。

我们期待全面实现乡村振兴那一天的早日到来！

唐妃贡李花满园

　　桃花三月，桃李春风，李花盛开。升钟湖畔，长岭山村，狮子山上，唐妃贡李，竞相争艳！

　　蜜蜂来了，彩蝶来了，记者来了，作家来了，摄影家来了，诗词名家来了，预订的客户也来了。

　　2023年3月9日，我们应邀参观唐妃贡李园。

　　占地面积1200亩的唐妃贡李园，遍布几湾几梁。漫山遍野的贡李横竖成行地排列在平整的园地中，李花竞相怒放，争奇斗艳。

　　园中硬化的水泥路四通八达，我们犹如在迷宫中穿行。我虽然来过多次，但也有迷路的时候。

　　进入园中，与李花来了个近距离的亲近。这里的李树从宜宾引进，经过嫁接，属于矮小品种。有的说李花如梨花，但李树个子较矮，没有梨花高高在上的高调和张扬；有的说李花如棉花，但李花不比棉花有绿叶的陪衬，无需任何遮掩，赤裸裸地开满了刚直的枝头；有的说李花如雪花，但李花不比雪花飘浮不定，忽左忽右，忽上忽下，而是死死地守住枝头，不孕育出果实，绝不落地。那些叫不上名的各种蜂儿、蝶儿，漫天飞舞，纷纷前来采蜜。这不用猜测，贡李未来的果实会有多么香甜！

　　此时，我突然联想到贡李产业园的两位老总，其品格和创业过程与这里的李花有着何等相似！他们不像梨花那样张扬，不像棉花那样有绿叶的帮衬，不像雪花那样朝三暮四，而是默默无闻，选择在这个过去的荒山生根，自力更生，经过三年打拼，终于一花引来万花开，结出累累硕果，带动了当地农民的致富，引来了各级领导和媒体的高度关注，迎来了全国消费市场的青睐。

由此联想到乡村振兴。如果没有长岭山村党支部引来在北京打拼的本地人李剑飞和老家在宜宾的王波，哪能在这个穷乡僻壤兴起有历史文化典故的唐妃贡李产业，又哪能打造出犹如人间仙境的青山绿水呢？这里不正是中央提出的"产业振兴、人才振兴、文化振兴、生态振兴、组织振兴"的典范和缩影吗？

乡村振兴，县作家协会选择在高个子的传统李子园采风，徜徉在近半亩的传统李园中。只见洁白如雪的花儿重重叠叠，团团簇簇，参差错落，犹如白玉镶满枝头，又像是用白色的绢纱剪出的一朵朵小花和一小片一小片的云彩。园子里弥漫着淡淡的花香。女作家们三五成群漫步其中，驻足留影，似乎又回到天真烂漫的少女时代，尽情地享受着美景。在一片纯洁的素美中，她们的心灵也得到了洗涤和净化，在兴奋之余，文思如泉涌，诗作连篇。她们似乎对李花情有独钟。难怪，传说"诗仙"李白的名字也正是源于他7岁接受父母的考试时脱口而出的一句诗——"李花怒放一树白"。

在采风现场，县作家协会副主席王雪明还将我为唐妃贡李项目编撰的典故——仿乐府诗"唐妃贡李天下誉，千年典故万代传"，以金钱板的形式来了个现场表演：

"武皇贡李"吟（仿乐府）

唐代武则天，出生在广元。

自幼嗜食李，美味挂心间。

进宫封才人，讳李十四年。

封为皇太后，思李难入眠。

香茶不再香，美食也难咽。

御医无药施，高宗急成团。

开禁供李食，依然未遂愿。

君王问何故？口感不如前。

钦差四处寻，巴蜀皆寻遍。

来到狮子山，山脚有个湾。

湾民皆姓李，李树果满园。

采鲜送长安，快马又加鞭。

"嘚嘚嘚嘚嘚"，当日送进殿。

昭仪再品尝，眉展笑开颜。

玉指捻翠李，紫皮金灿灿。

半红又半绿，入口脆又鲜。

正是儿时味，甘甜略带酸！

喜煞唐高宗，金口把旨传：

年年进贡来，不得有迟延！

武皇登基日，圣口出金言。

皇恩重赏赐，赐名李子湾。

天下第一李，盛名万代传！

访旭川博物馆

旭川博物馆展厅设在南部县公路二局三楼。公路二局非常重视收藏文化，在办公地点并不宽敞的情况下，居然还能拿出大半层楼来作为展厅，拿出一楼的两间房来作为库房。原来，旭川博物馆的创始人陈旭是公路二局的员工。我相信，公路二局会以陈旭为骄傲，陈旭也会为供职于公路二局而感到幸运。

在大门口迎候我的是一个中年男子——高大的个子，笔挺的腰杆，展示出百折不挠的军人气质；清瘦的脸庞，明亮的眼睛，显得十分精神。

上了三楼，步入第一展厅。

首先映入眼帘的是建设升钟水库的文史资料，凡与建设升钟水库有关的报刊、外宣资料，乃至讲话材料，从开工仪式、施工过程、竣工典礼、配套建设到建成后的灌溉和旅游效益，无一遗漏。读着一篇篇报道，观赏一幅幅照片，在这些泛黄的纸质文物面前，仿佛置身于当年升钟水库建设施工的现场：人山人海、人来车往的壮观场景，历历在目；机器的轰鸣声、劳工的号子声，声声在耳。升钟水库现在是西南地区最大的人工湖，也是闻名全国的国家4A级旅游景区和国际钓鱼城。它已成为南部的骄傲、南充的名片。

然后是中华人民共和国成立以来的各种证券和证件陈列。这里有各个时期各个地区的五花八门的粮票、布票、肉票、棉票，还有粮食供应证、供销合作社社员证、信用合作社社员证、土地证等，囊括了从土地改革、人民公社、"文化大革命"等计划经济年代的各种票证。只要是20世纪70年代及以前的出生者，都可以从中感受到在那个社会主义革命和建设探索时期的艰难历程及历史沧桑。

再就是各个版本的毛主席语录、毛泽东选集和各地各色各样的毛主席像章。

步入第二展厅，展示的是来自大自然的珍贵艺术品。

嘉陵石最为抢眼：有活灵活现的报喜鸟，有憨态可掬的北极熊，有活蹦乱跳的金丝猴，有动感十足的玉兔，有侧身端坐的佛陀，有亭亭玉立的白鹤，有高歌起舞的金鸡，有高大威猛的恐龙……件件精品，不胜枚举。这些历经上千年江水冲刷和浸泡的惟妙惟肖的艺术珍品，可是陈旭30年漫步千里嘉陵风餐露宿的结晶。而展示在这里的，仅是极少的一部分，还有数十吨嘉陵奇石，因城无居所，不得不寄放在偏僻的山村。

再就是根雕。尤其是阴沉木根雕，不用说根雕，单说其材质就显得尤为珍贵。阴沉木又称乌木，为蜀中特有，自古以来被称誉为"万木之灵""万木之尊"，是远古时期的名贵红椿、楠木、香樟等树木，因洪水、地震、泥石流、地壳变迁等自然原因而被深埋于古河床、山涧之下，在缺氧、高压状态、细菌等微生物的作用下，历经几千年乃至上万年的岁月被逐渐碳化，因此有"碳化木"之称。其本质坚硬，多呈黑褐色，切面光滑，木纹细腻，因而制成雕刻艺术品，更显弥足珍贵。其自然形成，稍加雕刻的各类人物、鸟兽等惟妙惟肖，令人拍案叫绝。

参观完三楼展厅，陈旭又把我们带到一楼仓库。开门一看，各类收藏品横七竖八，重重叠叠，摆满了两间。有老式农具、电器，有半成品的根雕原料，有各种图案的嘉陵巨石，应有尽有。虽然是一件件死物，却能感悟到它们自身的灵性和灵气，感受到它们特有的历史和文化，似乎还能听到它们的述说和哀怨："我们都是有故事的老者，从古老的历史中走来，见过各色各样的人，经历了风风雨雨的事，是一个时代的见证者。只要你爱我们，我们就会告诉你关于我们的一切。我们代表了那个时代特有的文化，现在需要传承，还需要拓展，更需要弘扬，尤其需要走出仓库，让历史告诉未来。你们却把我们关闭、闲置在这里，这不是罪过吗？"

我们问起陈旭，听他说起，他虽有满腔的情怀，却也有一肚子苦水。他从部队回到地方，与收藏结下不解之缘。为了收藏，他花光积蓄，宁愿携全家过着节衣缩食的苦日子。见他决意一生与收藏为伴，他的前妻不得不舍他而去。他家虽然没有积蓄，但各类藏品却不计其数。除极少部分陈列于此外，还堆满了乡下几间仓库。建川博物馆馆长樊建川曾慕名而来，欲以巨资收购其藏品。陈旭虽然缺钱，却婉言谢绝。因为在他看来，这些藏品是他的生命，是他的孩子，是他一生的追求。它们不仅属于他，而且属于南部，应归属于南部的人民！

是呀，这些藏品属于稀有资源，源于南部，就应留在南部。陈旭的旭川博物馆就是南部的观复博物馆、建川博物馆。

说到最后，陈旭眼神坚毅，眼中满含泪光，有自豪，有悲壮，有求助，更有期待。

有朋自西充来，不亦乐乎

难得一个双休日，秋雨还不舍离去。忽报西充来了一拨朋友，约我游升钟湖。秋雨闻讯骤停，很给客人面子。

升钟湖的核心景区是凤凰群岛，他们从博士观景台俯瞰，久久不舍离去，居然说胜过浙江千岛湖。身为南部人，听来很是骄傲。

有机生态鱼、卧龙鲊两个特色菜是升钟湖的必尝美食，客人尝了自然喜笑颜开。

在大坝午餐后，三五好友同游，赏湖边秋景，采路边野花，品红豆山楂，在芦苇丛中穿行，在升钟湖畔留影，除了惬意，还是惬意。

过西水镇，隔窗参观古老的西水县衙，是他们期盼已久之事。看古县衙的场景，就联想到民妇击鼓鸣冤、衙狱"威武"声声、县太爷升堂击惊堂木判案的电视画面。

经神坝场，观赏难得露出升钟湖湖面的五层百年砖塔，感受湖底老场镇的历史沧桑，不禁嘘然。

来到冯家湾，一帮20世纪60年代末出生的男男女女，丢掉烦恼和忧愁，尽情释放着上班及家中的压抑。他们吹的吹、唱的唱、跳的跳、喝的喝，忘乎所以，玩到深夜也未能尽兴。

清晨，游升钟湖畔，采园中青椒，吸清新空气。还有什么比这个更舒心的呢?

与长寿老人合影是他们最大的期待。老寿星也乐于配合。

再见了，升钟湖。放心，他们还会来的!

三

秀丽蜀地

成都东安湖赋

——写在成都世界大运会开幕之际

予近日来蓉，应先萍之约，游东安湖体育公园。游毕，感而记之。

溯蜀史之长河，自三星堆渗出，经金沙遗址，跨都江石堰，汇四方精英，聚古蜀之国，是以天府之土，盆地之心，乃有大成之都矣。

嗟乎，上下五千多年历史，纵横数百里河山。今之锦城，可于武侯祠味《隆中对》，诵《出师表》，悟三国文化；浣花溪畔怀诗圣，西岭雪山赏奇观；逛琴台故径，品司马大赋，尝文君美酒，趣说青衫掌勺事，笑谈红袖添香情。广袤都市，拥五环十区，有四衢八街。夫琼楼玉宇、花团锦簇之地，有美味飘香，美女如云，美景如画，远诱八方来客；更兼茶道绵长，茶艺惊艳，茶酒一体，沉醉本地清友；而况惊天大业，宏伟蓝图，招商优惠，吸来天下精英。锦城皆云乐，可谓温柔富贵之乡，又系如火如荼之地。其星光灿烂，惹眼全球。人言吃在成都，玩在成都，度假赏心在成都，建功立业在成都，环视天下，纵名城肩列，胜地星罗，唯成都独有之魅力矣！

至若火红五月，蓉城如画，锦水如歌。世界视点，聚焦龙泉山下；大学健儿，心驰大运盛会。花开龙泉驿，比赛场馆恭迎来客；情满东安湖，体育公园静待嘉宾。

观圆形体育场，犹巨型飞碟，从天而降。多功能体育馆，小球馆，游泳跳水馆，鳞次栉比，井然有序，大气雄浑。螺旋形火炬塔，前右侧而居，曲指苍穹。远眺纤细而柔美，近仰高大而挺拔。雄乎壮哉！

若夫无人机腾空俯视，一场一塔三馆，宏楼杰构，气势磅礴，瑰玮绝特，恍如天外。时逢大运盛会，正宜鲲鹏振翼，鹰隼盘空，圆梦蓉城也！

伫立广场，望东安湖，壮景空前。山环水抱，碧波千顷。水草丛中，偶有扁舟出没，惊飞野鸟一片；又有鹭鸥游弋湖面，嬉戏同醉，逍遥共欢；湖边小荷点点，迎风摇曳；蜻蜓款款，悬停荷尖。又见在湖一方，未央一岛，东安高阁，直矗蓝天。人云登顶凭栏，远可俯瞰蜀都，近则雄视龙泉，极目遐迩，天地一览，游人到此，莫不惊叹！

既而过拱桥，循湖堤，入溪峰岛。岛上山石景观，杉林栈道，清静雅居，遍布其间；溪峰之巅，高高在上，公园全景，尽收眼底。绿水飘白云，镜湖映青山；白玉石拱孔桥，计二十四座，微微隆起，倒映湖中，亦真亦幻，连接七岛十二景，如玉串翡翠；湖堤弯曲而飘逸，似仙女抖落于湖岸之裙带！

再过桃源桥，上成蹊岛，夫桃李满枝，下自成蹊；虽果实青涩，然芬芳扑鼻。拾级而上，进得桃李书屋，既品茶韵，又闻书香，此乐何极！

时近正午，予等游园仅二三。餐后改乘观光车，绕湖而游。方领略沿途东阁望川、东安竹语、溪峰河宴、桃李龙泉、书房澄泓、锦城花重、梅坡溪桥、神鸟迎宾、帆影竞渡、驿台荷风、活力西江、丽日戏沙十二道景观。穿行于睢园翠竹，竹林驿道，竹二十余类，分列两旁，遮天蔽日。车游其间，如入翠海迷宫，顿有超凡脱俗之感。

游毕返广场，再回望东安湖，霞光映射，金波泛起，一望无际；山清水秀，清风徐来，心脾如洗；何啻城市生态会客厅乎？

予等蜀人，翘首期盼：大运盛会，誉满蓉城矣！

值盛会开幕之际，情之所至，诗以颂之：

七律·东安湖赞

仲夏榴花天府香，东安湖畔彩旗扬。

五洲学子锦城聚，四色新徽大运镶。

虎跃龙腾迎盛会，山环水抱献华章。

灵泉惜别风流意，情似当年司马郎。

从游成都桂湖所想到的……

6月初赴蓉，在新都办事，朋友安排就近住在桂湖旁。先萍来访，相约游桂湖。

桂湖不就是杨升庵故居所在地吗？我顿时来了兴趣。

杨升庵——一个陌生又熟悉的名字。说陌生，是因为绝大多数人都不知道杨升庵是谁；说熟悉，是因为大家对他的作品耳熟能详，"滚滚长江东逝水"，那首气势磅礴、荡气回肠的词，长篇小说《三国演义》的开篇之作，电视连续剧《三国演义》片头曲的歌词，却是出自他之笔。

或许有人会问，《三国演义》不是罗贯中写的吗？不错，小说是罗贯中写的，但这首《临江仙》的咏史词却是明代状元杨慎之作，而杨慎正是杨升庵，升庵是其号。

问题来了，杨慎生于明朝的1488年，比1330年出生的罗贯中晚生158年，他创作的《临江仙》为何被罗贯中"拿去"作为《三国演义》的开篇词呢？其实，这首开篇词并不是罗贯中放进去的，而是明末清初的毛宗岗父子。

毛宗岗仿效金圣叹删改《水浒传》的做法，得《三国演义》古本，对罗贯中的原著进行了删改，并在章回之间夹写批语。毛宗岗本《三国演义》在情节上变动很大，不仅有增删，还整顿回目，修正文辞，改换诗文。开篇的那首《临江仙》就这样被毛宗岗"拿来"为己所用了。毛改本就是现在流行的120回本的《三国演义》。

天妒英才，杨升庵一生时运不济，命途多舛。他是成都新都人，明朝著名文学家。明正德六年（1511）中状元，授翰林院修撰、经筵讲官（为皇帝讲经义之学）。他为官清廉、刚正不阿。明嘉靖三年（1524），在明朝著名的"大礼仪"事件中，因触怒嘉靖皇帝，被杖责罢官，谪戍云南永昌卫。在滇南时，他曾率家奴助平寻甸安铨、武定凤朝文叛乱，此后虽往返于四川、云南等地，仍终老于永昌卫。明嘉靖三十八年（1559），他在戍所逝世，享年72岁。他的著作广杂，涉及经史方志、天文地理、金石书画、音乐戏剧、宗教语言、民俗民族等，被后人辑为《升庵集》。

说到杨升庵的这首词，我又想起他的一首诗。其实，这首诗还应该与我们南充的高坪有关。

戊寅九日龙门登高

江山盘踞千年地，风雨崔嵬百尺台。
摇落霜林秋籁发，参差云堞晓光开。
四愁多阻张衡望，九辨堪兴宋玉哀。
望远登高聊自遣，芳荑艳菊漫相催。

何为戊寅月，即天干乙年和庚年的立春到惊蛰之月也。

诗中的龙门指哪里？据查，以龙门命名，全国出名的有好多，广东惠州的龙门县，河南洛阳的龙门石窟，南充高坪的龙门古镇……从诗的首句"江山盘踞千年地，风雨崔嵬百尺台"看，应该是指南充高坪的龙门镇。因龙门是古镇，就在嘉陵江龙门峡口边，这里有江，有山，有百尺高台。我曾于2008年应高坪区政府之邀来这里考察并策划开发项目，还试图找到这首诗的岩刻。这里的龙门峡波涛汹涌，峡口形成一道槛状水墙，"鲤鱼跃龙门"的传说就源于这里。2000年8月，国家邮政局还在龙门镇首度发行了《小鲤鱼跳龙门》小型张特种纪念邮票。

再者，杨升庵即杨慎为何来到这里？因为这里是他从京城被谪戍云南永昌卫的必经之地。且在滇南率家奴助平叛乱之后，他常往返于四川、云南等地。更由于世宗因"大礼仪"，对杨廷和、杨慎父子极其憎恨，常常问及杨慎近况，大臣则回答杨慎"老病"，世宗才稍觉宽慰。杨慎听闻此事，更加放浪形骸，常纵酒自娱，游历名胜。如此说来，此诗源于杨慎来南充高坪龙门游览之作，就不难想象和理解了。

收回思绪，我与先萍步入桂湖公园。进大门往左走一段林荫道，便见一座古城巍然。为了省时，我们没有进入城门，而是沿着蜿蜒的古城墙外前行。古城墙始建于隋唐时期，当时为土筑泥夯的土城墙，明朝正德初年，新都知县张宽和百户汤聘莘合砌砖石城墙，形成保留至今的总体风貌，为成都平原保存了最完好的古城墙。举头一望，古城墙上古树掩映，郁郁葱葱，景色宜人。古城墙外，桂湖小巧玲珑，园中亭台楼阁，古色古香；漫步其间，大有穿越之感。湖畔有杨柳楼、澄心阁、香世界、抗秋、绿漪亭和成林的桂花树。

桂湖公园，顾名思义，以"桂"和"湖"为主。

先说"桂"。桂湖始建于初唐，原名"南亭"。因杨升庵在此"沿堤遍种桂树"，饯别友人，作诗《桂湖曲》，"桂湖"由此而得名。桂花林、桂花树一直成为桂湖的特色景观。桂花林中，丹桂、金桂、银桂应有尽有；桂花亭也成为桂花林中的主体建筑，现在桂花亭就是以"丛桂留人"为匾额。杨升庵的《桂林一枝》中是这样描述桂花的："宝树林中碧玉凉，秋风又送木樨黄。摘来金粟枝枝艳，插上乌云朵朵香。"受其影响，新都人种桂蔚然成风，每年中秋前后，桂蕊飘香，到此游湖赏桂的游人络绎不绝，因此形成了一年一度的桂花节。

再说"湖"，我们沿湖而行，湖岸迂回，道路弯曲，既有溪流、港湾、花圃，又有土丘、树林、河岸。饮马河迤逦向南，流水淙淙。园中有湖，湖中有浮于水面的芙蓉岛及其他小岛，由弯弯拐拐的廊桥、栈道、拱桥连接。湖面上，从船坞发出的各式游船穿桥拍浪，自在往返。

游人们憩息于树荫下、亭台间、港湾内，一股股凉风吹来，让人感受到的除了舒心，就是惬意。此时，忆及杨升庵"君来桂湖上，湖水生清风"的诗句，更使人心旷神怡。据说，三国时代蜀汉将士们常在这里饮马，此事虽不见经传，但从附近的名胜古迹弥牟八阵图、军屯镇和马超墓看来，"饮马"的传闻应该还是有其依据的。截至2023年5月，桂湖公园总面积为4万平方米，而湖面面积竟达2万平方米。

其实，引我们注目的，还有桂湖的荷花。桂湖荷塘始建于隋唐时期，有上千年栽种荷花的历史，现已成为全国著名的八大荷花观赏胜地之一。早在两汉时期，新都就种莲成风，唐代诗人张说"莲洲文石堤"的诗句，记录下了桂湖在唐代栽种荷花的情形。明代杨升庵不但遍植荷花，而且对荷花进行了深入的研究和考证。清代杨道南重修桂湖以来，桂湖种荷就有了官方的连贯记载。我们于6月初来到这里，赏荷正当时。只见满塘碧荷随风吹动，摇曳多姿。湖中莲叶片片托起荷花朵朵，上有蜻蜓款款。荷塘边，有一杨柳楼台。"十里荷花香世界，半城杨柳掩楼台。"因古人有折杨柳送别的习俗，同时寄杨升庵、黄峨几经离别之意，故名为杨柳楼。据介绍，杨柳楼始建于清咸丰十年（1860），重建于1981年，卷棚屋顶，飞檐翘角，气势雄伟；若满月之夜站于杨柳楼上，凭栏远眺，可见"画舫远汀迷柳树，一池明月浸荷花"的美景。杨柳楼斜对的湖畔，有一座临水而建的阁楼，因仿照成都锦江边的濯锦楼而建，故名"小锦江"。

因这里荷景迷人，也成为1987年版《红楼梦》电视剧的取景拍摄之地。大家还记得红楼梦中"寒塘渡鹤影，冷月葬花魂"的诗句吧？林黛玉与史湘云于夜色中坐在荷塘边的廊亭边，荷塘的荷花丛中突然飞出一只白鹤，便引出这两句对诗。而这样的场景，正取于此。

我们在阁楼下的走廊上一边品茶，一边赏荷，一边感受着《红楼梦》中这清奇的意境之美，一边欣赏着不远处以《梁祝》为背景音乐的音乐喷泉，不禁感慨："故人已逝，美景依旧！"

　　游览中，我们还瞻仰了安葬于园中的中国当代著名作家艾芜的半身青铜塑像，碑面"艾芜之墓"由当代文坛泰斗巴金手书。墓前正方形大理石上部刻着艾芜的一段座右铭："人应像一条河一样，流着，流着，不住地向前流着；像河一样，歌着，唱着，欢乐着，勇敢地走在这条坎坷不平、充满荆棘的路上。"

　　在结束游览，快要走出桂湖公园时，我们才恍然发现，大门内两侧有一大一小两株紫藤。大的一株相传为杨升庵亲手所植，主干直径达80多厘米，距今已有500多年的历史；小的一株直径为30多厘米。两株紫藤枝蔓在大门正上方相交缠，向东、西两个方向绵延，形成一座全国罕见的百米紫藤长廊，总覆盖面积竟达400多平方米，堪称"巴蜀奇观""中华之最"，是名副其实的"中国藤王"。紫藤条蔓盘亘缠绕，也象征着状元杨升庵和才女黄峨缠绵悲壮的爱情故事。

　　当然，我此时想到的，不仅是杨升庵夫妇的爱情故事，还有他流放云南与妻子告别时亲笔写给妻子的"四足"家训：

　　　　茅屋是吾居，休想华丽的。画栋的不久栖，雕梁的有坏期。只求它能遮能蔽风和雨。再休想高楼大厦，但得个不漏足矣。
　　　　淡饭充吾饥，休想美味的。膏粱的不久吃，珍馐的有断时。只求它粗茶淡饭随时济。再休想鹅豚掌蹄，但得个不饥足矣。
　　　　丑妇是吾妻，休想美貌的。俊俏的招是非，妖娆的把命催。只求她温良恭俭敬姑嫜。再休想花容月色，但得个贤惠足矣。
　　　　蠢子是吾儿，休想伶俐的。聪明的惹祸非，刚强的把人欺。只求他安分守己寻生理。再休想英雄豪杰，但得个孝顺足矣。

　　但愿杨升庵的"房餐妻子"这"四足"家训，能予当今者更多的思考。

成都洛带古镇游

10月中旬，我应朋友之约，去成都重游洛带古镇。

前一次游洛带古镇是今年9月，受四川省通俗文艺研究会会长、峨眉电影制片厂邓小平扮演者陈家甫之邀，与南充市委组织部原部长、我的老朋友冉崇恒及其夫人等一起。由于那次之行主要是考察项目，一边游览，一边讨论，所到之处，来不及细看，以致留下遗憾。

因为是重游，我们这次就沿街直奔主要景点。

洛带古镇位于成都市龙泉驿区内，总面积达2万余平方米，是国家级历史文化名镇，被称为成都"东山五场"之一。其规模之宏大，历史之悠久，保存之完好，或许仅次于阆中古城。

洛带古镇最早于三国时成街，宋初已成为地区性集镇，是成都近郊保存最为完整的客家古镇。

"洛带"之名最早见于唐末五代人杜光庭《神仙感遇记》所载"成都洛带人牟羽矣"。据传，"洛带"原作"落带"，其得名有两个传说：其一，三国时，蜀太子刘禅在镇上玩耍，为捉鲤鱼而不慎将玉带掉入镇上一口八角井中，因而得名；其二，因此地有一"天落之水状如玉带"之河，故称"落带"。

镇内千年老街、客家民居保存完好，老街呈"一街七巷子"格局，属典型的明清建筑风格。

镇内以国家级重点文物保护单位——广东会馆、江西会馆、湖广会馆、川北会馆4家会馆和客家博物馆、客家公园最为有名，是中国古代建筑"大观园"中的一枝奇葩。

广东会馆位于洛带老街上街南侧，占地面积2712平方米，建筑面积2499平方米，由广东籍客家人捐资兴建，又名"南华宫"。后失火，烧毁各主要殿堂，仅存大门戏楼及前院坝两边厢房耳楼。清光绪九年（1883）重修全馆，中华人民共和国成立后改作粮仓，多有拆除和添建，继而由洛带公社使用。广东会馆坐北向南，主体建筑由戏台、乐楼、耳楼及前殿、中殿、后殿组成，呈中轴线对称排列，复四合院结构，总建筑面积3310平方米。广东会馆大殿石柱上有多副楹联，其中"云水苍茫，异地久栖巴子国；乡关迢递，归舟欲上粤王台"最能反映出客家移民拓荒异乡、艰苦创业和思念故土之情。而现代客家画家邱笑秋（龙泉西河镇人，国家一级画师）为广东会馆创作并悬挂于中堂的一副对联"叭叶子烟品西蜀土味，摆客家话温中原古音"，刻画出了客家人扎根四川后既融于巴蜀文化，又以"宁卖祖宗田，不丢客家言"的祖训顽强传承自身文化的精神特质。广东会馆是目前中国保存最完好、规模最宏大的会馆之一，其风火墙建筑风格在四川绝无仅有，是洛带古镇的标志性建筑。

湖广会馆又名禹王宫，位于洛带镇中街，由湖广籍移民于清乾隆八年（1743）捐资修建，供奉大禹，是清代填川湖广（今湖南、湖北）人联络据点。会馆于1912年毁于火灾，1913年重建。

会馆坐北朝南，依中轴线对称布局，由牌坊、戏台、耳楼、中后殿和左右厢房构成，全贴金装饰，建筑面积2480平方米，较完整地反映了湖广移民的艰苦创业和社会生活。馆内天井无下水道，即使街上洪水漫涨，湖广会馆也不会淌水漫延，为湖广会馆的一大奇迹，民间传为大禹保佑之故。

湖广会馆内设有四川客家博物馆，常年免费举办"中国西部客家民俗文物展"，陈列其中的400多件客家文物、民俗民物以及红色革命成果展示等实物或图片，具有极高的研究价值。

　　川北会馆原址位于成都市卧龙桥街，属1998年迁建至洛带镇正兴村的新馆，故本次未游。

　　江西会馆位于洛带镇江西馆街，原名"万寿宫"，坐北向南，建筑面积2200平方米，由江西籍客家人于清乾隆十一年（1746）捐资兴建，供奉赣南乡贤神祇许真君，为清代填川江西人联络据点。江西会馆为四合院布局，主体建筑由大戏台、民居府、牌坊、前中后三殿及一个小戏台构成。江西会馆在整体布局和建筑美学方面都颇有价值，在中后殿之间的天井里还有小戏台，为四川会馆中独有。按照当地安排，本月节假日，朋友陈家甫领导的四川省通俗文艺研究会在此表演以家风教育为主题的文艺节目，可惜当天没有表演，未能观赏，只有再次留下遗憾。

　　由于明末清初"湖广填四川"的历史移民运动，经过数百年的繁衍生息，在洛带镇形成了独特的客家风俗和客家文化。因此，洛带古镇也被誉为"中国西部客家第一镇""世界的洛带、永远的客家"。

从三岔湖到丹景山

我与三岔湖有着千载难逢却又被错过的良缘。

那是2007年，正当三岔湖启动旅游开发之时，我受邀与省水利厅一位同志前往三岔湖为其策划一个文旅项目。这个文旅项目得到三岔湖主管部门的一致认同和好评，但之后我们正要与之谈合作协议时，重庆公司却因资金上的困难而不得不退场。

10月中旬，我在成都与朋友谈及此事，不免叹息，便相约再去三岔湖。我们开车沿湖游览，所见之处，令人叹为观止。

三岔湖位于成都市简阳西南部，距成都60公里，有27平方公里水域、113个岛屿和165个半岛，是四川省水域最开阔的湖泊，湿地面积有3平方公里，是各种鸟类的天堂，生态环境良好，自然资源得天独厚。其独岛数量居然比我的家乡所在地——四川水域面积最大的升钟湖还多出13个，难怪有"天府明珠"的美称，被誉为"西部百岛湖，天府新乐园"。

我们入住的碧水云阁休闲庄位于湖心独岛。我们的车是通过两岸是湖的一条狭窄的公路进入的。

入住的二楼标间窗明几净，床上用品叠放得整整齐齐，大有如家之感。

开窗望去，蓝天白云之下，远远的山峦重重叠叠，倒映湖中，如一幅水墨山水画；浩瀚的湖面碧波荡漾，时有游船载客而过，剪开一湖秋水，掀起层层浪花，传来游客们的阵阵笑语；又见叶叶小舟在波光粼粼的湖面悠悠地漂浮；云阁前方有两座孤岛，分列左右，杂树林立，郁郁葱葱，其间一群群仙鹤停留树丛，如白花点点，时而飞向远方，时而巡视湖面。

来到这里，特色美食很多，主要是翘壳鱼（又称白鱼）。按照两人的食量，大鱼吃不完，别无选择，只有吃黄腊丁。服务员端出做好的满盆黄腊丁，那热腾腾的餐雾、金灿灿的色泽和香喷喷的气味，已让我们胃口大开。尤其是用筷子夹开那柔白而细嫩的肉，放入口中，细细品来，那麻辣的爽、鲜美的味，独特到让人回味无穷。

食毕，我们坐在湖边，任秋风送爽，一边品茶，一边读书，闲赏云卷云舒，近看船来船往，甚感惬意。

累了，朋友睡索床，我便沿着人工搭建在湖面的空中栈道走走，在冒险的刺激中享受着清新的空气，也别有一番滋味。

黄昏，晚霞染红了湖面，水天一色，格外迷人。

次日晨，太阳从远山渐渐地露出红通通的脸，把一片金黄洒向湖面，三岔湖又充满了生机，开始了新的一天。

吃了早饭，我们穿过林荫道透过的道道霞光，向不远的丹景山风景区进发。

丹景山风景区作为龙泉山城市森林公园第一个先导性、示范性、引领性项目，是见证成都东部新区和中心城区"双城"有机生长的"城市之眼"。

车停在景区内停车场，我们沿着彩虹栈道徒步上山。

沿途植被葱葱，鸟语花香，空气清新，视野开阔。约30分钟便到达丹景台下。

仰视丹景台，高耸云天，气度不凡。

我们沿着螺旋式宽广的栈道缓缓盘旋而上，如云端漫步；登临其上，如在天际。

丹景台处于龙泉山脉丹景山山脊的最高处，若从高空俯瞰，是一座螺旋而上的"太阳鸟"图案，这也是古蜀文明发源地的重要标志，宛如镶嵌在丹景山上的一只巨大的眼睛，因此被称为"城市之眼"。站在丹景台上，极目环视，层峦叠嶂间的空港新城、简阳市和浩瀚的三岔湖一览无余，尽收眼底，在蓝天白云的映衬下，宛如一幅色彩斑斓的画卷。

我们沿着空中栈道来到丹景亭。丹景亭处于丹景台与丹景阁之间，在此既可与丹景阁对望，亦可俯瞰丹景台景区核心区全貌。其形态提取了金沙文化中九柱高台的九柱元素和尺寸，不仅希望国泰民安，同时也为游客提供游憩之地。

朋友在此休息，我独自行至丹景阁下，再乘电梯，上到丹景阁顶层，环视一周，只见群山起伏，有如绿波，大有一览众山小、君临天下的豪迈。

本来还有一个休闲、游览的重要景点"灵泉揽月"，因临近中午，我只有远观：半弯的月牙倒映在清澈的湖水上，水雾弥漫，像极了月亮被拥入湖中，美如仙境。

游毕填词一首：

秋风清·从三岔湖游丹景山

三岔湖，仙客居。绿水白鱼跳，湖光山色图。丹景山上天堂美，蜀都醉眼西南殊。

灯会炫亮东安湖

来到成都，住东安湖畔。尚未入夜，只听音乐声起。隔窗望去，一路之隔的东安湖已是辉煌一片。原来，东安湖首届灯会已经开幕。

我们自然不能错过，便急急下楼，匆匆前往，随着人流进入灯会牌坊。

沿途火树银花，一路灯笼高挂。华灯熠熠，五彩斑斓；人潮涌动，如梦似幻。

首先，我们进入大过龙年主题区。这是一个打卡"金龙耀门"主门头的核心灯组，意在沾"龙"气，行大运。

然后步入桃花梦境，观"光影桃源"，进"龙舞桃林"，过"桃花池"。远远可见，"桃花仙子"在"桃花台"上，矗立云端，一身粉红的纱裙，面带微笑，犹如洛神，转眄流精，光润玉颜；含辞未吐，气若幽兰；华容婀娜，曼妙多姿，迷人醉眼。

再步入古蜀之路主题区，呈现在眼前的是"三星堆·商青铜立人像""金沙·商大金面具""金沙·太阳神鸟""山海经·夫诸"等特色主题灯组。这组灯既显古色古香，又极富现代感。

最让人赏心悦目的莫过于"璀璨华夏"主题区。来到这里，我们顿感时光倒流，仿佛回到古代。一路走去，"秦·书同文、车同轨、兵马俑、编钟"等古朴庄重，"唐宋·唐诗宋词"意境悠悠，盛唐之路灿烂辉煌，花萼相辉楼美轮美奂，唐宫夜宴处金碧映明月，翩翩舞仙子。李白、杜甫的著名诗句与江山画境融为一体，形成诗词长廊，不禁让人叹为观止。

　　最让人心醉的莫过于东安湖湖心的艺术长廊。在夜色之中，通过彩灯呈现，古代游廊曲曲折折，与湖中倒影连成一片，背景的光柱射向天空，伴随着音乐交叉晃动；一位古装美女，一身仙气，端坐于游廊前的小船之上，正在演奏琵琶。虽听不见琴声，但见手指在琴弦上轻盈地跳动，却能感受到那明快的节奏和那如繁星点点、如泣如诉的音乐，仿佛被带入白居易《琵琶行》的意境。

　　在灯会主场的另一侧，我们游览了"未来之门""龙墩墩""时光隧道""星际龙宝""未来生肖""未来之眼"等核心灯组，从千变万化的蓝色主色调中，感受到了未来世界的奇妙。

　　在灯会的露天草坪，我们观赏了一场精彩别致的演出。表演以桃花岛岛主为主人公，通过古装主持人的对白、情景话剧、舞蹈，再现蜀国的变迁，展示了以李白为代表的蜀中诗人的风采。表演结束，只见一条"桃花飞龙"从幕后腾空而起，一会儿忽上忽下，左右飞舞，一会儿蜿蜒游动，气势如虹，引来游客一阵惊呼。

　　游完灯会，我们流连忘返，不胜感慨。

　　这场灯会以光影为媒，以艺术为景，通过五光十色的光影场景，打造了一幅幅"灯中有灯，景中有景"、流光溢彩、灯景交融的唯美画卷，呈现了一道道极致梦幻、无比震撼的视觉盛宴，引导游客穿越了一场从远古到未来的奇幻时光之旅。这种古老的民俗文化居然能有如此魅力，难怪能流传2000多年，遍及全国！

过塔公草原 游四姑娘山

2018年8月，我们全家上班族及学子、二侄女，集体休年假，相约自驾先后游览川西塔公草原和四姑娘山风景区。

塔公草原位于四川省甘孜藏族自治州康定市塔公镇。每年夏秋季节，塔公草原风光如画，在茵茵草地上，种类繁多的野花竞相绽放，绚丽多彩。当游客徜徉于花海之中，顿感飘飘欲仙。在晨曦初露的早晨，散落在草原上的牧民的黑帐篷里炊烟袅袅，时时飘来阵阵奶香、茶香。此时的塔公草原山花烂漫、碧水悠悠，牛群、羊群、马群、帐篷和寺庙塔林相交织，呈现出绮丽斑斓的迷人景色。

笔者填词为证：

忆秦娥·塔公草原赞

云舒卷，茫茫原野真奇幻。真奇幻，牛羊成群，阳光金灿。文成进藏由佛伴，佛经此地停相恋。停相恋，满山经文，处处禅愿。

结束了塔公草原的游览，我们开始向四姑娘山进发。

四姑娘山风景区位于阿坝小金县，其旅游资源丰富，发展迅猛，属驰名中外的国家级自然保护区、国家5A级旅游景区。

四姑娘山风景区由双桥沟、长坪沟、海子沟及四姑娘山组成。这里山势奇特，流水清濯，古树苍翠，自然生态完好。蓝天白云，冰雪奇山，草甸湖泊及各种野花的有机组合，构成了一幅幅绝妙的自然动态立体画面。

　　四姑娘山风景区最被人称道的就是"三沟一山"，即双桥沟、长坪沟、海子沟和四姑娘山，其中风景最集中、最美丽的是双桥沟。

　　在这两山夹着一条溪流的双桥沟里，有一个与世隔绝的落脚之处——观岳酒店。我们就入住这里。

　　偌大的双桥沟景区里，却只坐落着这一处酒店。此处远可观山顶积雪，近可赏迷人溪流；听山水虫鸣，看云卷云舒。入住这里，瞬间便忘却了世俗烦事。来这里仅住了两日，生活仿佛成了诗。

如梦令·游四姑娘山

　　如梦如痴如幻，四位姑娘争倩。山耸入云端，溪水潺潺相伴。惊叹，惊叹，千岁水杉成片。

霜天晓角·四姑娘山赞

　　乳峰如切，美比天仙绝。古老童话走出，湖似镜，冰玉洁。梦别，枝顶月，晨曦红如血。漫步山间栈道，观溪景，水杉列。

九寨沟之旅

　　2001年五一，长子剑敏率先出游九寨沟。回来后的描述，让我实在按捺不住内心的期待，便于当年10月3日晨，率余下的8位家人，驾车前往九寨沟。

　　在离九寨沟县约30公里的高山上，一派平坦而奇特的高原风光吸引了我们。见众多游客在此摄影，我们也停车凑了个热闹。不料下车后，一股寒气扑面而来，家乡的秋服哪里挡得住刺骨的寒风？但5岁的小外孙邓炎云看到另一个世界，像一匹脱缰的小马，不顾外婆和妈妈的呼喊，便蹦蹦跳跳直奔山垭，或许想去看看更远更美的世界。无奈，我们只有追上他，匆匆摄影后继续出发。

　　当夜8点，我们终于到达九寨沟沟口。

　　但九寨沟人满为患，大小酒店都满房了，就算出天价，也难得一张床位，且不用说买到限购的景区门票。

　　好在最后幸运订到了酒店，取到了门票。

　　次日晨，我们一行8人排队进入景区大门，乘坐观光车，开始了九寨沟的游览。

　　九寨沟因景区内有九个藏族寨子而得名。在这里，原始的生态环境、一尘不染的清新空气和雪山、森林、湖泊组合成了一幅神妙、奇幻、幽美的自然风光画卷，显现出自然之美，美得自然。因此，九寨沟被誉为"童话世界""人间仙境"。

　　进入沟口，就是盆景滩。远远望去，盆景滩千姿百态。在乳白色的钙质层上面渗着一层薄薄的水，水中生长着喜爱水性的白杨、杜鹃、松树、柳树等，这些树在滩流上形态各异。我们所见，在水中，有的端端正正地站着，有的你来我往地歪着，有的横七竖八地躺着，展示出的都是生命的原始状态。

接着看到的是芦苇海。芦苇海属于半沼泽湖泊，长约2公里。芦苇海中芦苇丛生，水鸟飞翔，清溪碧流，漾绿摇翠，蜿蜒空行，好一派美丽风光。芦苇海中，荡荡芦苇，一片白葱，微风徐来，雪浪起伏。飒飒之声，委婉抒情，使人心旷神怡。流动的蓝色湖水和白茫茫的芦苇丛形成鲜明的对比，犹如一条冰蓝色的翡翠玉带镶嵌其中，纯净至极。蜿蜒穿行的芦苇海犹如一条长长的玉带，有着美玉一般的光泽与色泽，所以被称为玉带河。传说这条美丽的玉带河是由九寨沟女山神沃诺色嫫的腰带变幻而成的。

据导游说，芦苇海景色，一年四季，各有其美。入秋比起夏日绿油油的生机，多了不少艺术的色彩！花开时节则又是一番景象，鹅绒般的芦花搔首弄姿，忸怩作态，掀起层层絮潮，引来队队鹭鸶、双双野鸭。于是，整个芦苇海充满了生气，撞击出诗的韵律，叩击着人们的心扉。听到这里，我只有暗自称妙。

然后乘车约2公里，到达双龙海。海中为钙化堤埂，活像两条巨龙潜伏水底。传说因为这两条巨龙玩忽职守，造成洪水泛滥，带给了九寨人民无比的痛苦，格萨尔王一气之下将两条龙镇压在这一大一小两个海子中。在公路边能够看到一条小龙，在对面的栈道上可看到另一条细龙。

再步行到了树正群海。树正群海由大小不等的41个海子组成，"树在水中生，水在林间流，人在画中游"正是对这里的生动描绘。水是九寨沟的灵魂，这是一个容易让人激动的地方，一步一变幻，一步一个景。因此，树正群海是景区骄子，被称为"九寨沟的缩影"。

我们继续逆流而上，在游人如织的树正寨前公路旁，只见白色的银练飞流而下，龙腾虎跃似的，这就是宽67米、落差1520米的树正瀑布。

这是我们入沟见到的第一个瀑布，也是九寨沟四大瀑布中最小的一个。虽然最小，仍足以让我们这些初游者惊心动魄。

树正瀑布是由上游的湖水沿着浅滩四处漫流，被水中的树丛分成无数股水流，最后汇集到树正瀑布顶端的山崖边，奔流落下，水雾四散，构成了神采飘逸、气度雍容的一片水帘。瀑布飞落溪涧，神采飘逸，雄厚的瀑声旋律刚毅，雪峰银瀑，绿树翠流，构成了印象画般的背景。我们在瀑布前如梦似幻、如诗如醉，争相留影。只要有家人摄影，外孙炎云似乎毫不客气，总要配合地往前一凑，还要摆出一个小帅哥的姿势。

步行约300米，便到了老虎海。老虎海是树正瀑布的上游。金秋十月，老虎海对面山上层林尽染，姹紫嫣红的树林倒映在清澈的海水中，色彩绚烂，斑驳陆离，犹如一块虎皮，故名老虎海。据导游讲，老虎海得名的另一个原因是九寨沟有114个海子，而老虎最爱在这个海子里喝水。

再乘车约300米，便到了犀牛海。犀牛海是九寨沟景区中仅次于长海的第二大海子。看景区牌介绍，此海面积20万平方米，长约2.2公里，深12米。因为没有任何污染的空气和海水，所以犀牛海中的倒影清晰可见，层次分明，与实物无别。

传说犀牛海与犀牛有关，从前有一位身患重病的西藏高僧骑着犀牛来到这里。当奄奄一息的他喝了路边的甲里甲格神泉之后，病居然痊愈了。后来，他为了感谢甲里甲格神泉，就在这里留下犀牛，故名犀牛海。据导游介绍，甲里甲格神泉是一种低钠泉，富含钙和锶等矿物质，不仅甘甜解渴，而且有美容养颜、延年益寿的功效。我们去后的第二年，由九寨沟矿泉水厂生产的"九寨沟"牌矿泉水，水源地就在这里。

乘车约3公里，我们便到了让人兴奋不已的诺日朗瀑布。据导游介绍，诺日朗瀑布是九寨沟的象征，是中国大型的钙化瀑布，高24.5米，宽270米，跨度居全国之首。诺日朗是藏语，意指"男神"，象征雄伟壮观。诺日朗瀑布处于景区中心地带，是九寨沟的标志。

我们看到滔滔水流自诺日朗群海而来，经顶部飞流直下，如银河倾泻，声震山谷。水流跌落在岩石上，激起水花万朵，如银珠四处抛洒。

在较舒缓的瀑布地段，水流则如帘幕一般垂落下来，犹如断续的珠子滴落入潭，令人玩味无穷。

我们去时正值金秋时节，山谷坡地，万紫千红，似一幅浓墨重彩的油画。在一片片红叶、黄叶之中，诺日朗瀑布被分成无数股细流，飘然而下，景色最为迷人，更有一番令人沉醉的诗情画意。

这里理所当然地成为游客争相摄影留念的集中地。

最佳拍摄地已轮不到我们，为了抢时间，家人们只有冒着风险跨过防护栏，靠近瀑布拍摄。虽然被瀑布淋湿了衣服，但大家心里却很满足。

可惜那时还没有数码摄像机，我的拍摄技术也尚不成熟，加之瀑雾太大，未能为妻子留下最佳视频，为此我一直遗憾在心。

进入九寨沟景区大门，我们一直沿着树正沟游览。观赏完诺日朗瀑布，也就到了树正沟的尽头。诺日朗中转站是分别通往则查洼沟和日则沟两条景观线路的交会点。

我们先游览日则沟。

乘车约2公里，即到达镜海。看景点简介牌介绍，镜海长约925米，平均水深11米，最深处达24.3米，总面积19万平方米。此时正好无风，镜海一平如镜，毫不失真地装满了蓝天、白云、飞鸟和雪山。一眼望去，"鱼在云中游，鸟在水中飞"，正是镜海一奇。镜海边还有一棵藤缠树，树给了藤无限的爱意，而藤给了树无尽的缠绵，所以镜海也因藤缠树而得名"爱情公园"。游客中的情侣纷纷在这里留影，以示爱情的忠贞。当然，在这里还可以看到枯木逢春的奇特景观。

紧靠镜湖的是珍珠滩，因在阳光照射下，如万颗明珠闪着银光而得名。珍珠滩由于水流较缓，滩面较平坦，故游人可赤足在滩上行走。

珍珠滩下游便是珍珠滩瀑布。珍珠滩连接着珍珠滩瀑布，这是一个典型的组合景观，是电视剧《西游记》片尾中唐僧师徒牵马涉水的地方。

珍珠滩瀑布四周长满松树、杉树等树木。我们从公路上穿越左侧一道绿色栈道，便下到瀑布底端。这条栈道是观赏这股碧玉狂流的最佳点。

珍珠滩瀑布宽约200米，落差最大可达40米，气势非凡，雄伟壮观。水从珍珠滩落下，形成壮观的飞瀑。飞瀑被形如新月的岩体分割为数股，或银帘飘飞，或白浪滚滚，或如珠似线，狂奔急泻冲入谷底，吼声如雷，卷起千堆浪花。这道激流水色碧绛泛白，是九寨沟所有激流中水色最美、水势最猛、水声最大的一段。

我们免不了又要在这里的最佳位置排长队摄影留念，但我还来不及按下快门或录像键，后面的游客已进入镜头。我也只有作罢。所以，九寨沟虽然是我看过的最美的自然景观，却又是我摄录素材最差的风景区。

上行约500米，就到了五花海。五花海被誉为"九寨之魂""九寨一绝""九寨精华"。

五花海四周的山坡正笼罩在一片绚丽的秋色之中，色彩丰富，姿态万千。由于海底的钙化沉积和各种色泽艳丽的藻类以及沉水植物的分布差异，一湖之中形成了许多斑斓的色块——宝蓝色、翠绿色、橙黄色、浅红色……似无数块宝石镶嵌成的巨型佩饰，珠光宝气，雍容华贵。湖畔五彩缤纷的彩林倒映湖面，与湖底的色彩混合成了一个异彩纷呈的彩色世界。

观赏完五花海，我们步行返回镜海，乘景观车经诺日朗中转站，沿则查洼沟，行驶近20公里直达五彩池。

五彩池如一块巨大的蓝宝石深藏于公路下深谷的密林之中，是九寨沟最小、最艳丽的池子。

五彩池以秀美多彩、纯洁透明闻名于世，面积5645平方米，是九寨沟湖泊中的精粹。池里生长着水绵、轮藻、小蕨等水生植物群落，同时还生长芦苇、节节草、水灯芯等草本植物。这些水生群落的叶绿素含量不同，所以在富含碳酸钙质的湖水里能呈现不同的颜色。

同一湖泊里，有的水域蔚蓝，有的湾汊浅绿，有的水色绛黄，有的流泉粉蓝……变化无穷，真是好看！

我们去时为下午2点，日头偏顶，山风吹拂或以石击水时，还能溅开一圈圈金红色、金黄色和雪青色的涟漪，显得分外妖艳。

可以说，五彩池与五花海不相上下，水质异常清澈，透过池水，可见到池底岩面的石纹。由于池底沉淀物的色差以及池畔植物色彩的不同，原本湛蓝色的湖面变得更加五彩斑斓。

五彩池水底有许多石笋，其表面有一些石粉，就像高低不同的反光镜，显出的颜色更加美丽。

我们向上步行约1公里，便到了长海。

长海位置较高，面积约200万平方米，长约8公里，顺山湾去，深藏在层峦叠嶂的山谷之中。此时已是10月，但岸旁林密叶茂，一眼望去，水似明镜，巍巍雪峰沐浴在蓝天白云之中，绮丽壮观。

据导游介绍，此湖水面宽阔，但地表四周没有出水口，水源来自高山融雪。奇怪的是，长海从不干涸，也不会溢堤，因此藏民称之为"装不满，漏不干"的宝葫芦。

长海呈墨蓝色，四周山峦叠翠，10月，对面的群峰便披上了白色的盔甲，中间一座冰峰寒光逼人。

在北侧入口的湖岸，有一棵独臂老人柏，造型奇特。此树一侧枝叶横生，另一侧则秃如刀削，因此被称为旗树。传说长海中时有怪物，而老人柏守护着长海，为长海增添了几分神秘色彩。

这里是九寨沟游览的最后一个景点，游客们纷纷在这里合影留念。我终于可以轻松一下，放下摄像机，由女婿为全家拍下了一张放松的合影。

我们乘坐观光车出了景区大门，返回原地息宿，准备次日游黄龙。虽然累，但大家仍沉醉在九寨沟迷人的风光中。

有人说"九寨归来不看水"，我过去以为是夸张之词，但在20多年后的今天，在我游览过许多与水有关的风景名胜区之后，才觉得此言确实不虚。

九寨沟——一片值得回味一生的净土。

"人间瑶池"黄龙沟

在游完九寨沟的次日，即2001年10月5日，我们全家8人继续游松潘县黄龙风景区。

从九寨沟去黄龙必经雪宝顶。雪宝顶是岷山主峰，海拔5588米。那里是红军长征经过的地方，毛泽东《七律·长征》中"更喜岷山千里雪"一句，应该指的就是这里。

因为海拔高缺氧，我们的越野车吃力地向雪宝顶爬行。远远望去，雪宝顶银白色的顶峰在云海中熠熠生辉。

约1小时后到了山垭，迷人的雪域风光吸引了我们。与其他自驾的游客一样，我们将车停在了立有"雪宝顶"石碑的垭口。垭口的路边摆满了许多地方特色产品和小吃，藏民们用当地方言热情地叫卖，有的推销骑马，有的推销与他们堆的雪人合影。小外孙涛涛被藏民扶上马背，小心翼翼地盯着马头，却不敢抬起头来显示他的帅气并接受拍照；大人们则选择了与雪人合影。我很想用有限的录像带，快速地摄下每一个一闪即逝的精彩画面，但我那时的摄像技术太差，加之心太急抢时间，所以摄下的画面，几乎全是晃动的歪七扭八的"魔幻镜头"。

雪宝顶距黄龙约10公里，加之是下山路，不到半小时，11点便抵达了黄龙风景区。

黄龙风景区的主要景观集中于雪宝峰下的黄龙沟中。进入黄龙风景区，首先要走一段原始森林。我们沿着林荫大道进沟上山。由于海拔较高，妻子带着氧气袋，我们还准备了水果、食品和饮料，由剑波和兰花背着。

　　在原始森林中行走约500米，我们看到了一组精巧别致、水质明丽的池群，这就是黄龙迎宾彩池。

　　黄龙迎宾彩池以其绰约的风姿揭开了黄龙景区的序幕。它由350个精巧别致、水质明丽的池群组成。其形状奇特、色彩艳丽、错落有致，四周山岳环峙，林木葱茏。山间石径曲折盘旋，点缀着观景亭阁，倍添情趣。彩池中的池子像一个个精心制造的围堰，由上而下毫无规则地排列着。近看是一泓清澈见底的池水，远看则泛动着黄色、绿色和蓝色。池中池边或有丛丛小树，盆景一般生长着。有的池子里可以看到堆叠着钙化物，也是一层一层的，表现出各种奇异的形态。即使是干涸的池子，也以它独特的框架、流畅自然的曲线以及远远看去似乎是深不可测的沟壑形状，让我们产生一些和高原生命有关的诸如田园、围栏、草舍之类的奇妙联想。

　　然后，我们沿着木板步行栈道缓缓地往玉翠山进发，只见沟内遍布乳黄色的碳酸钙华沉积，并呈梯田状排列。从玉翠山顶峰流下的雪水汇聚成溪，在黄龙沟形成层层叠叠的梯状湖泊、池沼，池水澄清无尘，水色因水底沉积物和树木、山色的变化而呈现出黄、绿、浅蓝、蔚蓝等颜色。

　　离沟口1公里处，是最为壮观的长约800米的"金沙铺地"。只见金黄色的钙华流如金光闪烁的巨龙翻滚，奔腾而下，气势磅礴。

　　据导游介绍，黄龙沟因流水中钙华沉淀堆积，形成了3400多个钙华彩池，有8万平方米的钙华流滩，5个岩溶瀑布，4个溶洞。在黄龙五彩池长3.5公里、宽1公里多的黄龙沟内，面对玉翠山，四周原始森林密布，钙华翠池、金色流滩似一条黄色巨龙俯卧于密林之中，黄龙因此而得名。由于池水清澈透明，在日光照射下五彩缤纷，人行其间，似入画中，因此被誉为"人间瑶池"。

　　我们沿着"金沙铺地"旁曲折的栈道蜿蜒而上，"飞瀑流辉"进入了我们的眼帘。"飞瀑流辉"是黄龙最大的瀑布。只见千层碧水冲破密林，顺坡而下，在高约10米、宽约60米的岩坎上飞泻而来，形成数十道梯形瀑布。有的如珍珠滚落，银光闪烁；有的如水帘高挂，云雾蒸腾；有的如丝般缓流，舒展飘逸；有的如珠帘闪动，风姿绰约。瀑布后有一座陡崖，多为马肺状和片状钙华沉积，色泽金黄，使整个瀑布显得富丽壮观。经太阳余晖点染，反射出不同的色彩，远望如彩霞从天而降，分外辉煌夺目，故称"飞瀑流辉"。

玉翠山山顶下是一大片彩池，这里是黄龙景区的终点。我们穿行在彩池弯弯拐拐的步行栈道，犹如漫步在西王母所在的瑶池仙境中。

在彩池栈道转角处，一个高鼻梁、蓝眼睛的外国小伙子远远地看着我们一行。我们甚感奇怪。待走近时，他却向小外孙涛涛招手。原来他想与涛涛合影。涛涛开始有点害羞，后来终于在我们的劝说下满足了外国朋友的愿望。

返程走的是另一条路，沿途有草坪，经黄龙古寺。下午4点，我们结束了黄龙游，于晚上8点入住茂县人大宾馆。

第二天，即10月6日，我们在返回南部的途中游览了青城山。晚上8点，经成都返回，回到家里已是凌晨3点。

九寨沟、黄龙之游虽然时间紧，确实累，但留给我们美好的记忆是一生的。

此以当年填的这首词为证：

醉思仙·九寨、黄龙游

九村连，一百零八处，泉瀑湖滩。水清明见底，映满蓝天。留恋处，观鱼虾，逐戏少儿欢。漫长沟，遍瀑布，似游童话公园。

越岭过雪宝，四方神妙奇观。看瑶池五彩，梯状斑斓。穿林海，进幽谷，步木栅，望岷山。赏莺歌，泡温浴，正如天上人间。

峨眉山的蝉声

——峨眉山游记（1）

来峨眉山避暑，住在五显岗，蝉声是一大特色。

这里蝉声不断，从早到晚，此起彼伏，从不消停，不绝于耳。就连半夜也不清静，同样能听到丝丝的蝉声。

这里的蝉目中无人，就是游客如潮，人声鼎沸，它们照叫不误。我行走在峡谷森林清溪旁的青石板小道，有时在空无一人的地方试着大吼一声，它们依然我行我素，叫声不止，根本无视我的存在，似乎它们才是峨眉山的主人。

这里的蝉可谓一鸣惊人。那声音时而低沉，时而高昂；时而幽缓，时而急促；时而低吟浅唱，时而气势如虹。其音调高且尖，却显浑厚，似乎是雌蝉、雄蝉、幼蝉、老蝉在不同方位发出的声音。这些声音在空谷中回响，组合成绝妙的交响乐。这交响乐足以让游客驻足。我带来了笛子、口琴，自以为吹奏水平还行，曾想在无人的峡谷一显身手，而此时却显得自不量力。因为，此时此地，于人于蝉，你吹奏得再好，也是噪声；音量再大，也压不过蝉音。就连百鸟也没有更不敢在这里争鸣，何况人呢？有时我想，如果一人行走在峨眉山峡谷，听不到这蝉声，那会有多么空寂、无趣呀！

一蝉独唱不成调，万蝉协奏是妙音。虽一蝉一音，单调枯燥；即使众蝉齐鸣，也只有震耳欲聋之效。若一蝉一调，在不同的时段协调发出，岂能不妙？正如人类，在社会协调下，各展其长，能不和谐发展吗？

蝉声虽然难得，平台也很重要。试想，如果没有峨眉山充满禅意的环境，没有空谷这个不需音响的舞台，没有天天来袭的欣赏者，这里的蝉哪能发出如此美妙的声音，又能有多少人欣赏！反思人类，又何尝不是如此呢？

昨晚，我在蝉声中入梦，梦中传来一曲空灵的天籁之音。细细听来，原来唱的是一首五绝：

秋蝉叫破天，峨眉可称仙。

事事都知了，因他最悟禅。

惊魂记

——峨眉山游记（2）

傍晚6点，我们与往常一样，正吃晚饭，笑语连天，门外游友发出一声惊呼："着火了，赶快疏散！"我们蜂拥而出，只见邻近一排长长的木质商铺烟雾弥漫，火光冲天。

我和王华芬女士争相报警："清香景区大门外起火，十分危险！"之后，我们随着其他游客拥进酒店，收拾行装，仓皇逃出。

逃离酒店200米远后，远远望去，火势迅猛蔓延，火焰渐渐升高，范围越烧越宽。我已感受到热浪的逼近，更担心一街之隔的峨眉山：十步之遥，郁郁葱葱，树冠相连，一旦惹燃，风助火势，疾速上山，怎么扑灭？如何抢险？若峨眉秀山毁于一旦，四川如何向人民交代，我辈将怎么面对祖先？

面对火势，我们束手无策，无能为力，心中只有一个期盼：消防车、消防员尽快赶来，迅速出现！

不到20分钟，火警声越来越近，消防车呼啸而来，一辆、两辆、三辆……我们跳跃，我们狂欢。

消防救援人员纷纷跳下车来，拖着长长的水枪冲进浓烟。年近八旬的何天恩也奋不顾身，不顾规劝："我是水利人，火最怕水，我必参战！"火势时消时涨，渐渐地，火魔再没有了嚣张的气焰，一场可能带来灭顶之灾的大火终于气息奄奄！我们终于可以返回酒店房间，惊魂回归，安然入眠。

今早6点，我与往常一样出门晨练，经过火灾现场时，不禁傻眼了：长长一排被烧残的商铺已经不见了，取而代之的是干干净净的街面和整整齐齐的围栏。周围被烤干的竹林、树冠等火灾隐患已被清除一空！

此时此刻，我不禁感叹：这是什么样的精神？这是什么样的效率？这是什么样的消防员？在这里，我要向参战的消防救援人员点赞，为峨眉山点赞！在这里长住，我们心安！

峨眉山溪流的断想

——峨眉山游记（3）

"峨眉天下秀"，我以为，其秀不仅指山，还指水。水的表现形态主要是溪流，它是峨眉山的一大特色。

这次来峨眉山避暑，我们住在五显岗景区大门口的福家酒店。

店前是深深的峡谷，溪流潺潺。沿溪而上，没有尽头，弯弯绕绕，乱石林立。溪流时而平缓，时而急湍；时而波光粼粼，清澈见底；时而飞流直下，卷起雪花一堆；时而咕咕咚咚，钻入石缝；时而齐刷刷奔腾而出，砸出一滩漩涡。沿溪而下，溪流渐急，蹦蹦跳跳、叮叮咚咚地拐过山湾，滚出前川。在阳光的照映下，溪流像一条白色的缎带，沿着山谷蜿蜒飘向远方……

店后也有一条溪流，是人工砌成的石渠，宽约1米、深约1米的水流沿着景区道路，从大山深处平平稳稳地缓缓流出，水清得能看得见渠底细细的白沙。

店前店后的溪流应该同源，同样源于峨眉山山顶的积雨和积雪，源于峨眉山中的山泉。但由于机缘巧合，居然走上了不同的水路。

店前的溪流野性十足、无拘无束、千姿百态、自由奔放，涌入江河，汇入大海；店后的溪流规规矩矩、稳稳当当，没有浪花，没有涟漪，按照固定的方向去灌溉农田。

这时，我不禁想起了社会上的两大职业分类：一是体制内的，正如店后的溪流，按照固定的方向和姿态融入农田。虽然默默无闻，却是为人民服务。二是体制外的，犹如店前的溪流，虽然没有平稳的水路，一路漩涡，却自由奔放，满是生机活力，足以展示自身的精彩。

由此，我联想到一批批大学毕业生的职业选择——为什么一定要挤破脑袋往体制内钻呢？尽自己之长之爱，自由地选择最适合自己的职业，犹如店前的溪流，不是也很好吗？

这年头，少嘚瑟

——青城山游记（1）

今天由康泰旅行社组织来青城山避暑，入住青城后山。下午，我对游伴们码长城的游戏实在提不起兴趣，便独自沿着溪流游泰安古镇。

途中，一阵争吵声吸引了我，循声而去，原来是两名游客争吵不休，其中一人火气不小，甚至还想打人。好在双方的同游者分别劝阻，才算了事。

我一问才知道，原来是一女游客行走时不慎碰掉摔坏了一男游客的水杯。女游客连说"对不起"，男游客则不买账；女游客说赔一个，男游客则说杯子是儿子从国外买回的。女游客说，她叫自己的儿子也从国外买一个赔给他。为一个杯子，拼起了儿子；为一桩小事，差点酿成大祸。

来青城山说是避暑，其实就是消火。消火就得养生，养生就得养心，养心就得悟道。其实，这是明摆着的。我修改了前段时间抖音上的一段话："大家遇人遇事，一定要低调，少嘚瑟；收起你的脾气，善待周围每一个人，遇见谁都客气点。少晒一些优越感、幸福感。"

当然，当大家都有火时，不仅要避免引别人发火，还得自己学会消火。要消火，不仅要对我们的党有信心，对我们的国家有信心，对我们的民族有信心，还要对自己也要有信心。在这个世界上，只要肯吃苦，善于过苦日子，能够养精蓄锐，认准目标，坚持不懈，就没有过不去的坎儿，没有走不出头的烂路。

其实，即使日子都不好过，我们也可以过得快乐一点。俗话说："知足者常乐。"《道德经》中有一句话："祸莫大于不知足，咎莫大于欲得。"即人生最大的灾祸就是不知足；人所犯的最大的过错，就是太想得到而又得不到，才会痛苦、烦恼。我以为，我们都应该学会放下。

附诗一首：

五绝·避暑青城山

炎飙七月天，秀丽满山川。

众友来参道，青城乐若仙。

青城之水，人的一生

——青城山游记（2）

上午，我应一帮好友之邀，同游龙隐峡、三潭雾泉。

青城后山集山、水、洞、廊、林为一体，完全可以与青城前山媲美。其实，青城后山的风景都是围绕着山间的溪水展开的。正是一路飞瀑、水潭和湖泊，才串成了一路最好的风景。飞泉沟、五龙沟、双泉水帘等著名景点，无一不是水的杰作。

站在溪流的源头，我想到青城山之水的一生：源于山的清溪，融入河的浊流，经过江的沉淀，终于海的永恒。细细想来，人的一生又何尝不是如此呢？

人之初，性本善。从婴儿到少年，犹如刚从大山里浸出的溪流，单一、清纯，没有杂质，清澈见底，一路叮叮咚咚，欢歌笑语！

步入青年，融入社会，犹如汇入混浊的河流，泥沙俱下，鱼龙混杂；无论源于哪里，终将混为一体，哪能保持本色？但见那波涛汹涌，暗流漩涡，若随波逐流，或冲毁房屋，淹没庄稼；若接受引导，或灌溉良田，积流发电，造福人类。

步入壮年，总算步入不惑之年，犹如融入波澜壮阔的江流，历经沧桑，经历了激流险滩，看惯了春夏秋冬，久经沉淀，变得清澈起来，有了包容、淡定和从容。

步入晚年，犹如汇入海洋。海纳百川，无论来自哪里，这里都是共同的归宿。没有了流派，没有了纷争，相处安然。

步入晚年的人们，多么渴望生命的永恒，犹如海洋向往共同的蓝天。当然，要是还能转化为青城山的清溪，那应该是人们和大海共同的向往了。

此填词一首：

浣溪沙·青城后山溪

曲曲清溪座座山，弯弯拐拐出前川，幽幽林海笑声欢。

腾起浪花奔大海，化为云雾上蓝天，引来八路活神仙。

青城山的蝉声

——青城山游记（3）

去年的昨天，我在峨眉山避暑，写了一篇《峨眉山的蝉声》。今年来青城山避暑，同样有蝉声，却生出了对青城山道教的点滴随感。

峨眉山和青城山同在四川，相距不远。同样是蝉，一在佛教名山，一在道教名山，却叫出了各自的理念。

青城山的蝉声不比峨眉山的蝉声浑厚雄壮，多了一些低吟浅唱；也不比峨眉山的蝉声声声不断，虽时断时续，却意味绵绵；更不比峨眉山的蝉声无视人类的大胆，反而让人三分，晚上休息，白天上班。

低吟浅唱，不张扬，不高调，不刻意，"去甚，去奢，去泰"。凡事不能过度，不追求过分的欲望，不追求奢侈的生活，不追求超越条件的安稳和享乐。其实，人们的许多痛苦正是源于过度的追求。

时断时续，有张有弛，不紧不慢。该休息时要休息，欲速则不达，"磨刀不误砍柴工"，以无为而达到有为之效。如果长鸣不止，蝉也好，人也罢，寿命能有几日？

让人三分，蝉与人、环境和谐相处。若蝉不畏人，人不得安宁，能有蝉的好日子过？若蝉、人之间友好相处，相安无事，相得益彰，岂不更好？

正在这时，偶得一词，共赏之：

桂殿秋·青城山中蝉

知了叫，树丛中。吱吱喳喳一场空。秋天本是丰收季，送走西风接北风。

来自千年银杏树的思考

——青城山游记（4）

今天，我驱车带着几个朋友从青城后山来到青城前山，本想一睹千年银杏树的尊容，无奈要步行6公里山路，怕时间受限，影响其他游友们的行程，只有作罢。

曾记得，这棵银杏树树龄约1800岁，占地面积25平方米，树高50多米，胸径2米多，最粗的径围足有20米，需五六人牵手才能围拢。此树一直享受着"国宝级"待遇。

相传天师洞是中国道教创始人张道陵修真、创教、显道、羽化、仙葬之地。据传说，一日，张道陵在青城山盘坐，无意间看见山前平川村舍，静修难以速定，遂手植银杏一株，此树迅即拔地10丈，绿屏陡立，锁住山的灵气，终得大道早成。

"迅即拔地10丈"之说没有科学依据，但寿命长达1800年应该无疑。

青城山，张道陵，千年银杏树；名山，名人，名树——不知是谁成就了谁。细细想来，如果没有张道陵在此修道，亲自栽下此树，此树哪得历代享受"国宝级"待遇活到现在？此山哪能成为中国道教名山？反之，如果没有青城山的幽静，张道陵哪能在此洞修道，成为道教创始人？

由此联想到社会。有的人如果没有遇到合适的环境或伯乐，或许默默无闻一辈子，一事无成，平庸到老；反之，换了地方，遇到贵人，有了机会，可能会施展一番拳脚。

也正如一些人，有志改变人生，苦了一辈子，累了一辈子，却苦于没有贵人相助，虽然也有例外，毕竟是少数。

南部游客发现泰安古镇百年香果树

——青城山游记（5）

　　青城后山泰安古镇味江边的飞泉沟沟口，有两株高约2丈、树冠直径约1丈的奇树。近来繁花似锦，白里透红，在夏日阳光映照下甚为夺目，引发众多游客驻足观赏及拍照，却不知树名。

　　此树引起了南部县赴青城后山避暑游客胡新民的兴趣，出于职业敏感，胡新民和妻子近来几乎每天都去观赏，尤其为远看是花、实则为叶称奇。经与此处餐饮店店主座谈了解，并反复查阅资料，他们方知道并确认此树为香果树。

　　香果树属于国家二级珍稀濒危树种，资源分布少，繁殖比较困难，具有较高的经济和科研价值。

　　香果树起源于1亿年前的中生代白垩纪，被称为植物界的"活化石"，又被誉为"中国森林中最美丽动人的树种"。

　　资料显示，香果树分布少，繁殖困难，生长30年才开花结果，2～4年开一次花，每隔三四年才结一次果。香果树7～9月开花，花期1个多月，其如雪一般的花成为夏日独特的景观。此树10～11月果子成熟，种子有翅，借风力传播。香果树至今还未发现纯林，只有零星分布。

　　2022年7月28日，重庆阴条岭国家级自然保护区管理事务中心对外发布消息：重庆市自然博物馆科研人员在该保护区红旗河峡谷深处，发现了一棵国家二级保护植物香果树。最近，成都市大邑一株千年香果树繁花盛开，市民称奇，并成为四川电视台热点新闻。没有想到，同在成都市的青城后山泰安古镇，居然还有两株上百年的奇树，遗憾的是鲜为人知，无人问津，无人确认，没有挂牌，没有得到应有的保护。

由此联想到人，许多民间高手住在深山无人问，不也是这样的吗？但奇怪的是，此树虽在深山，却在夏天最热门的避暑胜地，怎么也没人关注呢？

感谢胡新民夫妇，不然，我也得与这两株奇树擦肩而过了。

从植物的趋利避害说起

——青城山游记（6）

在青城后山的这段时间，我没事就出去走走。有时有感于一种常见的自然现象：密林中，树木总是向上；山坡上，花儿总是向阳；溪流边，草木格外茂盛；就是野葵花，也是成天向着太阳转。至于野生动物，有人的地方很难看见，没人的地方却常有出没。

心闲了，我不禁想，为什么会是这样呢？当然，这不用想，因为这是常识——趋利避害。有生命的东西总是向往并追求好的，避开并消灭不好的。不然，怎么生存，怎么进化呢？

可以说，趋利避害是生物、动物的本能。

利益往往是一个定数，需求又是一个变数，都要去追求各自利益的最大化，都要力求各自风险和伤害的最小化，都要趋利避害，必然就会引起冲突。这其实是植物界、动物界丛林法则的社会化。

但是，我以为，趋利和避害应该有一个度。过度，就可能形成自我伤害或彼此伤害。比如，花儿追求过度的阳光，就有被晒死的可能；树木追求过度的水分，就有被泡死的可能；庄稼追求过度的养分，就有被肥死的可能；食肉动物追求食物，也有互相伤害或同类相残的可能。

应该说，人人都有满足、追求和维护自身利益的本能与权利，都有趋利避害的共性，但一定要注意度。和谐共处、互助共生才是王道。时时处处，不但要考虑自身的利益，而且也应该考虑到别人的利益。追求和维护自身利益，不能以牺牲和侵犯别人的利益为前提。把别人逼得无路可走，你的路还能心安理得、顺顺当当地走下去吗？让别人失去了生存和发展的空间，你的活路还能有多宽广？

今早散步，我看到青城后山少有的庄稼地也有间种和套种，让各种庄稼各得其所，互不伤害，相得益彰，自由发展，于是就想到了上面的这些话，也算是在青城山悟道之道，于是就匆匆写了下来。

来自香果树的启示

——青城山游记（7）

前天发了《南部游客发现泰安古镇百年香果树》一文，言犹未尽。避暑快要结束了，今天上午，我又去观赏香果树。观赏之后，细细想来，香果树与成功人士的一生何其相似！

香果树生长在海拔600～1200米处，这个地段既非高原，更非热带，必经一年四季。这里不是温柔富贵乡，冬天的冰天雪地、夏季的狂风暴雨是少不了的。大凡成功人士都不是温室里的产物，人们只看到他们娇艳的花朵和丰硕的成果，哪里知道他们心中所承受的压力和背后难言的艰辛？

香果树要生长30年后才开始开花结果。没有岁月的煎熬和养分的积蓄，早产是要短命的。人生也一样，俗话说，三十而立。30岁之前主要是增强营养和体质，学习知识，积累经验，积蓄力量。这是一个必经的阶段。一口吃不成胖子。如果三十而不能立，或许三十以前必有虚度之嫌。这个阶段不要高谈阔论，不要豪言壮语，不要随波逐流，不要好高骛远，还是应该沉下心来，做好人生规划；并按照人生规划，一步一个脚印，一步一个台阶，扎扎实实，做好充分的准备。

香果树就是上了30岁以后，也要2～4年才开一次花，并非年年有花开。正如人的一生一样，即使再努力，也不可能而立之后，年年都有喜报，岁岁都可炫耀。人们关注的不仅仅是开花，而更重要的是结果。往往经常张扬的人，未必就有成果。要想让花能结果，需要的是缘分，需要的是雌雄授粉。授粉则需要媒介，需要平台，需要机缘。香果树之花是借风传播，好风凭借力，但传播也得精准，也得顺风才行。人在这个时段需要的是广交朋友，积累能量，继续积累花果必需的养分。当机缘成熟时，就是默默绽放，自然也会有欣赏之人。这个人或许就是你的贵人。

香果树要每隔三四年才结一次果。如果一年一个台阶，甚至坐直升机，栽跟头的概率就大。所以，不要企图年年都提拔，岁岁出成果，能够三四年结一个硕果就不错了。

为何叫香果树？我没有吃过香果，不得而知。但如上所说，经过这么漫长的阶段好不容易才结出的果实能不香吗？能不叫香果树吗？

香果树为何如此珍贵？现在应该有答案了。因为它与人才一样，十分难得。人如何才能成为香果，如何才能成为珍贵的人才，还需要说吗？当然，我也没有资格说，这里不过是纸上谈兵罢了。至多只能说是来青城山避暑看到香果树之后悟出的一点道理。

说说"青城山下白素贞"

——青城山游记（8）

因家乡酷暑未退，来青城山避暑又延长了几天。

早上散步，我偶然想起"青城山下白素贞，洞中千年修此身"的唱词。因为属相，我不禁对《白蛇传》中来自青城山的白素贞突发感慨。

嘉庆年间，一本署名"玉花堂主人"校订的中篇白话小说《雷峰塔传奇》，开篇称白娘子来自青城山："且说四川成都府城西有一座青城山，重冈叠岭，延衮千里。此山名为第五洞天，中有七十二小洞，应七十二候，八大洞按着八节。自古道：'山高必有怪，岭峻能生妖。'这山另有一洞，名为清风洞，洞中有一白母蛇精，在洞修行。洞内奇花竞秀，异草争妍，景致清幽，人迹不到，真乃修道之所。这蛇在此洞修行一千八百年，并无毒害一人。因他修行年久，法术精高，自称白氏，名曰珍娘。究是畜类，未能超成正果。"

看到这里，我不禁纳闷，来到青城山，跑遍后山，又去了前山，只听说有清风洞的原型即宝仙九室洞，怎么就没有白蛇修仙的细节传说呢？

后细细想来，《白蛇传》本来就是传说，各种话本、小说、戏曲就有几百个版本，又何必当真呢？人们看重的是作品中的故事情节和人物形象，又何必纠结于真人、真事和真地呢？

白蛇传的故事何以千年不衰？人们敬仰的是白蛇对爱情的忠贞和青

蛇对主子的忠诚。

故事说的是来自青城山的白蛇，为报答青年许仙的救命之恩，在西湖与其结为夫妻。后白娘子夫妻在镇江五条街开了"保和堂"药店，施药济贫。不料这一切却惹怒了金山寺的方丈法海。法海要拆散白娘子与许仙这对恩爱的夫妻，设计于端午节以雄黄酒迫使白娘子现出原形，吓死了许仙。白娘子与侍女小青勇盗仙草救活许仙。可是法海又将许仙骗至金山，使夫妻分离。白娘子水漫金山后，与许仙断桥相遇，再次和好如初。不料法海再度出现，用紫金钵将白娘子镇于雷峰塔下。最后小青修炼数载，终于奋力轰倒雷峰塔，救出白娘子，实现了大团圆。

故事中的白蛇知恩图报，以身相许；为救许仙，不惜性命，勇盗仙草；为与许仙团聚，水漫金山。法海用紫金钵将白娘子镇于雷峰塔下，侍女小青则修炼数载，轰倒雷峰塔，救出白蛇。

回不去的银厂沟

2003年的国庆节，我们全家夜宿成都，第二天游览了龙门山银厂沟大峡谷风景区。

游玩后不到5年，2008年的5月12日，一场突如其来的特大地震，使震中的风景区瞬间山崩地裂，峡谷合拢，美景顿失，满目沧桑。

今天，我想用文字和视频尽量还原自己所看到的地震前美丽的银厂沟。

银厂沟因古代于此办过银厂而得名。相传，这里是蜀族先民由黄河流域的高原向南迁徙进入四川盆地的必经之地。那时，人们对那里的几个山坪还有许多传说——连盖坪称銮驾坪，为皇宫所在，帝王所居；国家坪称国舅坪，为国舅所居；三合坪称三辅坪，曾修过三座府宅。这些山坪均是上好的宝地。

龙门山是国家首批公布的国家地质公园，而银厂沟则是龙门山大峡谷风景区的精华。

进入银厂沟风景区的大门，便可见一条宽阔的马路缓缓地向山上延伸。涛涛、毛毛、灿娃几个小家伙，看见路边有一匹匹供游客乘骑的马儿，便按捺不住兴奋，跃跃欲试。我们只有依了他们。成蓉护着毛毛骑一匹马，涛涛与灿娃共骑一马。虽然马儿温顺，听使唤，但我们还是放心不下，像侍从一样尾随其后，或伴其左右。

走了10多分钟，我们沿着马路转过一道弯，又改行一条上山的青石板梯道，拾级而上，在大片森林中穿行。空气清新如洗，眼中装满了苍翠，步履也显得轻盈起来。

过了一座索桥，便远远看见小龙潭瀑布像仙女抛下的一条玉带从天而降，我们的心里顿时充满了欢欣。

小龙潭瀑布有100多米高，似从蓝天的夹缝中一泻而下，又像从"天井"的缺口奔泻而来，还像从巨龙嘴里喷出的一把白光闪闪的利剑直刺碧潭。

凶猛的瀑布砸在瀑底的岩石上，溅起大片水花，再洒落小龙潭中，大有"疑似银河落九天"的雄伟。

瀑布轰鸣，声震山谷，如雷贯耳，老远就能听到。难怪鸟儿们只有在远处观望和鸣叫。

我们绕过两道索桥，走上瀑布旁的两层观瀑台，近距离地亲近瀑布。虽水花湿身，但心中满是欢喜。

小龙潭潭面不大，但深不见底。水从潭口的巨石夹缝中"咕咚咕咚"地流向谷底。

观赏完小龙潭瀑布，我们通过另一座索桥，回到原来的马路，继续往龙门山山脉的九峰山行进。

马路时而平坦，时而呈"之"字形向上旋转。沿途溪流潺潺，清澈见底。空气中没有一丝杂质，我们穿的皮鞋居然一尘不染。远远望去，环山云雾缭绕，好一个人间仙境。

孩子们在大人的牵引下，一路说说笑笑、打打闹闹、走走停停。一家人陪同孩子们，一起融入大自然，也才真正感受到了天伦之乐、心情的愉悦、身体的放松。

行约一小时，到了游客休息站。我们买来小吃充饥，在路边一块巨石上留影，便开始前往峡谷的游程。

俗话说"下山容易上山难"。但要从陡峭的悬崖下到山谷，却比登天还难。在宽度不到2尺、单梯高近1尺、坡度超过45度的石梯上，既要牵着小孩，又要为上山的游客让路，还得确保大家的安全，谈何容易！

若其中一人摔跤，因为连环效应，走在前面的一串人肯定也得跟着遭殃。因此，大家走得小心翼翼，脚脚留神，步步惊心。我由于下山走得太急，用力过猛，伤了膝盖，以致第二天爬西岭雪山时成了跛子。

我们好不容易下到一个天然的山洞，大家方得进洞休息。毛毛和灿娃还展开他们那稚嫩的歌喉，唱起了流行歌曲。

终于下到谷底。仰望高峻的峰峦，山壁如削，峭立云天；放眼望去，幽深的峡谷纵横交错，激流奔腾，怪石林立，悬桥悠悠，栈道弯弯。

我们穿行在深深的峡谷之中。崖壁溪流间的山路有石板铺成的，也有木板搭就的，有的则是直接用原木相接，还有挂在山岩上的栈道。我们忽而通行在险峻的山崖，忽而穿过一道道索桥，忽而跳跃在溪流旁的怪石之上。

峡谷深处奇峰叠嶂，云蒸霞蔚，林森葱郁，清流急湍，飞漱其间。时而怪异的鸟叫声，为峡谷增添了一种莫名的神秘感和恐怖感。

蜿蜒曲折的银厂沟峡谷栈道是龙门山大峡谷最具特色的主景，全长8公里，有的用木桩和条石砌成，据称为古代戍边的将士所修建，居中国风景区栈道之最。

我们来到大龙潭。大龙潭是银厂沟大峡谷风景区的终点，也是大峡谷溪流的集聚地。小龙潭是瀑布形成的潭，而大龙潭则是潭形成的瀑布。大龙潭潭面如镜，开阔而平静，如一座悠悠的小湖。瀑布虽然不高，但潭水从宽阔的潭面多处溢出，形态各异，瀑面很宽，气势磅礴，轰鸣如鼓。

瀑布前怪石累累，有一块巨石横在潭前。大家顾不上一路的劳累，纷纷爬上巨石，与大龙潭合影。

不料这一合影，竟是我们与大龙潭和银厂沟风景区的最后一别。

回不去的银厂沟，再也不见的银厂沟。但银厂沟的美景却永远留在了我们的记忆中。

西岭雪战

2003年五一劳动节，我们全家人在游银厂沟的第二天，来到了西岭雪山。

西岭雪山在大邑县，我们将车停放在西岭雪山后山的停车场。

下车之后，空气清新如洗。放眼望去，是一个小平原，并不见雪，坐落着错落有致的红色尖顶小屋；蓝蓝的天空中飘浮着三三两两的热气球；从半山腰缓缓而下的草坡绿茵茵的，是儿童们的滑草场。好一个童话世界，小家伙们显得特别兴奋。

时值11点，广播中传来了诱人的特色餐饮的菜品介绍。但听说山顶有雪，我们还是克制住了美食的诱惑，选择先乘索道上山。

悠悠的索道直直地向山巅的日月坪升腾。沿途不时可见滑翔伞从山顶向山脚飘去。随着索道的升高，视野的开阔，山下的景物越来越小。朦胧的远山像是被几笔淡墨抹得重重叠叠，又像笼罩着一层轻纱，如蓬莱仙境，影影绰绰，在缥缈的云烟中，忽远忽近，忽隐忽现，若即若离。渐渐地，我们看到了远处的雪山，索道旁也出现了被大雪压着的株株挺立的青松。

我们出了索道，踏着积雪，拾级而上，向山顶攀登。

这是小家伙们出生后第一次见到这么厚的积雪，哪里按捺得住内心的激动，他们开始打起了雪仗。到了日月坪，他们又被雪景吸引，把雪仗忘在一边。

日月坪虽不大，但地面上、桌子上、凳子上和不远处的尖屋顶上全是厚厚的积雪，白茫茫一片。于是全家动手，堆起了雪人。堆雪人是个技术活儿。雪没有黏性，却要把它捏成坨，制成各种形状，这个活儿自然只能由大人们来承担。余者有的捡雪，有的运雪，乐此不疲，手冻得冰疼，心里却是热乎乎的。

雪人快要堆好了，大家又想玩点别的。

剑敏首先向毛毛挑起雪战，毛毛专注于雪人，不予理睬，妻子心疼地清理砸在毛毛身上的雪块；红梅向兰花发起攻击，兰花狼狈逃窜，妻子代兰花反击，兰花见势奋起反击，同时向剑敏发起挑衅。红梅再次向兰花发起攻击，成蓉和剑敏也积极响应，兰花只有无奈地躲在塑料凳下。见来势凶猛，说时迟，那时快，兰花索性拿起塑料凳作为挡雪牌。见兰花用上了新式武器，犹如见她首先使用了核武器，大家便群起而攻之，一坨坨雪块集中飞向她，并由远攻改为近战。兰花又躲进塑料凳后背，在群攻之下，仍孤身反击，见大家步步紧逼，只有逃之夭夭。不一会儿，兰花不甘失败，卷土重来，当大家再次逼近时，她只有牢牢地抱住红梅作为盾牌，这才躲过攻击。但兰花仍不甘心，当大家放松警惕时，她终于成功偷袭了红梅和成蓉，报了一箭之仇。

见雪战消停，剑敏不甘寂寞，又向成蓉发起攻击。毛毛哪能容忍自己的爸爸打妈妈，便协同成蓉集中向剑敏发起反攻。

一家人在混战中打得不可开交，不亦乐乎，忘记了饥饿和疲劳，还是在妻子的提醒下才停止了雪战。

下山了，大家自然不能忘了劳动成果。红梅、成蓉、兰花居然一人抱一坨雪人——明明知道雪人下山后要化，仍然像在山上捡到的宝贝一样，紧紧抱在胸前，不舍丢弃。

告别日月坪时，我突然想起杜甫"窗含西岭千秋雪"的诗句。此诗写于成都杜甫草堂。我试着专注地向成都方向望去——茫茫的云雾，层叠的山峦，遮住了望眼，不用说杜甫草堂，就连成都的影子也不见。

其实，西岭雪山离成都还有100多公里呢。这时，我才顿悟，文学作品可以存在虚构的成分。文学需要的是艺术的真实，而不必全是生活的真实。只要有意境，何必去当真呢？

西岭之游，虽然累了一天，却让全家在紧张而又无趣的工作之余，感受到了难得的天伦之乐，值得！现在我才深切地感受到，一家人自由自在地和睦相处，同苦同乐，那才是真正的幸福！

碧峰峡游

又是一年值得期盼的国庆节，按照我家与朋友杨永刚一家早有的相约，2002年10月1日，两家共12人驱车开启了碧峰峡之旅。

我们经成都抵达碧峰峡已是黄昏。

碧峰峡风景区由条件优越的碧峰峡游客休闲度假中心、风景优美的碧峰峡风景区和情趣盎然的碧峰峡野生动物园组成。

我们入住游客休闲度假中心，按照游客中心的安排，正好当夜可以先观赏碧峰峡野生动物园的猛兽车行区。

碧峰峡野生动物园由观赏猛兽车行区和观赏温驯动物的步行观光区组成。猛兽区的动物都是散放喂养的。上了观光车，极度兴奋的我们，尤其是涛涛和毛毛这两个小家伙，将生平第一次在自然状态下见识它们。

最开始进入的是散放狮区。在枝叶婆娑的丛林间，非洲狮王正率领着妻子儿女们出行。威武的雄狮，其金色的鬃毛在灯光下闪闪发光，隔着透明的玻璃还能看清它威严的脸上那白色的长须。它傲慢地从车前踱过，对满车惊讶而紧张的我们似乎不屑一顾。

进入熊区，我们体会到正好是与狮区相反的感受。有几只大黑熊显得十分热情。它们团团围过来，甚至直起身子，将爪子搭上前面的车窗，咧着大嘴与前排的游客面面相觑。我们坐在后排，也能看见它红红的舌头、白白的牙。当我们的心正在紧缩狂跳时，解说员却告诉我们，别怕，它们并无恶意，只是由于被称作"熊瞎子"的黑熊，视力实在太差，其实它们只是想看看这个会动的大盒子里究竟有些什么东西，并无伤害之意。当然，这不过是一个美丽的借口，其实它们是来乞食的。只有当游客为它们喂上面包时，它们才会满足而去。

我们只是从电视上看到虎在自然中凶猛强悍的捕食姿态，才明白为什么虎会象征着"力量、勇敢和不可战胜"。在这时，虽然没有看到它们捕捉野生动物的场景，但当它们森然的目光隔窗与我们的视线相遇时，也才真切感受到"虎视眈眈"的压力。这时，寒意不禁从脚底升起。

当观光车驶出猛兽区时，我们才松了一口气，然后去观赏动物表演。动物表演在当年难得一见，可谓妙趣横生、紧张刺激，但现在看来与各地无异。

第二天上午，我们开始观赏野生动物园的步行观光区。据导游介绍，这里散放喂养着各类野生动物，其中有国家一级、二级的保护动物和极品珍稀动物。

沿着蜿蜒的游道，首先映入我们眼帘的是鹿群和羊群。它们成群结队在林间草坡觅食。娇俏的梅花鹿正从山坡轻盈地跃下，驯鹿群顶着有30多个枝杈的角慢悠悠地从密林间走来。白唇鹿站立在远处，正在向我们张望，它闪烁的眼与煞白的唇像受了惊吓的小姑娘。还有那只被俗称为"四不像"的麋鹿，头像马非马、蹄像牛非牛、身像驴非驴、角像鹿非鹿的动物。我们过去只是听说，现在见了，无不称奇，纷纷远远地与它们合影。

拾级而上，我们来到鸟林。这里是撒下天网的百鸟极乐园。在一张偌大的天网的笼罩之下，处处姹紫嫣红，鸟语花香。海鸥在水面翔集，天鹅在水中游弋，画眉与黄鹂婉转鸣唱，锦鸡和银雉逞娇斗媚。孔雀得意扬扬地炫耀着七彩羽屏，红腹角雉摇晃着钻蓝的肉角，展示项下肉裙的绚丽。鸳鸯在潭中柔情万种地相互梳理；仙鹤在泉边道骨仙风般卓然独立；一行白鹭从天空掠过，偶尔飘落一两支美丽的羽毛……

来到这里，我们仿佛进入了童话世界。这里更是孩子们的乐园，涛涛、毛毛在自己妈妈的陪伴下与孔雀合影。

走出鸟林，峰回路转之后，向阳的山坡是一片沙地。那是从澳洲沙漠迁来的鸵鸟的领地。这种世界上最大的鸟儿虽然不会飞，却拥有无与伦比的飞毛腿。当看着它抖动着羽毛从沙地上跑过，看着那轻盈的身姿，似乎觉得这并不漂亮的鸟儿也有一种飘逸洒脱之美。

这次，我们最想看到的还是熊猫，但那时熊猫馆尚未建成。虽然没有欣赏到大熊猫、小熊猫的娇憨，却能近距离地逗一些珍稀小动物玩。兰花居然带领着霄霄、涛涛、毛毛等一帮儿童，开心地与金丝猴开起了玩笑。

游览完野生动物园，我们开始游览碧峰峡风景区。我们没有选择乘坐被称为"全国风景第一梯"的垂直电梯，从青云梯"青云直下"，直垂谷底，而是通过悠长而转角的石梯，去寻幽觅胜。

碧峰峡是女娲文化的发源地，相传远古时候，水神和火神交战，撞断擎天柱，天塌地陷，苍生呼号。为挽救黎民众生，圣母女娲炼五彩石补天，至雅安时，因疲劳过度怆然倒下，留下了许多凄美的传说。

沿着幽幽峡谷的青石板小道前行，一路弯弯拐拐，小桥流水，清溪潺潺，青峰对峙，景色秀雅，两岸郁郁葱葱，时而还能看到悬崖上的悬棺。

行走五六公里后，我们便开始沿着旅游线路往峡顶攀行。

沿途溪流形成的瀑布不断，是上山的主要景观。

最为壮观的是千层岩瀑布，高约100米，宽约10米。只见瀑布悬空飞泻落入崖壁半腰台地的茂林之中，再由山腰缓流，沿千层岩而下，无数银丝形成一条巨大的银帘，如仙姬秀发，飘飘洒洒，从层层堆积的陡岩垂泻，形成两梯级台式瀑布。

再就是青龙潭瀑布，高约40米，宽约6米。瀑布从峡谷丛林中飞流直下，穿数层怪石注入谷底，势如青龙下山。谷底有一深潭，面积100多平方米，故而得名。

最小的是鸳鸯瀑布，虽高仅30多米，但飞泻直下的溪流受到高岩阻挡后，将其一分为二，形成左右两道大小不一、气势各异的瀑布，相依而存，别有一番情趣，故名鸳鸯瀑布。

滴水栈道位于右峡旅游栈道处，溪水从10多米高的裸岩上均匀洒落，游人到此，驻足栈道，仰望滴水岩，水珠飞溅，沁人心脾。我们免不了在此一一拍照留念。

女娲池位于景区白龙潭瀑布下，为瀑布多年冲刷而形成的开阔潭池，传说为女娲沐浴之所。此潭长80多米，宽约30米，池周青山绿翠，花香鸟语，池水清澈见底，碧蓝如镜。见可以划竹排，我们自然不能放过这个机会，上了竹排就不舍离开。

但还有更开心的玩法在等着我们，那就是池中叉鱼。行不多远，便听到嘻嘻哈哈的嬉闹声。我们循声而去，原来是一个小湖，游客手拿竹叉，沿着湖边，巡视着湖面，时不时地向湖中刺去。湖边立了一块石碑，上面写着"叉鱼池"。原来，这是一个娱乐项目。谁叉着鱼，鱼便归谁。孩子们自然不肯放过这个机会，纷纷租来鱼叉，跃跃欲试，都想一显身手，碰碰运气。不过，只有一个游客叉着一条鱼儿，正在欣喜若狂之时，另一个同行的游客却不慎掉入湖中，好在湖水不深，天不太冷，此事不仅有惊无险，而且把这个活动推向了高潮。

孩子们虽然没有叉到鱼，但并不影响对吃这里的鱼的兴趣。首推的就是雅安的名鱼——雅鱼。来到这里，怎能不吃雅鱼呢？当地人真会做生意，他们已不失时机地在叉鱼池的上层路段设了一个烤鱼点。若叉到鱼，自然在这里接受有偿加工了，同时也为没有叉到鱼的游客尽兴。我们这一行人虽然没有叉到鱼，但也吃了个开开心心。

这里还有始建于唐代，明代重建的翠屏寺。因为按照预定的行程安排，我们当夜要入住峨眉山的伏虎寺，准备第二天登峨眉山，所以就只有先不去翠屏寺了。

再见，碧峰峡！

雨中登金顶

　　我家和朋友杨永刚家共12人一行，在结束碧峰峡游的当夜，即2002年10月2日晚，入住峨眉山山脚的伏虎寺。由于从碧峰峡至伏虎寺的途中，有朋友晚上约请吃路边火锅，所以我们抵达伏虎寺时已是晚上10点。

　　伏虎寺雄踞在郁郁葱葱的群山环抱之中。虽然雄伟壮观，却清静得一尘不染，全寺无声。

　　伏虎寺始建于唐代，南宋绍兴年间改建。清顺治年间，贯之和尚率弟子可闻大师重建寺院，历时20余载始成，名"虎溪禅林"，亦称伏虎寺。

　　据说，当年伏虎寺有位高僧棋艺高超，康熙皇帝微服私访到这里，与其对弈，眼看皇帝就要输了，这时一片树叶从天而降，不偏不倚，正中皇帝的茶碗。康熙皇帝龙颜大怒，便提笔写下"离垢园"三字，此后这里便再不见落叶。

　　形成这一罕见现象的真实原因，据说是特定的地势——离垢园居山窝之中，山风浩荡，自然清除了屋顶的落叶；但也有人说与伏虎寺大雄宝殿上方的华严宝塔有关。此塔高5.8米，是中国目前最大的铜质佛塔，也是伏虎寺镇寺之宝，因此镇住了落叶。离开伏虎寺，我们开始向金顶进发。女性选择排队乘坐索道，我们男性则步行登顶。

　　我们以为乘坐索道很快，生怕女性率先到达，让她们等候太久，便像打仗抢占山头一样跑步攀登。谁知，当我们气喘吁吁地赶到索道终点时，她们仍在山下排队等候，尚未坐上索道。一看时间，才1小时多一点。

她们出了索道，我们一起行走了一段比较缓的石梯，继续向金顶进发。这时，天空下起蒙蒙细雨，让山顶秋凉的天气更添了几分寒意。我们只有买来一次性塑料雨衣穿上，避雨避寒。

金顶庄严的宫殿笼罩在雨雾之中，周围的松树随着飘荡的雨雾时隐时现。我们拿着摄像机、照相机四处拍摄。但雨雾弥漫，拍摄的画面，除了朦胧，还是朦胧。

雨终于停了，但太阳仍然吝啬，不愿露面，没有施舍给我们一丝阳光。我们只有选择在广场边上，以金顶为背景合影留念，然后去了舍身崖。

舍身崖游客如潮，很多人抢着在唯一的悬崖栏杆角处留影。那时，云雾已遮住悬崖的险景。游客们不敢看险景，也看不见险景。拍照也仅仅是为了留念。

当然，也有胆大的人。国语和剑敏不顾大家的指责，冒险爬上悬崖旁一块摇摇欲坠的独立的石头上留影。此时，我们只有盯着他们，连大气也不敢出。

2015年底，我与朋友何泽光相约再登峨眉山，却遇大雪纷飞。我们买来钉鞋穿着上山，下山快到停车场时，我看到一对年轻夫妇带着一个小孩未穿钉鞋爬山，便提议将我们的钉鞋送给他们。谁知我没有穿钉鞋下山，不慎连摔三个仰面朝天，把何泽光先生和同行的游客吓得不轻。结果居然有惊无险，毫发无损。那一次游峨眉，有词为证：

十六字令·游金顶

山，大雪纷纷飞满天。银铺地，日出更斑斓。

山，金顶巍巍筑佛坛。心清净，虔恭拜普贤。

山，穿着钉鞋苦苦攀。真心尽，摔跤也开颜。

由于第二次登峨眉山遇上雪天，所以2021年盛夏，我在峨眉山五显岗避暑20天，第三次登上金顶，终于如愿以偿地在那里享受了万里晴空。

我们一行于2002年国庆登完峨眉山，当天驱车去了乐山。夜宿乐山，次日经绵阳返回。虽然行程紧张，但四天游了三地，也算了却了大家的一桩心愿。

重游九皇山

或许因为我属于孤家寡人，今年入春以来，请我出游的朋友多了起来。甘肃陇南游，流马耙耙柑果园游，升钟湖唐妃贡李产业园游，布拉格小镇游，接二连三。这不，这次我又要应邀出游北川的九皇山。为了这次的出游，我还不得不推掉了朋友盛情邀请的江西庐山、婺源游。

其实，我出游九皇山，这已经是第三次。虽然是第三次出游，但每次出游的同行者不一样，感受也各有不同。第一次是2003年五一劳动节的全家出游，享受的是天伦之乐；第二次是2020年初与杨先萍同游，享受的是二人世界。之所以这一次还要出游，是因为这一次是与爱尚贝尔幼儿园的老师们同游，与充满童心的仙女们在一起，肯定又是另一番享受。

果然没有让我失望，歌舞是幼师们的强项。早晨从南部出发，乘旅游大巴，她们一路K歌，一首接着一首，欢声不断。

我们来到北川县九皇山景区游客服务中心时已是中午。

下午游花溪景。花溪景在九皇山对面的元宝山。我们乘坐景区内观光车，从海拔500多米的山脚，经山路十八弯，绕得我们晕头转向，才抵达了海拔1040米的停车场。

但还得步行上山。上山虽然累，但一路有羌族男子为我们击鼓加油，有羌族姑娘为我们唱歌鼓劲，望着半山腰漫山遍野辛夷树上盛开的花儿，我们还是满心欢喜。

终于抵达花溪景了，一看海拔——1450米。花溪景以花海为主题，当地计划将其打造成全国最大的花海浪漫露营地。

这里的辛夷树全是野生的。据说辛夷花是世界上最壮观的花。细细品来，此言不虚：花儿艳而不妖，每朵都是9枚花瓣，均挺立向上，象征着无坚不摧、天长地久的爱情。一朵朵硕大的辛夷花，白的似玉，红的似霞，紫的似锦，在春天的暖风里散发出阵阵清香。辛夷花不与桃李争妍，独具一番孤芳自赏的风情，在千古流传的诗词中也留下了浓墨重彩的一笔。尤其是唐代王维的《辛夷坞》："木末芙蓉花，山中发红萼。涧户寂无人，纷纷开且落。"

我们穿过花廊，行走其间，一路风铃声声，清脆悦耳，令人心旷神怡。累了，有帐篷可以休息，有花屋可以品茶，还可在山间弹上一曲悠扬的古筝，甚至还可以坐进花轿，过上一把新娘瘾。大家虽然不舍离去，但今晚必须夜宿九皇山，还是只有无可奈何地乘最后一班观光车下山。

上九皇山，要乘索道。由于坡度较陡，悬在空中，高高在上，许多老师心里难免还是有一丝胆怯。远远望去，索道像一条巨龙，缓缓地向九皇山蠕动。

已是晚上，我们入住羌族人间酒店。7点，一阵欢快的歌声传来，原来这里的文艺篝火晚会即将开始。老师们自然不肯放过这个机会。她们赶快来到这里，在观赏完具有浓郁的羌族特色文艺晚会的开场节目后，有的泡温泉，有的融入了篝火晚会。

篝火的火苗随着音乐的节奏欢快地跳跃，肆意展示着羌族人民对远方游客的热烈欢迎。旋律优美、声音婉转的羌族民歌，听得老师们心花怒放，她们不由自主地加入羌族姑娘、小伙儿的队伍，围着熊熊的篝火跳起了羌族锅庄，释放着自己青春的激情和浪漫。篝火晚会在美丽的羌族姑娘的舞蹈中结束。

次日晨，鸡鸣声把我惊醒。我早早地起床，出门散步，不料天有小雨。远远望去，九皇山山顶笼罩在雨雾之中。

我们只有冒雨向主景区进发。去主景区，要翻过一道山梁，大家有的坐滑道，有的走路。

上了山梁，雨停了，但仍是大雾弥漫。下一道陡梯，便是玻璃栈道。一对身着羌族服装的青年男女彩塑高矗入云，挺立栈道两头，微笑着向游客们示意。虽显热情，但大家一看悬在深不见底的峡谷之上的长长的玻璃栈道，个个心惊胆战，哪有那个胆量？于是，大家在这里集体合影留念，然后在导游指引下，乘下山索道到半山腰，开始了猿王洞的游览。

猿王洞高悬在数百米的绝壁之上，面临连绵群山和深涧峡谷，气势雄伟，洞内有世界罕见的钙化五彩池，被人们称为"地下黄龙"。

洞内温度冬暖夏凉，四季如春，生长着大量的石钟乳、石笋、石缝，形成了"倒挂石林""田园风光"等多处景致，可以引发大家的无限遐思。据说猿王洞外还长期生活着一群野猴，夏天天气炎热，猴子们从几米高的树上翻身跃下，为游客表演"高空跳水"，人、猴和谐相处，一派祥和景象。

出了猿王洞往左，便是情人桥。情人桥悬在两山之间的高空，约300米长。此时，云雾正浓，行走在上，犹如腾云驾雾。民间传说是住在猿王洞的猿王为迎接羡慕这里美景的仙女所建。过去还在桥头为猿王随仙女升天的地方建起了飞仙阁，又称凤凰亭，但这次不见了。有诗为赞："古藤斜挂牵玉女，飞涧横钩渡玄猿。"

没有想到，几个连玻璃栈道都不敢过的小仙女，不去过相对稳当的情人桥，居然选择了情人桥旁更具挑战性的项目——走高空的木板搭桥。过木板搭桥，她们身上虽然系有保险绳，但有的地方木板之间的距离竟有1米多长，还不得不踩单钢丝走过去。看到她们在云雾之中随风飘荡，左右摇晃，刺激得让人胆战心惊。

这时，天公终于作美，浓雾渐渐淡去。远远望去，片片云雾如笼罩在九皇山的块块轻纱，朦朦胧胧，隐隐约约，飘忽不定；又像是几笔淡墨，抹在蓝色的天际。此时，我真不知道是在云里雾里，还是在梦里幻里。其实，细细想来，梦里梦外皆如烟。我们成天看到的所谓实实在在人和事，哪有永久？还不是有如眼前的云烟。那虚无的美丽，诗一般的朦胧，不过是一场梦幻而已！

过了情人桥，正准备返程，大家在过高空木板搭桥小仙女们的勇敢精神鼓舞之下，又纷纷走上了高空玻璃栈道，有的还坐上了滑索。我本来准备在玻璃栈道中间的位置，透过玻璃拍摄谷底的人和景物，不料一阵云雾袭来，又把山谷遮了个严严实实。我实在禁不住悬在高空的玻璃栈道上的寒冷，只有作罢。

游毕，余兴未尽，收录我第二次来九皇山填的一首词为赞。

小重山·重游九皇山

周末重游新北川，心随云漫卷、上蓝天。猿王洞里好修仙，如梦幻、钟乳石斑斓。

累了有温泉，羌人篝火舞、共联欢。情人索道半空悬，游人过、惊罢笑开颜。

深秋光雾山　美景不一般

11月上旬，深秋，双休日。听说光雾山红叶正盛，于是我们来了一趟说走就走的旅行。

驱车至光雾山镇，已是满街灯火。找了一家民宿酒店住下，吃了一顿巴适的地方晚餐。由于长途驾车较累，我对锅庄舞实在提不起兴趣，便在篝火晚会的喧闹声中睡去。

习惯使然，第二天早上6点半，我准时醒来，看到窗外透进一丝亮光，就想起了光雾山的红叶和早上红彤彤的太阳，不禁兴奋起来。匆匆起床出门一看，实在让人失望——太阳仍躲在山后，山上的叶子也并不算红。

一问，红叶的盛开期已过了半个月，因为今年有个闰月。太阳终于露出了全脸，虽然不红，却把大山照了个金光灿灿。吃完早餐，买好票，乘观光车进入景区。

开门见山，沿途的风景，实在让人震撼。两边奇峰怪石，峭壁幽谷，溪流瀑潭；峰峦叠嶂，峰林俊美；山峰如刀砍斧削，高耸入云。随着观光车在峡谷中穿行，在游客的惊叫声中，一幅幅没完没了的山水画不断地展现却没有重复，不断地后退又让人留恋。车动景移，一晃一景。车在景中行，人在画中游，真实不虚。

观光车到了终点站——三道关，而游客的登山才正式起步。游客开始还有说有笑，歌声、笑声和搞笑的欢呼声此起彼伏。攀登不到500步，渐渐地只有气喘吁吁。有的看到步梯上标明的剩余的梯级数，不禁长叹：

"走完的还不到一半哟！"询问下山的游客，山上有什么好看的。而回答的游客大都是没有登上山顶的："没有看到红叶，也没什么好看的，还不如回去爬老家的山呢。"

这也难怪，山要远观。看不到山的全景，只缘身在此山中呀！

终于看到了红叶。一棵枫树独立山谷，稀稀拉拉的枝条，点点片片的秋叶，在阳光的映照下，红得似火，红得深沉，红得醒目，显得尤为珍贵。游客纷纷驻足拍照。小孙女不满4岁，居然拒绝了她哥哥的帮助，自己爬得飞快，跑得最欢。当得到沿途游客的赞赏时，她竟一鼓作气，把我们远远地甩在了后面。

好不容易登到800多级，但离南天门尚余1000多级。过了南天门，还要步行1个多小时才能看到七女峰、红山崖、燕子岭、云天飞燕等景点。一看时间，已经过半。山脚还留着一个实在走不动的老人，山下乘观光车的两条线路的景点也没有看，于是我们只有不顾孙女的反对，决定止步攀登。但想到"无限风光在险峰"，我还是不甘就此罢休，拿出无人机拍下了俯瞰的光雾山。

下山的脚步轻快了许多。

回到原点，先乘观光车看米仓古道。沿着一条清澈透底的溪流蜿蜒前行，道路旁飘扬着一排排繁体"汉"字的彩旗，似乎有了点古味，约10分钟就到了景点。所谓景点，不过是一个河滩，一道约10米宽的石堰瀑布。山岩上嵌着一面横幅铜版雕塑。进一道山门，一幅"米仓古道"的木质地图横在面前。拾级而上，有几间茅屋。虽然多少能够感受到米仓古道的沧桑，但不过10分钟就看完了。

最后一条观光车线路是看太极天坑和感灵寺。

太极天坑不过是河流急转弯形成的太极图案，只有登上山顶才能看个明白。但真要上山，又只有徒步。那个时候哪还有再登山的时间和体力？也只有就地观看一下当地农民的表演和拍照留念了。

感灵寺离太极天坑不过1公里。数十丈高陡峭的山岩，有一个天然形成的洞穴，洞穴中有一尊天然形成的酷似观世音菩萨的佛像。附近的一道山崖，远远望去，又恰似一尊阿弥陀佛。于是，当地人在山岩对面建了一座寺庙——感灵寺，寺庙中供奉着弥勒佛。

虽然进入景区没有看到枫树的红叶，好在返途看到的遍布山腰的杂树却是万树红遍，层林尽染。

游毕，与去其他地方旅游的感受一样：不去遗憾，去了也有遗憾。

其实，遗憾无时不有，无处不在。因为世界上本来就没有完美。若硬要去追求完美，不仅追求的过程会有遗憾，追求的结果同样会有遗憾。

文毕填词一首：

忆秦娥·光雾山游

光雾绕，斧砍刀切奇峰峭。奇峰峭，如诗如画，雄中争俏。

悠悠峡谷人欢笑，米仓古道黄栌姣。黄栌姣，秋风习习，风景唯好。

自贡游

元旦前夕，我受剑飞之托，去自贡航拍他的杰作——自贡国家综合档案馆、自贡市展览馆的外部装饰。

航拍之余，我们在住处附近游览了彩灯公园。彩灯公园位于自贡市中心的黄金地段。远远望去，公园之巅的五层六角塔高耸入云，格外引人注目。其实公园内并无彩灯，倒是公园外的广场处处洋溢着灯笼文化。直通广场的两条步行街，家家门店张灯结彩，街道上空灯笼密布。随着夜幕的降临，彩灯齐放，花花绿绿，漫步其中，如痴如醉。

来到自贡，仙市古镇不能不游。

仙市古镇位于自贡市东南11公里处的釜溪河畔，被誉为"川南古镇风情的标本"，是传承展示四川盐文化和川南民俗的重要载体。

仙市古镇"因盐设镇"，是一座具有1400多年历史的千年古镇，也是釜溪河当年盐运重要码头之一，有"中国盐运第一镇"之称。昔日，自贡井盐经此入沱江、进长江、溯赤水，上蓉城、入川西、去川北、进川东、出三峡，古镇成为井盐出川的第一个重要驿站和水码头。

于是，我们从釜溪河盐运码头步入古镇。

仙市古镇历史悠久，古建筑古文化遗迹保存完整，尤其是保留原样的正街、半边街、新街子和新河街。这四街的布局，犹如一个倒写的"正"字。南华宫、天上宫、川主庙、湖广庙和江西庙5座庙宇穿插其间。陈家祠堂完好无损。虽陆运代替了盐船，但3个运盐码头依旧，磨损光滑的石梯，风化的石头保坎，在历尽沧桑之后依然鲜活，似乎在向游客诉说着当年的辉煌。古街一里之内，一木两石三个不同建筑特色的牌坊依然低调地迎候着八方游客。

因此，仙市古镇于1992年被省政府批准为四川省历史文化名镇，后成功申报为"中国历史文化名镇"，2018年3月晋升为国家4A级旅游景区。

仙市古镇既然是因盐而设，而燊海井又是因盐而生，自然得去看看。

为何称其为燊海井？据史料云，燊者，火旺之意也；海者，古人以为盐井乃潜通海眼。

燊海井位于大安区大安街，占地面积3亩，采用冲击式顿钻凿井法进行开掘。凿成时井深1001.42米。该井是一口天然气和卤水同采的高产井，由碓房、大车房、汲卤筒和灶房等构成。该井开凿后，各地盐绅商贾纷至沓来，并在其周围凿井设灶，一时呈现出"天车"林立、锅灶密布的繁荣景象。

燊海井的主要建筑有碓房、大车房、灶房和柜房等。

现在经过修复后的燊海井，从地面厂房建筑到生产设施，保留了原始的布局和面貌。正面是双扇漆黑的大门，其上匾额书有井名。进门井场的左面竖立着高高的井架及碓房，碓房内陈列着碓架和使用过的钻治井与生产工具。井场的右边是车房，房内陈设着一架完好的大型绞车及附属设施。

燊海井井场后面是一座高层建筑，前房楼上是柜房，楼底是盐仓；后房则是灶房，依次排列8口圆锅，采用传统的方法煎制食盐。我们看到有两位工人正在热气腾腾的灶房内作业。

参观完毕，我不胜感慨：古代居然能凿井千米，且一井两用，既采卤水，又采天然气，采出后用气熬盐，绝了，真是妙不可"盐"！谁说中国古代没有高科技？1988年1月，燊海井被国务院公布为全国重点文物保护单位；2018年3月，燊海井被评为国家4A级旅游景区。

其实，自贡出名，不只因为盐井，这里还有震惊世界的恐龙博物馆。

恐龙博物馆是在大山铺恐龙化石群遗址上就地兴建的一座大型遗址类博物馆，是中国继半坡遗址和秦始皇兵马俑坑之后的又一大型现场博物馆。

自贡恐龙博物馆占地面积6.6万多平方米，馆藏化石标本囊括了距今2.05亿~1.35亿年前侏罗纪时期所有已知恐龙种类，是世界上收藏和展示侏罗纪恐龙化石最多的地方之一。因此，自贡恐龙博物馆被美国《国家地理》杂志评价为"世界上最好的恐龙博物馆"。

参观完恐龙博物馆，我不禁对同行的朋友有感而发："恐龙，生于海洋，发展于陆地，高翔于蓝天，相比恐龙，人类何其年少和渺小。既然如此，我们为何不能善待地球，善待自然，善待生物呢？"

与恐龙博物馆一路之隔的还有方特恐龙乐园，我们当然得顺路看看。方特恐龙乐园是由华强方特集团打造的一座以恐龙为主题，集主题体验、科普教育、休闲娱乐、观光度假、餐饮购物等为一体的大型文化科技主题乐园。

乐园将自贡恐龙文化与古蜀国文化深入融合，依托华强方特的创意能力和科研实力，综合运用AR、VR、球幕、巨幕等主题乐园行业前沿科技，打造了一系列演绎恐龙故事、探险恐龙世界、科普恐龙知识的沉浸式互动主题项目，并通过营造原始丛林、湿地沼泽、火山峡谷等众多史前场景，为广大游客创造了一个兼具趣味刺激与奇幻想象的恐龙探险王国。

我们亲历了火山洞穴探险，观看了满含高科技含量，如梦如幻、惊险刺激的大型表演和魔幻影视，仿佛进入了一个超自然的童话世界。

自贡还是彩灯之乡，每年的大型灯会惹眼全球，我们自然要去看看。但遗憾的是，灯会现正在紧张地筹备制作之中，所见之处一片繁忙。

看来，要看自贡灯会，只有待春节了。今天就要道别了，再见，自贡，我们还会来的。

拜三苏祠随记

　　"三苏"是我们四川的骄傲，苏轼是我心中的男神，祭拜三苏祠是我多年的愿望。今天，我们来到眉山，祭拜三苏祠。

　　穿过高大的牌坊，进入纱縠行南段宽大的青石板步行街，一边是挂满旗幡、古色古香的商铺，一边是粗壮繁茂、遮天蔽日的大树。约行300米，便是三苏祠南门。

　　三苏祠始建于北宋，现为清康熙四年即1665年重建的遗存，是北宋文学家苏洵、苏轼、苏辙父子的故居及祠堂。

　　三苏祠的主体建筑，是由三进四合院组成的清代建筑群，与西蜀园林相融合，形成了"三分水、二分竹"的岛居形式。

　　整座祠堂构建在三面环水的半岛上，坐北朝南，在一中轴线上组成三进四合院。

　　东西厢房在左右均衡的基础上又有变化，从而形成了不严整对称的格局。

　　我们从南门进入。门楣悬挂清代书法家何绍基题写的"三苏祠"匾，门柱上刻对联一副"北宋高文名父子，南州胜迹古祠堂"。

　　踏入大门，古木参天。右边一棵千年黄桷，直径约1米，盘根错节，满是沧桑，象征着苏洵；正中两棵百年银杏，枝繁叶茂，象征着苏洵的两个儿子苏轼和苏辙。古老的树木，无不透出历史和文化的厚重。

　　前厅为悬山式屋顶，抬梁式梁架，小青瓦房面。门上挂对联一副"一门父子三词客，千古文章四大家"。梢间向北开门，辟为碑亭，内置由明朝至民国的建祠记事碑。

前厅门楣正中有一匾，上书"文献一家"。"文献"原指典籍与贤者，此处指"三苏"父子集文学圣贤于一家。

跨过前厅，便是飨殿。飨殿为四合院的第一进院落，两边是东西厢房。飨殿前三楹有三匾，"文峰鼎畤""是父是子""文章气节"。"是父是子"匾居中，意为有这样伟大的父亲，就有这么优秀的儿子。"三苏"父子家学渊源深厚，苏轼兄弟的成就离不开父亲的言传身教。当年苏洵考试落榜，回到家中，闭门谢客，整整十年间，父子三人共同学习。飨殿前还挂有三副对联，其中最有名的当数长联："宦迹渺难寻，只博得三杰一门，前无古，后无今，器识文章，浩若江河行大地；天心原有属，任凭他千磨百炼，扬不清，沉不浊，父子兄弟，依然风雨共名山。"上联赞誉他们的杰出成就依然雄视千古，不同凡响；下联赞誉他们的人品气节，即使历经磨难，依旧能激浊扬清、保持高尚。

飨殿为硬山式屋顶，抬梁式梁架，供奉着"三苏"父子塑像。正中为苏洵，庄重而豁达；右为苏轼，通达而豪放；左为苏辙，刚直而持重。正上方悬挂一匾"养气"。

步入四合院的第二进，则是一个肃穆雅致的园子。园中有"丹荔飘香"的荔枝树。荔枝树旁还有一株古老荔枝树化石"并蒂丹荔"。据传，宋神宗熙宁元年（1068），苏轼丁忧除服，续娶王闰之，即将还京。老友蔡子华等在苏宅庭院内种下一棵荔枝树，叮嘱苏轼常回家看看。但世事难料，苏轼这一去，再也没有回到家乡。"人生如逆旅，我亦是行人"，宦海羁绊，万里流放，苏轼始终以豁达面对人生浮沉，以热忱对待百姓疾苦。这样的精神，便是"三苏"风骨留给后人最宝贵的财富。

园中还有一口苏宅老井。这口老井是保存至今的苏家遗迹之一。20世纪80年代之前，祠堂内所有生产和生活用水几乎都依赖于这口古井。

三苏祠主体建筑西侧有一处长亭，名为"百坡亭"。抱柱联"谟议轩昂开日月，文章浩渺作波澜"，意为"三苏"父子经世宏论如日月光耀千秋，文章豪迈俊逸，汪洋恣肆一泻千里。

启贤堂北楹，有一处木假山堂。堂前正上方置一匾，为清乾隆年间所立，由杭州人宋凤起题匾，匾书"木假山堂"；堂后壁书有苏洵所作《木假山记》；堂正中放置有木假山。堂前为方池，沟通瑞莲东、西池，池内有石砌台，上做盆状，内塑石山三峰，与堂上木山相映成趣。石山上有小竹一丛，榕树、黄杨各一株。堂前两侧各有石坪桥一座，上覆回廊，穿回廊可达来凤轩。

三苏祠后面的院落和东西厢房及其余建筑，陈列有三苏族谱、家训家风、生平成就、东坡书法碑刻等，是国内规模最大、保存最完好的三苏纪念祠堂。2018年，联合国教科文组织授予三苏祠"文化遗产保护荣誉证书"，称其"为中华文化在世界范围内的传播作出了巨大贡献"。

在三苏祠，几乎处处可见古老的匾额楹联和碑刻，我们可以穿过其岁月悠悠，读懂历代文人名士对"三苏"父子人品文品与苏门家风的高度赞扬。

这里，除了悠悠古祠，还有三面环水组成的精致而典雅的园林。亭台楼阁，分布其间；湖面躺着片片高洁的睡莲，悠闲的鱼儿穿游水中；在曲径通幽的路旁，分布着挺拔的翠竹、葱绿的桂树。处处是文气荡漾，古韵悠长。

今天，这里春意盎然，游人如织。人们纷纷来此感念一代文学大家的旷世才情，也被"一门父子三词客"读书正业、孝慈仁爱、为政清廉的优良家训家风深深打动。

拜毕，我不胜感慨：一家两代三文豪，独出于斯；为文为官为人，"三苏"皆为经典。不游三苏祠，不知今人的差距。在"三苏"面前，我们显得何等渺小和卑微……

"三苏"，文人的高峰，从政的典范，做人的楷模！

锦绣中华

自驾游西藏

2019年9月，我和18名"勇士"相约从南部出发，自驾游览了西藏和青海。

我们沿川藏线进藏，由青藏路返回，历时半个月。

沿途游览了被称为"光与影的世界、摄影家的天堂"的新都桥，被称为"世界高城"的海拔4014米的理塘县。经历了川藏线最险的路段——落差几千米的高山峡谷，穿越金沙江、澜沧江、怒江，翻越觉巴山、业拉山、拉乌山：幽深的峡谷，翻滚的江流，高耸的险峰，"72道拐"。观赏了318沿线一山四季的西藏风景：如诗如画、如梦如幻、如痴如醉的堰塞湖——然乌湖，山里水里、云里雾里、诗里画里、童话梦里、神仙故里的波密画廊，湖如明镜、映满青山白云的墨脱无名湖，帕隆藏布江（雅鲁藏布江主要支流之一）骤然巨浪翻滚的"大拐弯"。参观了庄严、神圣、美丽的布达拉宫、大昭寺、扎什伦布寺，观赏了大型室外实景演出《文成公主》，游览了有冰清玉洁、绝尘脱俗之感的羊措雍湖，西藏第二大湖泊纳木错。跨进了被称为"世界屋脊"的珠穆朗玛峰的北大门。穿越了三江之源——唐古拉山脉和可可西里无人区，翻越了被称为"万山之祖"的昆仑山。游览了青海美丽的茶卡盐湖和青海湖。

15个昼夜奔与歇，为自驾游西藏画上了一个圆满的句号，在此以两首词为证：

秋色横空·西藏自驾游

群驾游欢。十多天往返，雪域高原。川藏一线虽优美，危情处处相连。然乌秀，越"四山"。

"两峡"险、祥云波密鬈。水水山山似画，锦绣绵绵。

布达拉宫悟禅，大昭求吾佛，遍挂经幡。为还梦里珠峰愿，山脚望顶兴叹。纳木错，昆仑山，唐古拉、横穿西里原，青海赏盐湖，神妙壮观。

朝中措·青藏高原叹

珠穆朗玛矗蓝天，雄壮昆仑山。站在地球屋脊，赏咱雪域高原。

大昭寺院，等身吾佛，布达拉宫。护佑吉祥华夏，高扬祈福经幡。

嘉陵江探源：陇南行

嘉陵江不仅是南部县城的水缸，而且是南部县的母亲河，滋养了南部县祖祖辈辈，还赋予了南部县大好河山的无限秀美和灵气。

因此，我于几年前就有一个愿望：约几位好友，自驾探源嘉陵江。

2月22日，正好剑飞与他的几个朋友相约去甘肃陇南考察项目，邀我同行。陇南属于嘉陵江源头之一，即嘉陵江西部的源头。虽然我要开车并为他们提供一些技术服务，但我还是乐意为之。

《中国古今地名大词典》"白龙江"词条载："上源曰阿坞河，出自甘肃岷县，俗称岷江，亦称临江，西流到西固县（舟曲县地旧建置）东南与白水江会，以下或称白水江，或称白龙江，东南流经武都县南，至文县东南纳白水河，又东南入四川昭化县北境……东南入于嘉陵江。"可见，现在归属于陇南市的文县和武都区的白水江、白龙江，均属于嘉陵江的上游源头。

我们从南部县城沿国道212线逆嘉陵江而上，至阆中上G75兰海高速，经苍溪、昭化、剑阁，在青川姚渡镇下高速，便见到了白龙江；又沿江行212国道进入甘肃陇南市的文县碧口古镇，再继续前行，在关头坝大桥左转，与右侧的白龙江分道扬镳，最后沿着白水江，至文县县城。

我们在青川县姚渡镇下G75兰海高速，转上212国道，便见到了国道右侧沿途的白龙江。

我们没有停车游览，而是沿白龙江蜿蜒慢行。白龙江虽不算开阔，但碧蓝的江面圣洁得像一面玉镜，映满蓝天，又犹如一条蓝色的丝巾飘落在谷底，向大山深处延伸。

虽然江面狭窄，但落差较大，所以行不多久便见有一座小型水电站。

不一会儿，我们便看到了碧口古镇的牌坊。碧口古镇是甘肃四大名镇之一，这是一座存在了2000多年的古镇。虽然看到的古镇多为现代仿制的建筑，但仍然能够感受到古镇历史的厚重和沧桑。

经过千年的古镇，我仿佛感觉到古镇的江岸有一队队纤夫，面朝黄土，吼着号子，拉着沉重的货船艰难地向前爬行；又好像耳边响起的是沿街此起彼伏的川北口音的叫卖声；还似乎有一队队马帮，赶着驮着茶叶和丝绸的骡马，叮叮当当沿街行走在"北茶马古道"上。

古镇镶嵌在悠悠峡谷的江岸，远远望去，如一幅清新淡雅又充满灵气的水墨山水画。

走过古镇，不一会儿便远远看到一座百米高的大坝，上方有"大唐碧口水力发电厂"9个醒目的大字。

碧口水电站是镶嵌在碧口重镇的一颗璀璨的明珠。来到碧口水电站，我们停下车，看到坝内广阔的湖面碧波荡漾，时而有大雁、白鹭、野鸭凌空而起。清澈的湖水和雄奇的群山形成了碧口水库奇妙的景色。

过了关头坝大桥，我们告别了白龙江，沿着白龙江的支流白水江往文县进发。

沿途所见，白水江江面和水量虽然逊于白龙江，但水利资源丰富，小型梯级发电站却是一个接一个，且白水江属于国家级自然保护区，具有大熊猫、珙桐等多种珍稀濒危野生动植物及其赖以生存的自然生态环境和生物多样性，还是国家林业和草原局直属的三个大熊猫保护区之一。

当夜，我们入住文县。

次日考察文县的矿产。在矿产资源方面，文县不但硅、大理石、重晶石、石灰石、石膏等非金属矿非常丰富，而且白龙江、白水江流域的黄金矿带属于甘陕川"金三角"矿带的核心地区，为甘肃省重要的采金基地，其阳山金矿已探明储量达300吨以上，是中国特大型金矿之一。

这时，我才得以推测我们南部县嘉陵江段拥有丰富的沙金资源，原来是源于堪称"黄金大县"的文县的馈赠：文县含金量超高的金矿石，顺着嘉陵江流到我们这里，分布于嘉陵江沿河两岸河道转弯处的一级、二级阶地，蕴藏于南隆、盘龙、楠木、石河、王家等乡镇，居然一度成就了南部县的热门产业。

第四天，我本想沿着白水江去上游探源，一问才知道，其实，白水江的上游是四川省九寨沟县岷山中段郎架岭东北，经东南流经九寨沟县进入甘肃省文县在关头坝注入白龙江的。在文县还得知一个未经验证的传说：高层曾想以四川的九寨沟与甘肃文县的碧口水电站相交换，终未形成决议。当然，这仅仅是传说，我是不信的。但至少可以看出，文县白龙江、白水江及由此形成的碧口水电站的分量有何其之重！

第五天，既然白水江的源头就在我们四川九寨沟，而九寨沟我已去过，所以想就在陇南探源白水江的当地水源。白水江水系在文县最高最大的山脉是高楼山山脉。高楼山山脉积雪甚多，是白水江的重要水源，也是黄金储量最为集中的阳山金矿的所在地。

第六天，我们没有等到第二天12公里长的高楼山隧道的正式开通，而是沿着国道212线和247线的并线，翻越高楼山，然后去陇南市的武都区。

第七天，我们驱车从海拔900多米的高楼山山脚向山顶进发，一路盘旋，山路十八弯，过了一弯又一弯，上了一山又一山。山上有山，山外有山，开了1个多小时才到了白雪皑皑的山梁。一看标志石碑，标注为海拔2150米，落差竟达1000多米。

山顶是冰雪的世界，我们停车赏雪。其实，此时并未下雪，而是过去的积雪。放眼望去，远山近地，白茫茫一片。一条步行栈道通过景观亭直达山顶，披上了一层薄薄的银纱；路旁的松树挂满积雪，晶莹夺目，洁白无瑕，纤尘不染，风姿绰约。虽然寒气袭人，但我们心里却是爽爽的，感受到的是雪的温馨，仿佛能聆听到雪的低语，甚至能感悟到雪的灵性。

这时，一想起这里是家乡嘉陵江水的发源地，嘉陵江沙金的发源地，站在这里，似乎就在家乡，更是倍感亲切。

下山了，我们渐渐发现，山这边的景色与山那边的景色大不相同。山顶的针叶林，山腰的高山草甸，山脚的阔叶林……植物及其景色随着海拔的不同，展现出不同的层次。同样有海拔高低的不同层次，为什么山那边却是一片黄色的荒凉之景呢？这是谜。当然，陇南之行的谜多着呢，正如此行考察的项目一样。据说，人文始祖伏羲氏就出生在陇南的仇池山。

下山很快，当天入住陇南市，第二天返回。

往返3天，虽然没有去到嘉陵江的最终源头，但至少知道了最终源头仍在四川。我们喝的嘉陵江水，其中有陇南的雪；在嘉陵江淘的沙金，是源于陇南的馈赠。虽然这次是我第三次去甘肃，但这次的陇南之行却让我收获更多。

谢谢了，陇南；再见了，陇南！

新疆行

世界魔鬼城

克拉玛依魔鬼城又称乌尔禾风城，位于新疆维吾尔自治区准噶尔盆地西北边缘的佳木河下游乌尔禾矿区，西南距克拉玛依市100公里，是在干旱、大风环境下形成的一种风蚀地貌，形状怪异，当地蒙古族称其为"苏鲁木哈克"。

据考察，1亿多年前的白垩纪时，这里是一个巨大的淡水湖泊，湖岸生长着茂盛的植物，水中栖息繁衍着乌尔禾剑龙、蛇颈龙、恐龙、准噶尔翼龙和其他远古动物，是一片水族欢聚的胜地，后来经过两次大的地壳变动，湖泊变成了间夹着砂岩和泥板岩的陆地瀚海，地质学上称它为"戈壁台地"。2018年4月13日，魔鬼城入围"神奇西北100景"。

关于魔鬼城有一段神奇的传说。传说这里原来是一座雄伟的城堡，城堡里的男人英俊健壮，女人美丽而善良。人们勤于劳作，过着丰衣足食的无忧生活。然而，伴随着财富的聚积，邪恶逐渐占据了人们的心灵，他们开始变得沉湎于玩乐与酒色。为了争夺财富，城里到处充斥着尔虞我诈与流血打斗，每个人的面孔都变得狰狞恐怖。天神为了唤起人们的良知，化作一个衣衫褴褛的乞丐来到城堡。他告诉人们，是邪恶使他从一个富人变成了乞丐。然而乞丐的话并没有奏效，反而遭到了城堡里的人们的辱骂和嘲讽。天神一怒之下把这里变成了废墟，城堡里所有的人都被压在废墟之下。每到夜晚，亡魂便在城堡内哀鸣，希望天神能听到他们忏悔的声音。

喀纳斯风景区

喀纳斯风景区位于新疆阿尔泰山中段，地处中国与哈萨克斯坦、俄罗斯、蒙古国接壤地带。景区面积10030平方公里，共有大小景点55处，分属33种基本类型。

喀纳斯风景区的核心精华系冰川强烈刨蚀，冰石表物阴塞山谷，形成终表垄而成湖泊。湖面海拔1375米。湖形如弯月，长24.5公里，平均宽1.9公里，平均水深90米，最大深度188.4米，面积6.9万亩，蓄水量40亿立方米，为中国深水湖之一。

喀纳斯风景区主要景点有喀纳斯湖、卧龙湾、泰加林廊道等。2018年4月13日，该景区入围"神奇西北100景"。

新疆生产建设兵团第十师185团及白沙湖风景区

新疆哈巴河白沙湖风景区是一处集沙山、湖泊、森林为一体的多类型的新疆旅游胜地。不能不惊叹在遥远的地方还保留着这么一块未被开垦的处女地，留给我们人类环湖观赏的权利，可以欣赏新疆哈巴河185团白沙湖玲珑剔透、清丽脱俗的美感。

白沙湖的景致构成十分独特。6月，湖中莲花盛开，野鸭游于其间。金秋十月，红黄树叶在风中招展，湖中碧波如镜，湖山映衬，远眺近览，气象万千。沙地在阳光的照射下，散发出阵阵泥土的芳香，使人心醉。远处的金色鸣沙山倒映在碧绿的湖水中，各类混生林层层叠叠，交相辉映，犹如一个完美无缺的自然大盆景，展现在游人面前，人称"塞北小江南"。

白沙湖被称为"沙漠奇景"。无论春夏秋冬，湖水始终不增不减，不凝不浊。此水来自何处，又为何能常年保持常态？这是缠绕在人们心中的一个疑问，至今没有一个明确的答案，但也正是白沙湖充满魅力的一个重要原因。据史书记载，1218年，成吉思汗亲率蒙古铁骑大举西征，蒙古军队从贝加尔湖南面的蒙古国都喀拉和林出发，沿蒙古大草原经乌里雅苏台，在阿尔泰山脉东面的科布多翻越秦莱克乌儿莫该台山峡到达克兰河源。然后顺流而下，于1219年6月驻跸也儿的石河（今额尔齐斯河）畔，在此安营扎寨，停歇饮马，故被誉为"成吉思汗"的饮马池。后白沙湖景区被评为国家5A级旅游景区。

五彩滩

五彩滩一河两岸，南北各异，是国家4A级旅游景区，位于新疆布尔津县西北约24公里的也格孜托别乡，注入北冰洋的额尔齐斯河穿其而过。五彩滩地貌特殊，系长期干燥地带，属于典型的彩色丘陵。2018年4月13日，入围"神奇西北100景"。

火焰山风景区

火焰山自东面西，山体长约98公里，宽约9公里，横亘在吐鲁番盆地中部，为天山支脉之一。亿万年间，地壳横向运动时留下的无数条褶皱带和大自然的风蚀雨剥，形成了火焰山起伏的山势和纵横的沟壑。在烈日照耀下，赤褐砂岩闪闪发光，炽热气流滚滚上升，云烟缭绕，犹如烈焰腾腾燃烧，此即"火焰山"名称的由来。

火焰山处在丝绸之路北道上，至今仍留存许多文化古迹和历史佳话。火焰山神奇的地貌、独特的物产和众多的文化遗址，以及《西游记》中孙悟空三借芭蕉扇扇灭火焰山等优美的传说，脍炙人口。近年来，此地游人如织，形成了火焰山旅游热。

天山天池

天山天池是世界自然遗产、国家5A级旅游景区、国家地质公园、国家重点风景名胜区、全国文明风景旅游区、国际人与自然生物圈保护区、中国最佳旅游去处、最佳资源保护的中国十大风景名胜区、中国十大魅力休闲旅游湖泊。

天山天池古称"瑶池"，地处新疆阜康市，是以高山湖泊为中心的自然风景区。景区规划面积548平方公里，分8个景区、15个景群、38个景点，是中国西北干旱地区典型的山岳型自然景观。天山天池湖面海拔1910米，南北长3.5公里，东西宽0.8～1.5公里，最深处103米。湖滨云杉环绕，雪峰辉映，非常壮观，为著名的避暑和旅游胜地。天池成因有古冰蚀-终碛堰塞湖和山崩、滑坡堰塞湖两说。天山天池雪峰倒映，云杉环拥，碧水似镜，风光如画。

吐鲁番

吐鲁番是古丝绸之路上的重镇，早在新石器时代，距今六七千年前，就有了人类活动。一首叫《吐鲁番的葡萄熟了》的歌曲使吐鲁番名扬天下。

最早的吐鲁番人以狩猎、采集为主。进入奴隶社会后，生产方式逐渐转变为以农业为主，并渐渐在吐鲁番盆地定居下来。据《史记》记载，生活于吐鲁番盆地一带的土著居民是姑师（后称车师）人。他们在吐鲁番盆地上建立了姑师国、狐胡国、小金附国、车师后城长国、车师都尉国。

新疆返程，我填词一首为纪：

念奴娇（陈允平平韵格）·新疆行

三三老者，组团游千里，美丽新疆。五色长滩如彩练，魔幻城堡苍凉。喀纳斯湖，天山之泊，惊艳世无双。白沙湖畔，西部最北边防。

诸君在职当年，风风火火，威武好风光。指点家乡同奋斗，铸造当代辉煌。此次同游，潇潇洒洒，露少幼轻狂。同车谈笑，孰年再共斜阳？

粉色沙滩游

——云南红河游（1）

6月13日，我们一行朝发南部，南充登机，下午2点飞达滇城。

老友久别，一年重逢，喜形于色，返老还童。途中欢歌笑语，自不待言。

袁天玠先生激动之余，诗兴大发，赋诗一首：

天游有感

银鹰一闪跃蓝天，身在九重天外天。

寻遍长空无玉帝，谁说头上有神仙？

一出机场，经1个半小时车程，抵达玉溪市澄江市抚仙湖红山咀，游览第一站——粉红沙滩。

这里是国内唯一的天然粉色沙滩，自有人类居住以来，土地一直呈红色，蔓延至抚仙湖边。湖边沙子细腻，脚踩沙滩，沐浴夏风，湖水掀起层层浪花，空气弥漫着甜美，不禁令人陶醉其间。

填词为证：

闲中好·澄江粉色沙滩游

澄江玩，游粉色沙滩，夕照清波起，逍遥如醉仙。

　　游览完毕，我们在湖边合影留念，脚踩粉红沙滩，背临抚仙湖面，远靠笔架雄山，久久不舍离去。

　　入夜，我们入住湖边酒店。窗外，彩灯串串，湖波涟涟，扁舟点点……

美丽抚仙湖

——云南红河游（2）

6月14日7点，我乘着清爽的晨风，来到酒店门前的抚仙湖边。放眼望去，浩瀚的湖面，停泊着只竖着桅杆的帆船；远山的天际，烟雨朦胧，白云翩翩。我陶醉在湖边，真不知自己是人还是仙。

上午，我们经过撩人的抚仙湖畔，沿着碎石沙滩、青石板路、木质甬道，漫步在时光栈道。返途中，一片灿烂的喇叭花吸引了一批从不吹喇叭的爱花护花老者摄影留念。

午后1点游孤岛。大家候在沙滩，我先用无人机探岛。随着无人机的推进，如幻美景展现眼前：气象仪态万千，孤山独坐湖中，岛上云雾弥漫，楼台遍布，亭阁翼然。

我们乘船过湖，湖面浩瀚，水质清澈，碧波荡漾，白浪翻滚，远山近水，州岛错落，好一幅幽深奇崛的山水画卷！登岛拾级而上，只见林荫栈道，曲径通幽，美景焕然。大家纷纷拍照留念。

下午3点，我们游禄充。禄充含笔架山和波息湾。

我们先爬笔架山。笔架山海拔1808米，裸露的石峰奇形怪状，峥嵘挺拔，小径迂回，景观多姿。历代文人墨客常在山上徘徊流连，为笔架山景观题字"十二景"，如"西天门""福王门""南牛皇民""灵山一会""天水一色""渔舟唱晚""普陀仙境"等，并刻于岩石，为笔架山增添了几分名气。

　　到了山顶景观亭，俯瞰抚仙湖，大有《岳阳楼记》浩浩荡荡、上下天光、长烟一空之景，更有范仲淹"心旷神怡，宠辱皆忘，把酒临风，其喜洋洋者矣"之感！

　　游毕，彭宗润先生赋诗一首：

　　　　笔架天成隐万峰，清风碧水雾朦胧。
　　　　今来已识深闺貌，一醒凡尘几处同？

　　我也填词一首：

潇湘神·爬笔架山

　　笔架山，笔架山。抚仙湖岸矗云天。怪石异峰连径洞，文人骚客遗诗篇。

　　从笔架山山下到波息湾，一湾浅水中停泊着排排游船。此时，蔚蓝的湖面碧波卷卷，四周的山峦绿色漫漫。沿着岸边的林荫小道步行回酒店，沿途古树盘旋，枝叶漫天，岩洞串串，更有路两旁两棵粗壮的连理树横空对接，实为奇观。我们鱼贯而过，纷纷摄影留念。见有一用古法捕鱼的渔夫雕塑，两位老者居然在留影时一反过去一本正经的庄严。

　　明早就要告别美丽的抚仙湖了，真有些依依不舍。

　　何泽光先生赋诗一首七言绝句为赞：

　　　　晨明漫步雨中湖，漱水云天接海舒。
　　　　笔架山峰孤岛上，红霞映晚与仙如！

王朝瑞先生也以一首七言律诗为赞:

> 抚仙湖畔忆情浓, 异木朱沙醉客翁。
> 天水相连漫无际, 穹峰怪壁浸朦胧。
> 碧波潋滟一孤岛, 众说纷纭各不同。
> 瞰若明珠嵌云雾, 轻烟缭绕万山丛。

高洪烈先生也来了兴致, 赋诗两首为赞:

> 湖心一岛名孤山, 飞檐楼台立林间。
> 游人拾级登高处, 俯瞰水面点点船。

> 尖尖小船犁水波, 往返渡人似穿梭。
> 织就澄江一面锦, 辉映葱茏两岸坡。

我也"附庸风雅", 填词一首:

忆江南·抚仙湖游

云烟里, 美丽抚仙湖。水绿天蓝游客醉, 山青船影素鱼凫。何日再游居?

参拜建水烈士陵园

——云南红河游（3）

6月15日晨，我们从抚仙湖出发，经两个小时的车程到达建水烈士陵园。我们进入陵园，便下起了绵绵细雨。

我们缓缓步入陵园大门，拾级而上，只见矗立在广场正中的烈士纪念碑背靠青山，如旗帜般树立于墓区前，慰藉着长眠于此的英灵。

来到这里，我们举行了隆重而庄严的祭奠仪式。仪式由南部县人大常委会原常务副主任蒲春举主持。首先由中共南部县委原副书记何泽光、南部县人民政府原副县长吴承龙代表南部县赴建水全体人员向烈士陵园敬献花圈，然后全体脱帽默哀，再后由南部中学老校长袁天玠代表南部县赴建水全体人员敬献祭奠词，最后由蒲春举先生领誓，全体党员重温入党誓词。祭祀仪式完毕后，建水县民政局前来接待的同志向大家介绍建水烈士陵园的相关情况。自20世纪60年代以来，驻建水部队在国防施工、军事训练、战备执勤和抢险救灾中牺牲的干部战士，分别被安葬在建水县官厅镇、曲江镇、临安镇等地的烈士陵园内。由于陵园分散、地点偏僻、交通不畅，烈士墓的管理维护和祭奠凭吊存在诸多困难。2009年，省政府、建水县政府及驻建部队在建水县城附近选址建设烈士陵园，并规划将分散于全县各地的300多座烈士墓逐步迁至此地集中安放。2022年，建水烈士陵园被列入第二批省级烈士纪念设施名单。

建水县是烈士辈出之地。

抗日战争期间，建水县先后送出6565名子弟兵，据南京第二历史档案馆资料显示，国内战场上阵亡的建水籍官兵有213人。此外，赴缅甸战场的建水籍子弟兵有107人，最后仅剩11名伤员回国。

在抗美援朝战争中，建水子弟加入志愿军入朝作战，其中18位烈士英勇献身。此外，在抗美援越以及国家建设中，不少建水子弟也献出了宝贵的生命。

20世纪，中国人民解放军基建工程兵正式成立，多支驻建部队先后奉命参加国防施工，他们在祖国西南边陲开山凿石、架桥铺路，先后有120多名官兵在国防工程施工中牺牲，安息在建水烈士陵园。

这些烈士有的葬在建水烈士陵园，有的葬在祖国的其他地方，有的葬在异国他乡，而没有留下照片的烈士只能在名字上方以一颗红星代替……

在陵园墓区，有一座新墓终年鲜花簇拥，前来凭吊的人络绎不绝，这是新时期为我们四川凉山作出特别贡献的建水县青龙镇法依村人孔祥磊烈士之墓。2019年3月30日，四川省凉山州木里县发生森林火灾。灭火过程中，在凉山州森林消防支队服役的孔祥磊不幸牺牲。4月6日，孔祥磊烈士的骨灰被安放在建水烈士陵园，社会各界人士自发以鲜花和横幅迎接英雄魂归故里，建水县委追授孔祥磊同志为"建水好儿女"。

祭祀活动自始至终充满着肃穆的气氛。活动结束后，大家纷纷表示，一定要不忘入党誓词，发扬革命传统，为南部的建设和发展尽一份力所能及的心力，发挥余热，再作贡献！

我是全程的义务录像者，未能参加祭祀活动，最后以诗为祭：

五律·祭建水烈士陵园

诸翁自四川，组队赴云滇。

疲惫奔建水，虔诚祭先烈。

青山埋义骨，浩气薄云天。

祈祷九泉下，欢欣含笑眠。

建水文庙誉天下

——云南红河游（4）

6月15日，在结束了建水烈士陵园祭祀活动后，我们来到建水县城参观文庙。

文庙又称孔庙，是中国古代用于祭祀和推广儒家教化而兴建的重要礼制性建筑。建水文庙位于县城建中路北侧，始建于元至元二十二年（1285），至今已有700多年的历史。经明、清两代增修扩建，占地面积已达114亩。其现存规模、建筑水平和保存完好程度，仅次于山东孔子家乡的曲阜孔庙，为云南省重点文物保护单位。

建水文庙建筑群坐北朝南，纵深达625米，七进，完全依照山东曲阜孔庙的风格规制建造。第一进空间从万仞宫墙（红照壁）至"太和元气"坊。"太和元气"坊是文庙的单体大门，属四柱三楼三门道木牌坊。门头上的"太和元气"4个贴金大字，是赞美孔子思想如同天地生育万物。次间木栅栏门的门头板上，刻有清雍正年间重修此坊时临安府主要军政官员的名字，左为文职官员，右为武职官员。石砌须弥座夹杆石上雕刻有龙、狮、象，这是建水文庙不同于其他文庙的石作特色之一。"太和元气"坊后是泮池，俗称"学海"，自明弘治年间拓为椭冠。泮池北端筑有一小岛，上建"思乐亭"，岛堤间由一座三孔石桥相连。"思乐亭"亦名"钓鳌亭"，有勉励生员奋发努力，日后功成名就，犹如钓得深海中大鳌之意。来到这一引导性空间，第一眼就可以看见

"学海文澜"和均衡对称的牌坊群落，给人一种襟怀开阔、如入圣殿的感觉。

建水文庙完全依照曲阜孔庙的风格规制建造，采用南北中轴线对称的宫殿式，东西两侧对称布置多个单体建筑。原主要建筑包括一池、二殿、二庑、二堂、三阁、四门、五祠、八坊等共37个，现除杏坛、射圃、尊经阁、文星阁、敬一亭和斋亭被毁外，其余31个建筑都得到较为完好的保存，是云南乃至全国研究儒家文化及其辐射影响的重要历史文物建筑。

参观完毕，我感慨万千，不禁赋诗一首。

七绝·参观建水文庙有感

儒家始祖点明灯，孔庙辉煌瑞气升。

指引中华千万代，民安国泰百业兴。

团山古村　世界遗产

——云南红河游（5）

6月16日，云南红河行进入第四天。上午，我们参观了团山古村。

团山古村是地方民族文化与中原文化相融合，历史遗存众多，整体格局风貌完整、真实的传统风貌型历史文化名村，是"完整保存19世纪风貌特色的原生态村落"和"云南最精美的古民居群"，也是云南建水的一个安静而未有太多人打扰的地方。2006年入选世界纪念性建筑遗产保护名录。

团山古村是一个自然村落，依山而建，总占地面积1万多平方米。村庄里保留着清代建筑20多座以及3道寨门。

团山建筑的精美没有因历史的久远而衰败，世代有人居住，许多老房子的木头虽经百余年，仍然不朽。团山也因此被冠以"云南楼兰古城"的美誉。

团山古村的建筑布局与江南民居有相似之处，是典型的中原汉式传统设计，同时巧妙地吸收了彝族土掌房的建筑样式，每座房屋都以天井为核心，大门多在主体建筑一侧，通过形状不一的过道到达主体院落，有一进院、二进院、三进院及纵横组合连接而成的建筑院落，涵盖了云南传统民居中"四合五天井""三坊一照壁""一进两院或四院""跑马转角楼"等主要建筑格局。

"三坊一照壁"与"四合五天井"自然组合形式的建筑中，厅房是连接两进院的主要建筑，位于两个天井中部，前后皆用屏门隔断，封而不闭。天井成了厅堂空间向室外的延伸，一律用青石板铺地，十分洁净。"一进"是典型的"三坊一照壁"平面布局，厅前方正对"三叠水"照壁，下设方形青石缸和花台，两侧有六耳，是主人接待亲朋好友的场所。"二进"为内院，是自家的起居、储物之地，多为两层。

团山古村的建筑以明清建筑风格为主，所有建筑屋面为青瓦，白灰粉饰外墙，青砖做墙裙，每座建筑装饰的木雕、石雕、砖雕及彩绘书画制作精细、简繁得体，屏门、格扇、梁柱、走廊、屋檐等无一不是精美绝伦的艺术作品。尤其是木雕屏门与格扇窗的雕刻图案丰富多彩。

团山的古民居建筑有一寺、三庙、八大厅、十二"大五间"之说。

在几个大宅子中，张家花园最具代表性。

张家花园为规模最大的一家，其华美古朴程度可与建水朱家花园相媲美。张家花园建于清光绪三十一年（1905），由寨门、一进院、二进院、祠堂和碉堡组合而成，计有大小天井21个，房屋119间。

张氏宗祠坐落在村中央称"四方街"的小广场旁，始建于清乾隆年间，门前一棵大榕树是众多古村落的典型特征，其建筑不算特别，却是族人议事和祭祖的场所。

团山张氏家族有非常浓郁的文化底蕴。走进团山张氏民居，到处都能看见这样的楹联——"铁肩担道义，妙手著文章""百事不如为善乐，一身只要读书多""庭有余香，谢草郑兰燕桂树；家无别物，唐诗晋字汉文章"……字里行间，张氏家族的人生信条便跃然纸上。

走出团山古村，赋诗一首为念：

五绝·参观团山古村有感

团山世纪村，百载四方尊。

古色古香味，悠悠华夏魂。

　　参观完团山村，我们又来到冯小刚电影《芳华》的取景地——碧色寨火车站。碧色寨火车站是云南一个具有百年历史的火车站，也是新晋的一个网红打卡地。

　　如今的碧色寨火车站已经成为"滇越铁路历史文化公园"，每片残垣断壁都诉说着百年历史的沧桑。

　　在结束碧色寨火车站之游，离别建水之际，袁天玠先生赋诗一首：

建水行

建水城池史事多，举头无处不讴歌。

陵园尽是忠魂梦，文庙并非洙泗河。

民宅遗风思过往，古城商贾费搓磨。

同庚偶遇将军弟，他是弟行我是哥。

世外桃源普者黑

——云南红河游（6）

6月16日，我们来到云南省文山壮族苗族自治州丘北县普者黑，此时天也快黑了。远山快要落幕的霞光，穿过路旁的树枝，打在老者满是沧桑而兴奋的脸上，显出特有的夕阳红。

接待我们的民宿老板是营山老乡，听说我们是南部人，他显得格外热情和亲切。住进他那带有云南民族风格的别致、清净而干净的民宿，我们也有了如家的感觉。

第二天上午游桃花岛，即电视连续剧《三生三世十里桃花》取景地。

普者黑，这个拥有"十里桃花"的避世仙境，终于向我们老者敞开了怀抱。

在漫步去桃花岛的路上，远山错落有致地坐落在美丽的田园；处处是野生荷田，花儿亭亭玉立，有的张扬，有的含羞，吐露出迷人的芬芳；各色鲜花争相斗妍，空气清新如洗，还带有花的清香。难怪人们称这里是植物王国、花的天堂。

步行约半小时，我们经过一座拱桥，便进入桃花岛景区。

"我愿三生三世，为你种下十里桃花。"当年的一部电视剧让十里桃花变成了一个浪漫之地。在这里，遍布小岛的粉色桃花，经小桥连接，漫漫十里，宛若仙境。

老者们纷纷摄影留念，有的兴奋得近乎疯狂。退休后夫妻为伴的旅游，与同事相聚的生活，那种狂放，那种吊儿郎当，仿佛又回到那个火红而浪漫的年代。

此时，何泽光先生赋诗一首：

七绝（新韵）·游桃花岛有感

环岛浅山无尽穷，小桥细浪绿荷风。

清和四月春菲去，却有桃花入水红。

为了节省时间，我启动了无人机拍摄。遥控视频所见的美景不禁让我感叹：这哪里是人间？

在快要结束本片制作之时，王朝瑞先生赋诗一首：

七绝（新韵）·游普者黑村

菁菁泽地漫无边，菡萏摇风醉媚颜。

折皱千陂荡天碧，孤峰怪壁伫云间。

高洪烈先生赋诗两首：

晨游广慈湖

远山天际显鱼肚，沿湖踏歌闲漫步。

田田荷叶经雨洗，依依杨柳任风梳。

仙人洞村观景

晚照斜阳映荷莲，落霞织锦暮云天。

岸边游人不惜倦，心融胜景乐怡然。

彭宗润先生赋诗一首:

仙人洞村赏花

摇曳凌波一点红,罗裙媚影醉朦胧。

幽香却带相思味,梦语依稀与你同。

爬青龙山时,让我惊叹不已的是,陡峭而狭窄的山路实在难行,我没有勇气爬到顶,而比我年长的老者都爬上了山。

但没有登顶也不遗憾。在山脚下,我看见了仙湖,浩瀚无边,铺满白云,映满蓝天,还有扁舟只只,停靠湖边。吸引眼球的还有林荫下的彝族姑娘、小伙儿,他们围成圈,跳起舞,唱得欢!

下午乘车去仙人洞村。仙人洞村是一个彝族撒尼人聚居的村寨,背靠青山,前临绿水。

沿途十里荷湖,荷叶片片,荷花朵朵,处处呈现出"接天莲叶无穷碧,映日荷花别样红"的秀美景色。叶叶扁舟穿行湖中,舟上游客泼水相戏,呼声甚欢。湖边坐落有序的民宿,红墙土瓦,由水上长廊连接,别具特色,亮丽耀眼。难怪,这里是云南省第一座民族文化生态示范村,被评为"中国十大最美乡村"。

晚饭后,我应邀去网红打卡地情人桥。情人桥通过桥头两座凉亭连接,横跨于湖上。湖中荷花亭亭玉立,随风摇摆,不时有游船从荷丛中缓缓驶来,穿桥而过。夕阳正从远山落下,为情人桥镀上了一层金边,美得让人窒息。夜幕降临,我们只有乘马车回酒店。一路听马蹄"嗒嗒",看灯红酒绿,又让我感受到这里夜生活的另一种惬意。

其实,我们在普者黑所见的,不仅有自然风光,蓝天白云,青山绿水,还有发育典型的高原喀斯特地貌,被国家建设部专家誉为"世间罕见、国内独一无二的喀斯特山水田园风光"。这里既有孤峰、清流、幽洞、奇石的灵秀,又有小桥、流水、人家的古朴神韵。

最后以诗为赞，为抢时间，也顾不上格律，就算是古风吧。

白云醉蓝天，十里桃花艳。
丘陵田园美，万顷荷花妍。
彝家民居古，岩溶湿地宽。
湖泊峰林多，鱼鸟人共欢。

东风韵送别南部客

——云南红河游（7）

6月18日晚，我们入住弥勒市拾月文创酒店。

文创酒店名副其实，确有创意，别具一格。房间地板为两级。进门用瓷砖铺地，然后用金黄色实木板铺成高15厘米的地面，再在上面直放床垫，犹如地铺。茶桌和床头柜全是由藤草编织而成的工艺品。床头墙上挂的是用小镜框装饰的动漫图案。住进这里，好像回到了远古时代，住进了异国他乡，感受到的是一种别样的舒适和文化。

吃了晚饭，我放弃了在酒店免费泡温泉的享受，与大家游百米之外的弥勒湖泉生态园。

夜幕降临，弥勒湖泉生态园格外迷人。湖周高楼彩灯闪烁，倒映湖中；湖边林荫道上，杨柳依依，树影婆娑，灯光摇曳；晚风丝丝，带着清香，拂面而来。那种凉爽，那种惬意，那种轻松，一扫几天来的旅途劳累。来到细软的沙滩，像踏上海绵；满天的电风筝蓝光闪闪，犹如星星，让人充满着无限遐想。年轻的父母们带着孩子，有的垂钓，有的泡脚，有的挖沙洞，用细沙"铸造"童年的世界和梦想，我们也似乎回到了孩提时代。

王朝瑞先生以一首五言绝句《夜游弥勒市生态湖》为赞：

夜幕见灯筝，空中几点萤。

轻轻风簇浪，散作满湖星。

　　第二天上午，我们游览东风韵景区。东风韵位于弥勒市郊，是一个集自然风光、花海种植、人文艺术为一体的艺术小镇。

　　我们乘坐观光车进入景区。一路湖光山色，小桥流水，林荫栈道。满山的薰衣草肆无忌惮地绽放在道路两旁，引来众多游客留影。

　　景区建筑以本地生产的红砖为主，其布局随心而动，乍看似乎毫无章法，却又巧妙地将当地三种文化融为一体，即酒瓶状建筑代表弥勒的红酒文化，红色外表代表彝族的火文化，成捆的尖嘴酒瓶直指蓝天代表共生向上的文化。

　　最具吸引力的就是万花筒艺术馆了。这是一个用红砖砌成的城堡式建筑，外面不做任何粉饰，保留红砖的原色，很有视觉冲击力与艺术气息。

　　进入万花筒艺术馆，不禁让人称奇。馆内像是一个演出场地，而舞台背景则陈列着成排多层各色高大的红酒瓶，舞台正中摆放着架子鼓、吉他等西洋乐器。据说在这里开音乐会根本不需要任何音响设备，因为室内的音响效果设计已充分考虑到声音的折射与回音。

　　走出万花筒艺术馆，人们纷纷合影留念。

　　站在高处，放眼望去，山山水水，红红绿绿，柔柔美美。原来，诗和远方就在这里。那种韵味，不正是东风的杰作吗？

　　现在已进入仲夏时节。或许，这正是此地的绝妙。原来，无论是夏天的南风、秋天的西风，还是冬天的北风，吹到这里，都会变幻成春天东风的韵味。这时，我才真正理解到东风韵的含义。

　　走出东风韵小镇，我们结束了此行，在这里合影留念。

　　大家诗兴大发。何泽光先生发来一首五言律诗《云南七日游》：

千里踏歌行，云南景色惊。

青山盘曲路，漱水映凉亭。

景醉闲游客，诗抒感动情。

依依仍觉短，择日再同程！

袁天玠先生也和韵一首：

临别赠言

友人结伴红河行，一路欢歌一路情。

山水画中留气韵，骄阳底下见精神。

嘘寒问暖声声细，互助相帮事事诚。

临别有言君应记，望多保重再同程。

写完了诗歌，大家余兴未尽，在返回南部的车途中，又是歌声嘹亮，笑语声声。88岁高龄的南部中学老校长袁天玠先生还即兴唱了两段川剧，其字正腔圆的唱腔，中气十足的底气，一字不差的记忆，赢得全车乘客的阵阵掌声。

2023年6月19日晚上7点，大家平安顺利地回到南部。

此时，我只想说几句心里话，与大家共勉：

只说来日方长，莫见老者气短？

纵要发挥余热，何必常想当年？

其实，过好每一天，

不为家国添乱，

就是对儿女，对社会，对国家

最好的贡献！

最后，填词一首，为此行作结：

粉蝶儿·云南红河行有感

一路奔波，一路欢歌笑语。一帮翁、一行同旅。一孤山，一岛国，一仙湖趣。一陵园，文庙一惊天柱。

团山一村，记一百年心语；一桃花、一湖荷舞。一弥勒，佛一座，众生一悟。一东风，一吹韵归家处。

金秋西北内蒙古游

庚子年仲秋，我和杨先萍及她的同事自由组团，赴甘肃、内蒙古旅游。

第一天，赏丹霞，跳锅庄

甘肃张掖七彩丹霞景区是电影《三枪拍案惊奇》的拍摄地，被《中国国家地理》杂志评为中国最美的七大丹霞地貌之一。坐景区观光车入内欣赏日出美景，同一座山上，岩土如一条条彩虹般星罗棋布，在阳光的照耀下更是绚烂多彩，精彩纷呈。

张掖丹霞地貌群俗称"张掖丹霞"，由"七彩丹霞"和"冰沟丹霞"组成。身临其境，无不震撼。其气势之磅礴、场面之壮观、造型之奇特、色彩之斑斓，大自然的鬼斧神工，令人惊叹。它不但具有一般丹霞的奇、险，而且更美的在于色。在方圆10多平方公里的范围内，随处可见有红、黄、橙、绿、白、青灰、灰黑、灰白等多种色彩，把无数沟壑、山丘装点得绚丽多姿。它以层理交错的线条、色彩斑斓的色调、灿烂夺目的壮美画图，构成了一个彩色童话世界。

参加甘肃"平山湖篝火晚会"。观完日落，入夜，看着烟花，吹着晚风，围着篝火，跳起锅庄，沉醉在平山湖的民俗风情之中。

第二天，看峡谷，游黑水，叹怪树

甘肃张掖平山湖大峡谷是迄今为止中国离城市最近的集自然奇观、

峡谷探险、地质科考、民族风情、自驾越野等于一体的复合型旅游景区，是张掖地貌景观大观园中最美的景观之一，有"比肩张家界""媲美科罗拉多大峡谷""丝绸之路新发现"之美誉。亿万年风雨沧桑，大自然神奇造化。这里峡谷幽深、峰林奇特，大自然用鬼斧神工的创造力，将五彩斑斓的山体镌刻成一幅幅无与伦比、摄人心魄的山水画卷。

内蒙古黑水城遗址是元代河西走廊通往岭北行省的驿道要站，也是西夏、元代在黑水流域沙漠中的一片大面积绿洲。在这座令人赞叹的大漠深处的古城中，聆听西夏初建时的昌盛，700年的历史，感受不一样的沧桑：残阳如血、漠风当歌，烽火狼烟、羽翎传信。抚摸暮色笼罩下的残垣断壁，沉甸甸的思绪从指间滑落，消失在历史无言的厚重里。古道蜿蜒，笛声悠扬，对视着胡杨林泪水潸然……

内蒙古怪树林与黑水城相连，被称为"胡杨的坟墓""死神的纪念碑"。这里曾是一片茂密的胡杨林，由于河水改道，水源断绝，造成树木大面积枯死，因枯木形态各异、奇形怪状而得名。死去但不朽的胡杨树，在夕阳下张牙舞爪，呈现出古老的原始风貌，冥冥之中，渗透出一种狰狞恐怖的气氛，令人毛骨悚然。这片枯树林仿佛在向世人诉说着对生命之水的强烈渴望，体现了它们与恶劣自然环境顽强抗争的不屈精神。

听导游讲，到怪树林看落日最美。为了看日落，赶时间，我们匆匆穿过美丽的黑水河，也顾不上拍上几张照片。遗憾的是，当赶到怪树林时，夕阳刚刚落下，但是，夕阳的余晖为远处山丘的游客抹上了一层金边，也显得格外美丽。我们还仿佛感受到了怪树的叹息。

第三天，居延海观日出，额济纳游胡杨林

内蒙古居延海是沙尘暴发源地，唐代大诗人王维"大漠孤烟直，长河落日圆"诗篇创作地。当晨光洒在湖面，铺满湖边那一片片芦苇丛中，似乎给它们都镶上了金边，煞是美丽，时不时地有鸟儿掠过，更是

增添了几分生动活泼。更有日落美景，湖上芦苇、渔船。

内蒙古额济纳胡杨林旅游区拥有奇妙勾魂的秋色，胡杨三千年不死、死后三千年不倒、倒后三千年不朽的传说，曾因张艺谋的《英雄》中张曼玉和章子怡一场树林决战而名扬天下，如今又吸引无数人从全国各地慕名而来。

"八道桥"沙丘蜿蜒，看沙漠驼影与大漠边缘的豪迈胡杨。

"四道桥英雄林"是张曼玉和章子怡决战的树林，英雄美人，黄叶漫天。顺着景区栈道直到七道桥倒影林，河流、胡杨林、倒影、骆驼队、夕阳，人在画里，画在景中，一切都美得那么震撼。

这片胡杨林名扬世界，胡杨树干粗壮巨大，形态鬼斧神工，宛如无数土尔扈特东归英雄化身而成。"大漠日如血，黄沙湮古道。"在这浩瀚的大漠上，依然回响着当年兵荒马乱的景象，旌旗飘荡，鼓角争鸣，悍马长嘶，铁蹄铮铮。浩渺沙洲，满目劲秀。孤烟是直的，胡杨是直的，骆驼的脊梁也是直的。大漠长风也许会吹弯跋涉者的身躯和思量，却永远也吹不弯他们执着的意志和梦想。

第四天，游赏金塔胡杨林

金塔胡杨林是额济纳旗原始胡杨林的一个林系。它经过春风的滋润、夏雨的洗礼，当大漠旷野吹过一丝清凉的秋风时，胡杨林便在不知不觉中由浓绿变为浅黄，继而变成杏黄了。登高远眺，金秋的海洋令人心旷神怡。落日苍茫，晚霞一抹，胡杨金黄色变成金红，最后化为一片褐红，渐渐地融入朦胧的夜色之中。一夜霜降，胡杨林如香山枫叶一样火红，像在熊熊燃烧。而每一棵高大的胡杨树冠枝头，间或又有浅绿、淡黄的叶片在闪现，错落有致，色彩缤纷。秋风乍起，胡杨由金黄的叶片飘飘洒洒"哗哗"地落到地面，大地铺上了金色的地毯，辉煌而凝重。漫步胡杨林中，仿佛进入神话中的仙境。

茂密的胡杨千奇百怪，神态万般。粗壮的胡杨几个人难以合抱，挺拔得有七八丈之高，怪异得似苍龙腾越、虬蟠狂舞，令人叹为观止。密密匝匝的树叶也独具风采。幼小的胡杨，叶片狭长而细小，宛如少女的柳叶眉，人们常常把它误认为柳树；壮龄的胡杨，叶片又变成卵形或三角形，犹如兴安岭的白桦；进入老年期的胡杨，叶片才定型为椭圆形，更有甚者，在同一棵胡杨树冠的上、下层次，还生长着几种不同形状的叶片，可谓奇妙绝伦。

游毕，填词两首：

喝火令·金秋西北内蒙古游

十月金秋爽，千丘异叶黄。看沙原起伏茫茫。张掖七霞争艳，骆驼貌轩昂！

大漠非荒野，阳关有故乡。赏沿途处处天堂。醉美风光，醉美月如霜，醉美笛声欢畅。世界举无双！

于飞乐·金秋西北内蒙古游

相遇金秋，帅哥天使同欢，轻歌笑语连连。胡杨黄，沙灿烂，七彩斑斓。骆驼队队，秋风爽，大漠无边。

金塔辉煌，张掖神幻，天堂怎比人间？平山奇，黑水怪，古道蜿蜒；残阳如血，游人醉，胡笛悠绵。

一趟说走就走的旅行

——北海游（1）

秋冬之交，我去成都与亲友聚会，一时兴起，便开始了一趟说走就走的旅行——自驾游北海。

其实，这是我第二次去北海。上一次是2018年国庆，全家人自驾游。为抢在收假前回来上班，往返只有7天，沿途只是返程时看了小七孔景区，与其他景点只有擦肩而过，在北海的3天也是走马观花。

这次同行者都已退休，时间充裕自由，可以玩得从容一些。出发前就定下基调——不赶时间，以轻松为前提，走到哪里黑，就在哪里歇，哪里有好看的、好吃的就住下来；食宿不讲究档次，只求干净，有特色。

今天出发，天空突然放晴，一扫成都往日的迷雾，万里蓝天，千里无云，百里见山。

吃了一顿还算丰盛的家庭午餐，汽车加满油，充满电，下午1点半，我们便轻松上路。在智能车上，"小欧小姐"声音甜蜜，百问不烦。我们一会儿点歌，一会儿聊天，听轻松的段子、笑话，一路欢歌笑语，好不快乐。

下午5点半，我们抵达重庆綦江东服务区。其规模之大、规格之高、文化之深厚，让我们大开眼界。

最引人注目的是铁道兵文化广场，一组威武雄壮的铁道兵三人群雕傲立正中；一列20世纪的老式火车头摆放一侧，像一位久经沧桑的老人，述说着中国铁道的历史；一座纪念碑高耸入云，碑上雕刻有叶剑英为铁道兵亲笔书写的"逢山开路，遇水搭桥"8个大字；碑脚由金刚石铺成的地板，向远方延伸约100米，如一条长长的书简，记载着铁道兵部队从组建到改制的历史及对国家、国防的重大贡献。

步入服务区展销厅，摆放的当地各式丰富多样的土特产，吸引着来来往往的游客。件件分类排列有序的来自山村的农副产品洋溢着悠悠的乡情，浓浓的土味彰显着厚重的农耕文化，无不让人叹为观止。

最后来到餐厅，那热腾腾的饭菜散发出的香喷喷的气味以及让人眼花缭乱的色泽，使我们实在经受不住诱惑，提前在这里吃了晚饭。

吃完晚饭，我们驱车在包茂高速上继续前行，在重庆万盛区下道，入住酒店后已7点左右，一看高德导航地图，下午的行程约420公里——感觉还好，不累，因为心中装满着对北海的期待。

西江千户苗寨游
——北海游（2）

昨日上午10点，我们从重庆万盛区返上高速，直奔西江。

进入贵州地界，隧洞接二连三，高架桥高耸入云，下午4点在贵州黔东南苗族侗族自治州西江下道。

行约6公里，便远远看见重重叠叠的苗寨依山而建，公路沿线形成了长长的古街。

我们驱车径直来到北门广场，正巧这里在表演苗族歌舞。表演者是当地的苗族同胞。华丽的服饰，欢快的歌舞，高排芦笙的演奏，极富苗族色彩。据当地人介绍，演唱的语言为苗族古语，演唱的内容多为古歌，既有美丽的爱情故事，又有苗族宏大的史诗，涵括万物起源、天地洪荒、辛酸迁徙史等。

观赏完表演，正愁住宿，一位景区内的房东迎了出来，帮助我们搬运行李。在他的引领下，我们改乘观光车，在千户苗寨牌坊前下车。他家民宿就在牌坊内左侧。我们沿着陡峭的"之"字形石梯，住进了像是建在悬崖上的吊脚楼三层。

房间全是木料所建，虽显狭窄，但功能齐全，还算干净。推窗望去，千户苗寨尽收眼底：整个苗寨依山顺势而建，巧夺天工，择险而居；白水河穿寨而过，将西江苗寨一分为二，却又通过5座风雨桥连接两岸。

苗寨房屋鳞次栉比，错落有致，分布在河的两岸，点、线、面的空间布局很好，节奏感十足。建筑的空间布局和风俗礼仪体现出人文和实体的结合，展现出浓厚的文化底蕴和地域特色。

入夜，我们沿着古街穿行在熙熙攘攘的人流中。两岸茶楼酒馆灯红酒绿，室内摆满了长桌宴，苗族表演处处可见；室外火树银花，倒映白水河，五彩缤纷，如梦似幻。

我们回到房间，凭窗远眺，两岸苗寨灯火辉煌，繁星点点，景色璀璨，如琼楼玉宇。与流水绿树、古街木桥、吊脚木楼相互辉映，仿若天上人间。苗寨如同一只振翅欲飞的银蝶，与苗族古歌中的蝴蝶妈妈巧妙契合。

今天上午，我们乘观光车来到观景台，映入眼帘的是西江苗寨的全景图。整个苗寨以穿枋吊脚楼、田园风景与农耕生活为背景。吊脚木楼层层叠叠、鳞次栉比、气势恢宏。

然后乘观光车直抵西门。西门地处山垭，一座偌大的银色标志性平顶圆楼矗立山头，闪闪发光。周围为牛头图案，房顶是一对突兀而起的银色牛角傲视苍穹。牛是苗族人力量的象征，是沟通先祖灵魂的圣物，难怪古街到处可见商铺的牛头装饰。

游览完苗寨，我终于明白，这里何以成为中国独有、世界无双的苗寨；何以列入国家级非物质文化遗产名录，被评为全国农业旅游示范点，被命名为"中国历史文化名镇"；何以获得"中国乡村旅游飞燕奖暨最佳民俗文化奖"和"最佳景观村落""中国十大最美村落""贵州最具魅力民族村寨"等荣誉称号；何以获得"歌舞的海洋""芦笙的故乡"等美誉；何以获得"全国十佳生态文明景区""世界十大乡村度假胜地"等殊荣。

我在即将离开西江时，从余秋雨先生撰写的碑文中找到了答案："以美丽回答一切。"

别了，美丽西江；再见，千户苗寨！

漓江游（上）

——北海游（3）

11月7日，我们结束了千户苗寨的游览，又上包茂高速，向漓江进发；夜宿三江县，于8日下午抵达桂林市，联系了当地一家旅游公司，以每人288元的价格，开启了两天两夜的漓江游。

其实，在抵达桂林的当天下午，我们就自行游览了漓江的象鼻山景区。

象鼻山原名漓山，位于桂林市内桃花江与漓江汇流处，因酷似一只站在江边伸鼻豪饮漓江水的巨象而得名，成为桂林山水的标志。

象鼻山以神奇著称。首先是形神鼻似，其次是在鼻、腿之间造就一轮临水明月，江水穿洞而过，如明月浮水，一挂于天，一浮于水，构成"象山水月"的奇景。

因为景致极佳，唐宋以来象鼻山即为游览胜地。宋朝蓟北处士《和水月洞韵》诗云："水底有明月，水上明月浮。水流月不去，月去水还流。"

桂林山水甲天下，阳朔山水甲桂林。次日晨，我们乘旅游大巴沿漓江直奔阳朔。一路上，导游讲起漓江及桂林的少数民族、风土人情，娓娓道来，滔滔不绝，如数家珍。9点左右，我们到达兴坪古镇。

在兴坪古镇游漓江的码头，我们首先观赏了20元人民币背景图案取景地的精华地段：板山至元宝山一带的漓江边——黄布倒影。

漓江山色之美，美在倒影中；漓江倒影之美，要数黄布滩倒影最为醉人。这里江流清澈，碧绿透底，从水面上可以看到江底有块米黄色的大石板，恰似一匹黄布平铺于河床之上，黄布滩由此得名。黄布滩江面开阔，水平如镜，青峰倒影，如诗如画，是漓江旅游景观中最精华的一处。

然后在兴坪古镇码头乘观光船游漓江。我们人在船中坐，犹在画中游。登上船顶，只见江水清澈见底，波光粼粼；江面如同镜子，倒映蓝天白云。沿岸群山千奇百怪，重重叠叠，随着观光船的移动，变幻出种种图案。如果想象力丰富，犹如进入一个童话世界。难怪什么九马画山、鲤鱼跳龙门、少妇望夫、斗鸡山、龙头山、螺蛳山、浪石山、冲天峰、天柱夹江、鱼尾峰、老人坐鸡峰、仙人推磨等，以山形命名的景点数不胜数。难怪这里被称为"百里漓江，百里画廊"。

在兴坪古镇乘船游完漓江，我们观赏了遇龙河。遇龙河是漓江在阳朔最长的一条支流，被称为阳朔的母亲河，人称"小漓江"，也有人说不是漓江却胜似漓江。这里常年水质清澈，水流缓缓。古称"安乐水"，传说东海一龙巡游至此被这里胜景吸引，留下不走了，因此该河改名为"遇龙河"。

我们在阳朔高田镇凤楼村吃了午饭，远观了附近的月亮山。月亮山山头上有一个天然的大石拱，高约230米，一洞穿透，两面贯通，远看酷似天上的明月高挂碧空。从不同的角度变换观看，此洞形状也不断变化。如果是开着车赏月山，石拱的形状会从弯弯的上弦月逐渐变成半月、圆月，继而变成下弦月，十分奇妙。

下午，我们参观了马岭鼓寨民族风情园。此园位于马岭镇同善村潘厂屯王社岭，建筑面积50亩，包括迎宾广场、迎宾大道、侗族民居、金鼓广场、鼓楼、宴会厅、风雨廊、唤雨台等。其属于政府脱贫攻坚的项目，由高山移民到这里建成。这里是国家3A级旅游景区。马岭鼓寨全是侗族人，女人着衣如祝融夫人。村里历来的习俗是女尊男卑；尊老敬老爱老，孩子是放养的，每户人家里只有老祖宗，没有小祖宗。村民制作的银器非常精美。因长寿老人居多，故称长寿村。依照当地风俗，不允许拍摄，所以只有作这个简短的介绍。

下午4点左右，我们在马岭鼓寨附近观赏了银子岩溶洞。该溶洞是典型的喀斯特地貌，贯穿12座山峰，属层楼式，洞内汇集了不同地质年代发育生长的钟乳石，其石晶莹剔透、洁白无瑕，宛如夜空的银河倾泻而下，闪烁出似白银、钻石的光芒。其实，与我看过的喀斯特地貌的溶洞相比，除了规模差异，其形状大致相同。只要充分发挥想象力，同样无奇不有。

晚上，我们结束了当天的游程，入住阳朔县城。

漓江游（下）

——北海游（4）

　　11月10日，我们游览了阳朔县白沙镇附近的世外桃源风景区。世外桃源源于陶渊明的《桃花源记》，本来是陶渊明凭空虚构的"桃花流水，渔歌唱晚"的半仙之地，我也曾以此作为构想的乡村振兴的典型项目，并将其写进了长篇小说《东山情》，没有料到居然在这里变成了现实。而这一奇迹却源于一位台湾老兵后代的创造。他为了感恩这里的百姓对其父亲的救命之恩，出巨资为这里打造了这个乡村振兴风景区。

　　我们乘坐小渔船，沿途所见，正如《桃花源记》所记，不过顺序略有颠倒：沿着清澈见底的小溪，穿过一个狭窄得只能容一条船通过的天然山洞，"豁然开朗"，"忽逢桃花林，夹岸数百步，中无杂树，芳草鲜美，落英缤纷"。又见"土地平旷，屋舍俨然，有良田、美池、桑竹之属。阡陌交通，鸡犬相闻。其中往来种作，男女衣着，悉如外人。黄发垂髫，并怡然自乐"。

　　小渔船转过一道水湾，只见岸上两对身着侗装的青年男女踩着舞步向我们挥手，算是世外桃源给我们的见面礼了。不一会儿，一阵欢快的芦笙声传来。只见木桥之上，一排小伙子白衣对襟，红绸扎腰，十分精神，正手持芦笙悠然而舞；一排姑娘则佩戴白银头饰，粉衣蓝裙，一脸笑容，尽情地跳跃。

　　登岸之后，放眼望去，群山环抱，村树含烟，阡陌纵横，屋宇错落，古桥、流水、田园、老村与水上民族村寨融为一体，构成了一幅绝妙的田园风光画。

禁不住侗族村民们热情邀请，游客们也融入了节目的互动中，有的跳起了侗族舞蹈，有的参与对歌，抢起了绣球。

下午，我们在依依不舍中离开了世外桃源风景区，来到桂林市灵川县大圩古镇，乘竹筏再次游览桂林大圩段的漓江。我们乘坐的竹筏在码头鱼贯而出，"一"字形排开，如箭出弦，射向远方。虽然沿岸风景与整条漓江无异，但坐竹筏却是另一番享受。竹筏剪开漓江，一分为二，卷起排排浪花，我们仿佛置身于"嗖嗖"作响的浪花之上乘风破浪而行。

上岸后，我们游览了桂林市灵川县大圩古镇。

大圩古镇于汉代已形成小居民点，北宋时已是商业繁华集镇，明代为广西四大古镇之一。其商业初兴于宋，曾设税官；中兴于明，清光绪三十一年（1905）《临桂县志》称"水陆码头"，地方商业文化积淀深厚，特色鲜明。

明清时，大圩已是南北商贾云集之地，各种商行应有尽有，明初解缙诗曰："大圩江上芦田寺，百尺深潭万竹围。柳店积薪晨舴后，壮人荷叶裹盐归。"各地商人在此均建有会馆，到民国初期，大圩已形成8条大街。沿江亦形成10多个码头。

镇内还有许多名人的活动遗迹，当年孙中山北伐时，到桂林设立大本营就是在大圩塘坊码头起岸，并在江边扎台发表演说。石板路旁的房子多为青砖、青瓦的两层明清建筑，历史沧桑随处可见。

参观古镇行将结束时，我们参观了桂林大圩古镇博物馆。该馆历史悠久，展示了古镇丰富的文化遗产和传统手工艺品，收藏有大量文物及玉石古玩，内设有佛像厅、楹匾厅、书画厅、瓷器厅、古家具厅、沉香厅等。现存有清代名臣左宗棠、刘墉所书的楹联。参观即将结束时，我们还有缘见到了博物馆的主人谭玉华先生，我与他还互加为微信好友。

晚上8点，我们结束了漓江之游。整整两天，虽游程紧张，也有遗憾之事，但大饱了眼福，每人单价才288元，甚感值得！

银滩游

——*北海游*（5）

　　11月11日晚，我们到达北海，入住御景半岛。细细算来，始于成都，整整一周，途中游览了贵州千户苗寨、桂林漓江，行程1560公里。虽然我开车并不觉得累，但坐车者多有疲惫之感。加之降温，于是在家休整了两天。因为这里的海鲜及其他食材便宜得令人难以置信，于是厨娘们每天采购鲜货，在家各显厨艺，胡吃海塞了两天才算罢休。

　　今天放晴。清晨起来，从阳台放眼望去，万里无云，阳光洒满了高尔夫球场，蓝天、碧海连成一片。大家不禁兴奋起来：出游，去银滩！

　　我们的住处离银滩仅8公里，很快就到了。

　　银滩是北海市著名的旅游景点，东西绵延约24公里，海滩宽度在30～3000米，陆地面积12平方公里，总面积约38平方公里，超过大连、烟台、青岛、厦门和北戴河海滨浴场沙滩的总面积，而平均坡度仅为0.05度。空气中的氧离子数比一般城市高出60～100倍。因此，北海被称为"东方的夏威夷""南方的北戴河"。

　　北海银滩海水涨潮慢，退潮快，沙滩自净能力强，海水透明度大于2米，超过中国沿海海水平均标准的1倍以上，年平均水温23.7摄氏度。

　　银滩的沙滩由高品位的石英砂堆积而成，在阳光的照射下，洁白、细腻的沙滩如碎银铺地，泛出银光，故称银滩。以其独有的"滩长平、沙细白、水温净、浪柔软、无鲨鱼、无礁石"等特点，吸引了大批尤其是北方的游客。

我们刚去银滩时，游客不多；不出半小时，游客已遍布沿线——有全家，有夫妻，有老带小，有小扶老；有小孩玩沙的，有涉水玩海的，有逐浪弄潮的，有摆拍摄影的，有直播的……

我去过北戴河三次，在海南待了一年，见惯的大海都是惊涛骇浪。而此时的银滩，海天一色，蓝成一片，风平浪静。我实在经受不住银滩海浪的温柔，于是蹲下身子找贝壳。无奈贝壳没有找到，见一排微浪冲来，本想迎浪而上，却又不想湿鞋，只有步步后退。

由此联想到我的人生，又何尝不是如此：在官场一辈子，既不甘平庸，又因惧怕风浪而不敢下海经商，只有站在岸上，去羡慕勇敢的弄潮儿。

快到中午，游兴未尽，只有依依不舍地离开了银滩。然而，银滩的温柔和美丽，时时都在向我发出召唤！

红树林风景区游

——北海游（6）

今天天气不错，我们驱车来到金海湾红树林风景区。步入景区，先乘了一段路的观光车，然后漫步在海上红树林的木质栈道上。

栈道两旁的红树林挨挨挤挤，一望无际，我只有启用无人机才得以看得更远一些。

放眼望去，一片红树林组成的"绿海"围绕着北部湾的蓝海。金海湾红树林生态旅游区是中国极富滨海湿地风情和渔家文化内涵的黄金景点，位于北海市区东南方约15公里处，与素有"天下第一滩"之称的北海银滩一脉相连。景区面积约6000亩，由门景区、红树林观光区和疍家民俗园构成。区内拥有一片3000多亩的"海上森林"——红树林。

其实，红树林是绿色的，只有受到擦伤或破损时才会变成红色，因此在古代可以做红色染料。

红树林是陆地与海洋间特有的景观。密密匝匝的红树林宛如绿色的仙女飘逸潇洒，在湛蓝色的海水中沐浴。涨潮时，只看到它们部分婀娜的树冠，饶有"犹抱琵琶半遮面"的娇羞；退潮时，它们那带有海泥特别味道的树干才露出海面，好一幅"千呼万唤始出来"的画面。这片红树林被人们亲切地称为"海上森林"。

这里是生物的天堂。有着"海上森林"美誉的红树林，百种鸟类、昆虫、贝类、鱼、虾、蟹等多种生物在此繁衍栖息。红树林是中国罕见的海洋生物多样性保护区，同时也是海岸带生态的关键区，在净化空气和海水水质、减轻海洋污染等方面效果显著。

在这里，可以欣赏到群鹭飞天、蓝天碧海、红日白沙的诗意画卷，同样能感受到王勃"落霞与孤鹜齐飞，秋水共长天一色"的千古名句的意境。

观赏完红树林风景区，我们又乘观光车来到疍家民俗园。疍家民俗园以疍家民俗文化为主题，通过复制疍家人的生产、生活用具以及近、现代的捕鱼器具，全面反映疍家人的生产生活习俗，方便八方游客更好地了解北海历史悠久的本土文化。

疍家民俗园分为疍家民俗园和疍家赶海区两部分，规划面积2000多亩，以疍家民俗风情表演、游客休闲、赶海等为主要功能，规划设置疍家文化展示、疍家赶渔、拓展及烧烤等节点。

"疍家人"是以船为家的水上居民的称呼，其实属于汉族。古代疍家人主要分布在长江和东南沿海一带，他们世代以船为家，以水为生。"疍"，意思就是他们住的船特别像蛋壳。因为生存环境险恶，船如蛋壳般脆弱，故称为"疍家"。疍家人有一种独特的民风民俗，由他们创造的"水上婚嫁"已被列为国家级非物质文化遗产。

游览结束，我们还观赏了美丽的疍家姑娘表演的反映疍家生活的歌舞，游客们还应邀参加了扁担舞的表演。

下午太热，犹如夏天，我们虽然只能待在家里，却从阳台上观赏到了海上晚霞的美景。

百年老街　昔日香港

——北海游（7）

昨天仿佛还是夏天，而今晨起床，却又很快回到冬天。在阳台上放眼望去，海上风起云涌，开始涨潮，海水已占据了高尔夫球场外的一大片金色沙滩。我们还是第一次看见清晨这么迅猛地涨潮，于是来了兴趣，丢下正在做的早饭，一路小跑，赶到海边。

海水已接近高尔夫球场外的公路。海风虽大，浪却很小。此时，海潮又开始退去。经过潮水的冲刷，许多贝壳露出沙面，格外耀眼。我捡了几只贝壳，也算是我在北海的收获。

由于是阴天，于是我们吃了午饭便驱车去北海老街。

这里虽称老街，却不比其他地方古镇的木质建筑显得古色古香。因为历史上建筑的西欧化，反而多了几分洋气。

北海老街即珠海路，是一条有近200年历史的街道。始建于1821年，初建时称为升平街，只有200米长，4米宽。随着各个历史时期的不断发展，现已续建成长1440米、宽9米的"一"字形长街。沿街全是中西合璧的骑楼式建筑。

这些建筑大多两三层，主要受19世纪末英、法、德等国在北海建造的领事馆等西方卷柱式建筑的影响，临街两边墙面的窗顶多为券拱结构，券拱外沿及窗柱顶端都有雕饰线，线条流畅，工艺精美。临街墙面不同式样的装饰和浮雕形成了南北两组空中雕塑长廊。这些建筑临街的骑楼部分，既是道路向两侧的扩展，又是铺面向外部的延伸。人们行走在骑楼下，既可遮风挡雨，又可躲避烈日。骑楼的方形柱子粗重厚大，颇有古罗马建筑的风格。

老街斑驳的墙面，已偶现裂痕，彰显出建筑的古老和沧桑；处处可见生长出的植物，仿佛在述说着老街的历史。

老街的建筑有自己的地域特色，前店后居的建筑格局、中顶铺、拖笼门、西式女儿墙装饰，吸收了岭南建筑的特点，又引进了西方建筑的一些艺术风格。

老街的形成，奠定了北海城市生活的基础。独特的地理位置、中西文化的交汇、亚热带季风气候等造就了北海人独特的生活习俗、生产习俗、节日风俗和语言习惯。

相对于传统的城市来说，北海从诞生开始就更多地以"市"的形态存在。老街顺应商业的发展而形成并兴盛，鼎盛时期已成为北海一大商埠。没有想到，当时的老街商号林立，可谓寸土寸金。

老街的教育氛围是浓郁的，从最早的私塾到新式学校、中西合璧的教会学校，当时的老街是一幅弥漫着书香的画卷。

武术、游泳、足球、龙舟、挖贝壳、捕鱼……体育精神始终是北海精神的重要组成部分。

靠山吃山，靠海吃海，北海的饮食深受岭南文化的影响，又有鲜明的地域性。水虾、水鱼、沙蟹汁、疍家海鲜、粤式点心……当然，我们既然来了，也少不了在这里品一品海鲜烧烤的味道。

老街的生活是丰富的。20世纪二三十年代的老街，除了酒肆歌坊，还有各种各样的民间娱乐活动，如舞龙、舞狮、电影放映、粤剧表演、讲故事等。

据说，老街本身的故事也很多。但我们已没有时间去了解，只有下到街外的海滩去寻找儿时的梦想，留下自己在海边的故事：捡贝壳，挖螃蟹……

海滩公园游

——北海游（8）

今天本来准备休息，但又怕对不住万里蓝天，于是驱车去了海滩公园。

海滩公园是银滩国家旅游假区的重要组成部分，位于北海市中心以南10公里的北海银滩中部。公园由三部分组成，东区设有琴、棋、书、画院，中间是海滩、海上活动区，西区是海洋生物馆、儿童戏水池、大型露天舞池等组成的游乐区，据说可以同时容纳6万多名游客。

远远望见一个巨大的钢球，似乎悬于空中，浮于海上，在海天一色、蓝成一片的公园傲立。看介绍才得知，这就是号称亚洲第一钢塑的"潮"。整座雕塑用不锈钢镂空制成，以象征一颗大明珠的球体和7名少女护卫球为主体，并由安装有5200个喷头的音乐喷泉组成。在直径23米的巨大钢球上，7名少女手执橄榄枝，亦飞亦舞，动感十足。

每当华灯初上，钢球彩色激光狂舞，五彩水花激扬，与回荡在公园上空的音乐组成一幅壮美无比的图景。随着音乐旋律的节奏，水池里的5200个喷头从不同方位、不同角度喷射出一条条银色水柱，宛若仙女起舞，婀娜多姿，迷煞万千游人。水柱最高可达70米，为亚洲第一。整座建筑以大海、珍珠、潮水为背景，与钢球、喷泉、铜像遥相呼应，互相映衬，既显示出海的风采，又构成潮水的韵律，使传统的人文精神与现代雕塑建筑艺术融为一体，形成完美和谐的统一体。

大钢塑球屹然立于北部湾畔，同时也向世人展示了北海的风情文化内涵和南珠乡情。

公园内长1500米、宽200米的海水浴场是国内少有的天然海滨浴场，也是人们休闲嬉戏的场所。虽然今天白天气温较高，但水温并不算高，所以游泳者并不多见。不过，热闹不减旺季，偌大的广场游人如织，百里银滩熠熠生辉，一排排悬于空中的茅草屋引人注目；在遮阳伞下品茶的，在沙滩上散步的，赤身躺着享受阳光浴的，带着孩子玩沙的，寻贝壳的，冲浪的，拍照的；还见在蓝成一片的海天之间，飘荡着五颜六色的帆船；快艇、摩托艇如箭出弦，在海上穿梭。

此地此季，一日四季：晚上如冬，中午如夏，上下午如春秋。此时此景，我感觉似乎每一位游客只要来到这里，都可以找到自己最喜欢、最适合的休闲娱乐方式，再多的烦心事也就自然烟消云散，再疲惫的身躯也会轻松自如。或许，这就是来这里休闲旅游的意义所在。

蓬莱仙地涠洲岛

——北海游（9）

有人说，不去涠洲岛，等于没来北海；又有去了涠洲岛的游客说，涠洲岛没啥看头。真是不去遗憾，去了也遗憾。

但涠洲岛毕竟是拟定的国家5A级旅游景区，是北海唯一的独岛。既然来了，还是去看看吧！

去涠洲岛也比较麻烦，首先必须乘船，登岛后又必须乘车游览。没有办法，我们只有参加旅行社的团体游了。

11月19日10点半，我们在北海国际客运港乘坐大型海轮。沿途都是单一的海景：一望无际的海平线，长长的，直直的，连接着海与天，似乎地球就是平的。深蓝的海，波涛滚滚；浅蓝的天，万里无云。好在一路有海景相伴，80分钟的行程，感觉一会儿就到了。

涠洲岛位于北部湾海域中部，北临广西北海市，东望湛江市的雷州半岛，东南与斜阳岛毗邻，南与海南岛隔海相望，西面面向越南。

据讲解员介绍，涠洲岛总人口为1.5万人，总面积24.74平方公里，岛的最高海拔79米。涠洲岛是火山喷发堆凝而成的岛屿，有"蓬莱岛"之称，是中国地质年龄最年轻的火山岛，也是广西最大的海岛。2020年，拟确定为国家5A级旅游景区。

吃了午饭，我们乘观光车游览南湾海洋运动公园。据讲解员介绍，这里是天下最美的海景。其实，天下海景都一样，就是海水、阳光、沙滩。这里天蓝蓝、水蓝蓝，阳光灿烂，与北海无别。要说沙滩，肯定不及银滩，银滩毕竟有"天下第一滩"之称。但这里丰富多彩的海上运动项目确实少见。似箭的快艇，如飞的摩托艇，悠悠的帆船，玩的都是刺激。那是年轻人的项目，我们也只能看看。

再后，我们乘观光车去了五彩滩。为了节省时间，看得尽兴，我还是启动了无人机拍摄。

五彩滩位于涠洲岛东部，我们去得适当其时，因刚刚退潮，海蚀平台在阳光照射下呈现出五彩斑斓的颜色。退潮时，大片的海蚀平台裸露出来，经过海水打磨，犹如一幅幅印象派艺术画卷。在五彩滩，可以同时看到海蚀崖、海蚀洞和海蚀平台三位一体的地质结构，还可以看到涠洲先民就地取材修建房屋而留下的古采石场。

这里的海蚀崖是一奇观。由火山喷发的角砾、火山灰与陆地风化剥蚀形成的石英碎屑物一起沉积下来形成平行层理，纹层厚为1~2毫米。表明当时的滨海环境比较稳定，沉积地层形成后，地壳稳定抬升或下降，并没有经历强烈的构造运动。

这里的海蚀沟槽也很有特色，犹如布满层层梯田的丘陵，构成的条条纵横的沟壑，无处不是浓缩的西北山水画。这些海蚀沟槽的宽度与深度可达数十厘米，长度可达十余米，往往有数条海蚀沟槽与海岸平行、斜交或垂直分布。

我们夜宿临海的一处民宿。虽是民宿，但干净整洁。其实这里的民宿都很有文化特色。

涠洲岛是观赏日出日落的最佳地。今晨7点，看见东方开始泛红，我就直奔楼顶，撑起三脚架，用手机对准太阳升起的地方，启用延时摄影。只见一团火球从海边两座铁塔间冉冉升起，光线从柔和渐渐变得刺眼，我才不得不停止录像。

早饭后，我们步行约10分钟，来到下石螺村的出海处。该村建于清同治四年（1865），因地形似石螺，相对于上石螺，故名。村中居民大部分从合浦县及广东廉江青平迁来。此地西临大海，多缓坡丘陵，故半渔半农，村民们除了打鱼，就是种香蕉、花生。

这个出海处虽不是旅游景点，但海景照样迷人——蓝蓝的海面停放着等待出海的渔船；一排排遮阳伞和躺椅、茶几，等待迎候渐渐增多的游客；一批批游客姗姗而至，乘摩托艇的，沿沙滩散步的，拍婚纱照的，捡贝壳、珊瑚石和火山石的。我的收获最大，居然捡到了几个酷似卤鸡脚的火山石，还捡到一对活灵活现的正在亲嘴的鸳鸯。真难得，这可是产自涠洲岛的火山石天然制品呀！

告别涠洲岛时，我真还有些依依不舍。不舍的是来这里看海的自然而然的乡土味，这是在城市看海感受不到的味道。

因此，涠洲岛之游，我不仅没有遗憾，还有庆幸！庆幸的是此行观赏到的许多的独一无二。

"三千海"游之思

——北海游（10）

　　这次我们住在御景半岛。御景半岛是一座欧式的公园住宅区。从阳台朝右前方望去，相隔高尔夫球场，就是茫茫的大海。

　　前几天来了客人，我们相约去海边玩。没有想到，几分钟的车程，来到高尔夫球场旁边，离住处不过1公里，居然有一处绝妙之地——"三千海"。

　　说绝妙，是因为"三千海"不仅是景点，有一座威武雄壮的海神雕塑，还是一处露营基地。公园一侧是高尔夫球场，后边是湖，前面是一望无际的蓝莹莹的大海，漫长的海岸是金灿灿的沙滩。

　　说绝妙，还因为这里有一家餐饮店，主要经营海鲜、烧烤。前面是木板铺成的平台。几张茶桌，中间撑着白蓝色条形相间的遮阳伞，不远处绽放着淡红的鲜花。虽已过小雪节气，但坐在这里，享受的却是夏季气候，是面朝大海，冬热花开。不过有海风拂面，感觉还是凉爽。

　　更为绝妙的是，这里是最佳的观日出日落、潮涨潮落之地。

　　我们来这里时是上午9点，太阳已高高升起，一波又一波的海潮将海水推至餐饮店前的海岸。

　　老板为我们泡上一壶茶。我们坐在这里，看着"一"字形的天际，碧空万里，蓝色的海潮迎面而来，将心中的烦恼冲洗得干干净净，满是心旷神怡的感觉。

中午，我们在这里用餐，把烧烤、海鲜、小炒吃了个遍，然后回到车里小憩了一会儿。

再来这里时，海潮开始渐渐退去，海边露出沙滩，面积越来越大，赶海的游客也越来越多。我陪着朋友下到沙滩，找贝壳，捉螃蟹，拍照……

见远方出现了一大片金黄之地，我带着好奇心回到海岸，独自沿岸前行约1公里，穿过一片摆放着太空舱民宿的露营基地，眼前居然出现了大片沙漠，在太阳的照射下闪闪发光。随着海潮渐渐退去，沙滩面积越来越开阔，我仿佛来到了大西北。漠漠沙漠连着茫茫大海，这是我生平第一次见到的奇观。

这时，夕阳即将西沉，我赶紧回到原地，匆匆与大家共进晚餐。吃了一碗海鲜粥，我便用三脚架撑起手机，对准落日，打开延时摄影，眼睁睁地看着红彤彤的太阳为大海铺上一层红后，渐渐地沉入大海。

看着鲜活的太阳被大海吞没，我不禁有些伤感，但又渐渐释然。

在这里白天所见，虽万里无云，没有云卷云舒，却有潮起潮落、日升日落。人生又何尝不是如此？花无百日红，人无千日好。既有人生高潮、如日中天之时，就有落入低潮、夕阳西下之际。但是第二天，海潮还会来，太阳照样从东方升起。海洋的潮汐，太阳的升落，自然而然，规律所在。人的一生没有永恒，或许会有倒霉的事，但总有一个开花的时候。一切都会成为过去，但总会有可以期待的明天！即使人生已经落幕，但总有闪光之点还可由后人发扬光大！

神秘大江埠

——北海游（11）

今天出游大江埠旅游风景区，俗称野人谷。

传说古时候此地曾是两江交汇之处，江的发源地与海上丝绸之路的故乡——合浦一脉相承，诸多达官显贵、船商以及少数民族商人沿江开展商品交易并栖水而居，逐渐聚落成大江、沙江和赤江3个村庄。中华人民共和国成立后，随着社会发展和城市建设的需要，两条大江逐渐被覆盖。如今，人们依稀还能看见它留下的足迹，为了纪念这两条大江，故取名为大江埠。

大江埠旅游风景区曲径通幽、风景迷人、建筑独特、风情奇异、互动性强。

景区充分挖掘北海海洋文化和疍家民俗风情文化的内涵，有北海首家疍家民俗风情文化展示区，展示了疍家富足的水上生活及独特的婚俗民俗；这里还有海洋战船博物馆，收藏有历代王朝、著名的海战、民族英雄及海盗的战船和运输船的模型，让游客沐浴在独特而浓郁的海洋文化氛围中。当然，也少不了代表当代海军现代化实力的航母"辽宁舰"的大型模型。

解说员说有一个越南村，在这里不用踏出国门便可了解越南文化。其实，我们所见，只有展览区门口两个身着越南服装的越南姑娘说着越南话在迎候着我们，展示的也只是图片和实物，并无其他越南人的真实生活场景，说是一个村，显然有些夸大其词。

最后，我们观赏了一些曾经看过的赤脚上刀山、走碎玻璃碴儿路、吞火球等杂技表演。

金滩游

——北海游（12）

北海最有名的沙滩应该是银滩。

我想，有银滩就应有金滩。一搜索，果然，与银滩相对应的北端，确实有一个金滩，而且好评度不低。

一位同游的朋友明天就要回川了，我们特意相邀同游金滩，为其送行。

北海金滩位于北海市海景大道，我们是第一次来到这里，映入眼帘的是一道优美的海景弧线。沙滩漫长而宽阔，从海面到木质步行栈道，有百余米宽，呈现出两种颜色。靠栈道的是黄色，粗犷的海沙在阳光照射下金光灿灿，一片辉煌；靠海的是黑色，原来这里是人工沙滩，以前这里属淤泥性滩涂，沙由外地运来，海浪一打，沙底的淤泥又卷土重来。

沙滩上人来人往，晒太阳的，放风筝的，赶海拾贝挖螺的，逐浪的，唱歌直播的，带孩子玩沙的，比比皆是；海天同蓝的海湾，渔船随风摇曳；正在上升的太阳，金黄色的光洒落海面，令沙滩更为耀眼。

海岸的城市建筑，高端酒店，特色房产，在金色沙滩的烘托下，蔚为壮观。尤其是"北部湾一号"，高高在岸，俯瞰海湾，现代感十足。其波浪形馒头式的坡屋顶，把桂林山水融入北海城市风光，令人叹为观止。左右两幢高耸入云的排式建筑，各有一个巨大的椭圆形洞口，犹如天门山的山洞，足以由微型飞机穿越。一道斜阳穿洞而过，照射在金色沙滩上，无不令人称奇。

金滩尽头是海景广场。广场不大，但热闹非凡。唱歌的，跳舞的，乐队表演的，水平都不差。坐在花台上拉手风琴的大妈，正在演奏《莫斯科郊外的晚上》，仅凭那份专注，那怡然自得的表情和熟练的指法，就足见其功力的深厚。

穿过海景广场就是海上观光栈道。足有两个车道宽的步行栈道架于海上，向远方延伸，形成一道优美的曲线。行至转弯处，金滩的美景一览无余：水天相连的蓝色海洋，悠然自得的渔舟漂荡，独特风格的城市建筑，弧形曲美的金色海滩，丰富多彩的海滩活动，勾画出北海最为壮观的海景。

难怪在观光栈道返程的路上，我们听到的多是北方口音和四川口音。

夜游南宁"三街两巷"

——北海游（13）

在北海小住近一个月，因家里有事，不得不开启返程游。

12月4日，我们驱车离开北海，夜宿南宁，入住市中心的"三街两巷"。

晚饭后，"三街两巷"灯笼高挂，灯红酒绿。拍照的，逛街的，购物的，吃夜宵的，熙熙攘攘，游人如织。没有想到，这里的夜市如此兴旺，比白天还热闹。我们随着人流信步而游。

"三街两巷"位于南宁市兴宁区，属城市千年历史重要承载区与商业最繁华的朝阳商圈，始建于宋代。它是古邕州的商业发祥地。"三街"分别指兴宁路、民生路和解放路三条步行街，"两巷"指的是金狮巷和银狮巷两条古巷。"青砖黛瓦马头墙，回廊飞檐花格窗"是对此地建筑风格的标准描述。

街区拥有南宁城隍庙、邓颖超纪念馆、南宁建制博物馆、邕州知州殉难遗址、金狮巷民居群、新会书院、两湖会馆、南宁商会旧址、中华大戏院等各级文物保护单位及历史建筑景点20多处，重现了青砖、青瓦、清水墙的传统院落式岭南民居以及骑楼建筑形式，集中展示了南宁市传统商贸文化、会馆文化、市井文化、美食文化、邕剧文化、红色文化等。

来到这里，我们看到的是历代商贸文化繁荣的景象，大有一地一夜回到千年之感。

难怪这里久负盛名，如今已成为网红打卡地。

难怪这里2019年入选自治区人民政府公布的第三批自治区级历史文化街区名单，2021年入选自治区文化和旅游厅公布的第一批广西旅游休闲街区名单，以及文化和旅游部公布的第一批国家级夜间文化和旅游消费集聚区名单等荣誉。

夜已深，人未散。我们回到酒店，推窗望去，"三街两巷"犹如交织着的火龙，仍生机勃勃，一派辉煌……

南宁青秀山游

——北海游（14）

昨晚游览了"三街两巷"，今上午正好需要为汽车充电，于是顺便游览了离充电桩约200米之遥的青秀山风景名胜旅游区。

青秀山风景名胜旅游区虽然是植物园，但属国家5A级旅游景区，单是那高耸入云、气势恢宏的西大门就足以让我们震撼。

进了大门，拾级而上，两边三级宽大而平缓的台阶直达高大的圆形广场。广场周围，一尊尊反映壮族服饰和风俗民情的石雕生动形象，吸引我们注目；一座座寓意深刻、主题鲜明、高大而精致的植物盆景，一看标签，价值不菲，不禁让我们叹为观止。

环视周围，由18座山岭连成的拥有13平方公里的园林，郁郁葱葱，绿波起伏，一望无际。或许一天都难以游完，我们别无选择，只有乘观光车游览。

沿途两旁大树林立，合拢成一道半圆形的植物走廊，遮天蔽日。如洗的空气清新养肺，满园的绿色养眼养神，好一个避暑休闲之地！

沿途所见，有迁地保护和园林造景结合的经典之园——千年苏铁园，有中国最大的自然生态兰花专类园——兰园，有富有民族特色的壮锦广场、友谊长廊，有汇聚东盟各国国花、国树和南宁友好城市代表性雕塑的东盟友谊园，还有具有悠久历史文化的状元泉、董泉和明代风格的龙象塔、芳香色艳的香花园及桃花岛等景点，还拥有佛教名刹——观音禅寺、水月庵以及具有异国风情的中泰友谊园等50多个景点。

我们选择在中心景区下车，漫步游览雨林大观和天池。

雨林大观一派亚热带风光，周围是亭亭玉立、直冲云天的棕榈树，中间是一大片绿色的草坪。草坪上，一群群孔雀向我们走来，不时展开它们那美丽的翅膀。当然，也有游人不失时机地与它们合影。

天池在热带丛林之中，面积约20亩，如明镜一般，装满了蓝天白云；湖边亭台楼阁，错落有致，古色古香；湖水清澈见底，一群群红鲤鱼张大嘴巴，像是在乞食；睡莲朵朵，花如红云，在绿叶的陪衬下显得格外鲜艳；两只天鹅正在悠闲地戏水，很是配合湖边两位游客的手机拍摄。

本来还想继续游下去，但行程紧张，我们只有依依别去。

好一处世外桃源！难怪这里不仅被称为"绿城的翡翠""壮乡的凤凰"，还是久负盛名的避暑休闲游览胜地！

全国名楼甲秀楼

——北海游（15）

12月6日中午，我们抵达贵阳，入住一家网红民宿。这家民宿正好与甲秀楼很近，下午，我们便慕名游览了甲秀楼。

贵山之南，一水蜿蜒，景趣天成。甲秀楼位于贵阳市南明区翠微巷8号，贵阳的母亲河——南明河渔矶湾畔。

甲秀楼始建于明万历二十六年（1598），以河中一块巨石为基设楼宇，"立于渔矶烟水之上，跨乎长桥垂虹之间"，取科甲挺秀，独占鳌头之意。作为全国十大名楼之一，它见证了时代变迁，诉说着文脉传承，曾经历了6次大规模的修葺。现存建筑为清宣统元年（1909）重建遗存，历经数百年风吹雨打仍屹立不倒。2008年3月28日，甲秀楼作为"文昌阁和甲秀楼"的组成部分被国务院确定为第六批全国重点文物保护单位。

贵阳自建城以来，这一带就有霁虹桥、观音寺、武侯祠、渔矶园、南园江阁、远条堂、石林精舍、甲秀楼、浮玉桥、涵碧潭等名胜古迹50多处和"虹标志""鳌矶浮玉""九眼照沙洲""涵碧流莹""武乡斜阳"等景观数十个，因此形成了贵阳城南胜迹。其中，甲秀楼、浮玉桥、观音寺、翠微阁、涵碧潭、霁虹桥、芳杜洲、武侯祠被称为"小西湖八景"。

现景区由甲秀楼、浮玉桥、涵碧亭、翠微园等部分组成，集楼、台、亭、阁、桥而成，无论从形制布局还是建筑功能上，无不体现了中国传统文化的"天人合一"思想。

甲秀楼建筑风格独特，为三层三檐四角攒尖顶，均以白色雕塑花石为栏，层层收进，由桥面至楼顶高约22.9米，飞甍翘角，整体朱梁碧瓦，12根石柱托檐，翘然挺立。南明河从楼前流过，汇为涵碧潭。楼侧由石拱"浮玉桥"连接两岸。桥上有小亭名"涵碧亭"，烟窗水屿，如在画中。

甲秀楼文化内涵丰富，沉淀着城市厚重的历史，见证着贵阳古今变迁，讲述着在地人义故事。明清以来便是文人墨客聚集之处，高人雅士题咏甚多，尤以清同治辛未贵阳进士刘韫良的206字长联最为有名。甲秀楼作为贵阳地标，见证着这座城市的发展，蕴含着这座城市的文化精华，成为贵阳最强有力的"文化代言人"。

游完甲秀楼，我们又游览了浮玉桥桥头的翠微园。

翠微园是一组规模较大的古建筑群，与甲秀楼相毗邻，占地面积4000多平方米，始建于明宣德年间。

园内楼阁造型生动，长廊花墙四围，集幽、雄、朴于一体。

这里原名南庵，先是一片寺庙和园林，明朝中期著名哲学家、教育家王阳明曾数次游览于此，并留下《南庵次韵二首》。后又先后改名为圣寿寺、武侯祠、观音寺、水月寺。清道光八年（1828），云贵总督阮元题阁额"翠微"，盛享"风流太守"之名的清道光年间的贵阳知府汪炳璈题翠微阁联："半面山楼，半面江楼，书画舫容我掀髯大笑，邀几个赤松、黄石、白猿来，一评今古；数声樵笛，数声渔笛，翠微天尽它拍手高歌，听不真渌水、明月、清风引，万象空蒙。"

1990年起，市人民政府修复拱南阁、"澹花空翠"园林、翠微阁、龙门书院，广植花草树木，以后命名为翠微园。

现在，翠微园与甲秀楼为邻，前临南明河，后枕小山，老树交错，风景清幽，已成为贵阳游览胜地。

游完甲秀楼和翠微园景区，我们十分感慨：大凡有名胜美景的地方总有文人遗迹；不知是美景成就了文人，还是文人成就了美景。

北海游赋

——北海游（16）

孟冬之季，小聚于蓉；商定避寒，效仿飞鸿：自驾游北海，同行圆美梦。壮哉！

次日启程，同车与共。夜宿千户古苗寨，邀赏万家红灯笼。再停桂林，游漓江秀水；转至阳朔，享南国暖风。美哉！

再日，抵达北海，入住南岸。在御景半岛之上，居欧式高层之中。醒来明月，醉后清风；阳台望去，高尔夫球场尽收眼底，北部湾海洋直抵苍穹；更感全岛热风拂面，落得一身夏装轻松。盖神仙之处，莫过于尔！

史之北海，誉之珠城；秦兴商贸，汉属合浦；民国设市，历代重镇。古为海上丝路之首发港，今属改革开放之先行地；历为西南诸省商埠，今乃历史文化名城。拥三区一县，有一湾半岛；夹一江入海，添独岛对峙。

嗟乎，首日畅游，十里银滩。沙水相依，梦幻中银辉闪闪；海天相连，碧蓝里白帆翩翩。戏潮之儿，呼迎波浪之壮；巡海之燕，高歌风云之欢。"潮"雕傲立海岸，又添音乐喷泉。上有美女飞天，下有游人相伴。因其壮美，杨尚昆题字"天下第一滩"。斯滩一游，何滩以盖？

次日游涠洲岛。海轮抵岸，如入蓬莱仙山。三婆神庙，妈祖显圣；仙人井水，涌泉生甘。游水上运动场，来壮阔港湾，踩细沙绵绵，戏蓝波卷卷，闻摩托声声，观白帆点点。五彩滩色彩斑斓，如入梦幻；火山石奇形怪状，沟壑万千。石螺口渔船出海，何其壮观！夜居民宿，品位不凡；房东憨厚，夜间安然。晨拍红日似火，暮观晚霞满天。此于仙岛何异乎！

返航回北海，游程满满。

悠悠老街：老店林立，新品争芳。如一条长龙，建筑皆为欧式；犹百年历史，墙面满是沧桑。老而不朽之杰作矣！

巍巍冠头岭：古为海防要塞，今系森林公园。岭如青龙横卧，山似穹隆戴冠。风来推波助澜，浪至惊涛拍岸。故名"龙岩潮音"，又称"海枯石烂"。妙哉！

漫漫红树林：北海森林，城市绿肺。有十里海上走廊，连千亩红树画卷。晨起，渔夫出海，群鹜争先；红日白沙，碧海蓝天。入夜，渔火点点，诗意绵绵。海之胜景，美莫盖焉！

十里金滩：漫长海岸，金色沙滩；"北部湾一号"，高耸蓝天，雄视海湾；波形建筑，如桂林奇山；排楼穿洞，似椭圆海蛋；更有观海栈道，如弧形曲线，伸向天边。叹为观止，蔚为壮观。

辽阔"三千海"，美景四大观：日沉日升，月缺月圆，潮落潮起，沙增沙减。由自然之景，引感慨万千：夫天地尚无恒，人生岂不变？万物莫不如此，何必追求圆满？奋斗一生，碎梦遍地，亦属自然。欢度每日，即是神仙！

小住近月，即将告返，不胜留恋：常年无寒冬，空气有甘甜；处处海景，地地人欢；城市超现代，物价极低廉；谁说无世外？北海即桃源！

返蓉之途，经南宁，夜宿"三街两巷"，昼游秀水青山。过贵阳，赏甲秀楼，逛翠微园。虽苦亦乐，尽是游欢！

近日谈及北海行之感，友闻之长吁短叹：出游有心有力，只怨无闲无钱。予劝曰：莫道无闲，无尔地球照转；莫曰无钱，知足即可心欢。

北海吃住包干，每日不过百元。如今身体尚可，诸君何不一试，此生何来遗憾！

北海归来，屈指一算：驱车八千里，耗时四十天；途经三省十市，赏尽无数景点。噫乎，此赋诗为赞：

五言排律·初冬北海行

冬风初送寒，偕侣作游仙。

车出巴山道，茶烹苗寨烟。

漓江千岭秀，阳朔七星妍。

北海逐帆影，南风伴枕眠。

醒来明月照，醉后浪声连。

碧海映蓝宇，银滩赏丽娟。

渔舟吟夜曲，鸥鹭舞翩跹。

雪季无寒冷，终年乃夏天。

清风空气爽，佳景客人鲜。

归路南宁醉，经停贵阳筵。

悠哉八千里，惬意一蟾圆。

追忆彩云路，相期再续缘。

西湖随笔

这是我第五次来到西湖。前前后后两天时间，总算逛完了西湖十景。前四次呢，来去匆匆，不用说西湖新十景，三评西湖十景，就连西湖旧十景也只不过看了十之三四。这次虽然看完了西湖十景，但仍是走马观花，匆匆忙忙。其实，西湖里里外外，远远近近，处处是景，据说有上百个景点，要细看，要去品，或许一个月的时间也不够。

逛完西湖，感慨万千，却又不知从何说起，只有随意而言了。

西湖是饱经沧桑的历史老人。

西湖的由来，学界有三个观点。一是潟湖成因说。有地质资料为证，认为西湖本为海湾，后由于江湖挟带泥沙在海湾逐渐沉淀堆积发育，隔绝了大海，而形成潟湖。二是筑塘成湖说。有宋文帝时钱塘县令刘道真《钱塘记》为证，东汉时钱塘郡议曹华信为防止海水侵入，招募城中士民兴筑了"防海大塘"，西湖从此与海隔绝而成为湖泊。三是火山喷发成因说。同样有专家以地质资料为据，证明约在侏罗纪晚期，在西湖一带发生了强烈的火山喷发，由于岩浆外流而使地壳内部空虚，最后火山口陷落为洼地，形成了现在的西湖。

哪一种说法为真？我非专家，无从辨别。即使沿袭被历代学者认同的年代最近的筑塘成湖说，东汉至今，至少也有1800多年了。1800多岁的老人，还不算老吗？

其实，沿途所见的遗址也好，文物也罢，无不在向我们诉说这位历史老人的变迁和经历。它不仅见证了吴越国和南宋的兴亡，目睹了一幢幢建筑的毁灭和重建，经历过多少个战火纷飞的年代，接待过多少慕名而来的帝王将相和文人雅士，还成了当今国家的国际会客厅，就连中华人民共和国的第一部宪法也是在这里起草的。

西湖是长生不老的妙龄少女。

西湖虽是老人，却越显年轻，越发美丽，"欲把西湖比西子，淡妆浓抹总相宜"是苏轼对西湖的真实写照。

这次来西湖，与前次一样，正值仲春。雨后岸柳冒出新绿，垂在湖面，春风拂来，翩翩起舞，倒影在粼粼波光中跳动；一棵棵粗壮的老树焕发着青春：柳树满身铠甲，横在湖面；悬铃木一身斑驳，耸立路旁，虽不年轻，却仍有新枝勃发，郁郁葱葱。堤上路旁，绿茵茵的草坪，桃红李白，竞相绽放；白堤、苏堤、小瀛洲岛，人来人往；开阔的湖面上，百舸荡漾，对对情侣在独舟上悠闲地品茶，彰显着浪漫；古装游船忙碌地往返于湖心岛和湖岸各码头之间，时有大型现代游轮在湖面横行。

第二次来西湖，时值孟夏，堤上、路边的树木枝繁叶茂，遮天蔽日，烈日透过枝叶，形成一束束光柱，投放在游人身上，美轮美奂，让人如痴如醉；湖中莲蓬朵朵，荷花亭亭玉立，随风摇摆，又添采莲小船穿行其间，不禁让我想起宋代杨万里"接天莲叶无穷碧，映日荷花别样红"的诗句。

第一次是秋天来的，银杏树和梧桐树的叶子已经变黄，满树尽带黄金甲。秋风吹来，黄叶飘落，如蝴蝶在空中飞舞，撒在秋日的湖面上，宛如金色的小船，妩媚至极。

唯有冬天没有来过，但不难想象，冬日的西湖，有纷纷扬扬的雪花飘飞，也一定是银装素裹，分外妖娆。

其实，西湖的美景，不仅四季各异，就是从早到晚，也是变幻多端的。前一天是早晨去的，只见晓风杨柳，一层薄雾弥漫于湖面，恰似给西湖披上了一件轻纱。远远望去，游船在朦朦胧胧中穿行，堤岸上的拱桥、凉亭、游客时隐时现。湖光山色，烟柳画桥，宛如仙景，既似一幕幕晃动的皮影，又像一幅幅水墨长卷。中午时分，太阳揭去了西湖神秘的面纱，顿时将水墨画换成了工笔画。处处是美景，看得真真切切；人如画中游，大有飘飘欲仙之感。

今天驱车再来西湖，为了观赏到西湖夜景，我们特意住在了西湖近街的一家民宿。虽是阴天，未能感受到欧阳修《采桑子·残霞夕照西湖好》的意境，却观赏到了意想不到的另一番美景。

集贤亭是由岸上一条狭长的通道延伸到湖中的一座六角凉亭，这里是网红打卡地。一些汉服美女，乃至"孙悟空""猪八戒"也来到这里，甚至演起了"猪八戒背媳妇"的戏码。或许是司空见惯，并未引来太多游客的围观。从侧面望去，凉亭和通道上三三两两的游客倒映湖中，倒影在湖中随着微波而晃动，组成了一幅绝美的江南水墨画。难怪在这里直播的画面在网上十分受欢迎。

华灯初上，近处岸边是火树银花，湖中游船如繁星点点，远方则是灯火阑珊。雷峰塔在灯饰中更显辉煌。

以此为背景，为时半小时的音乐喷泉也在这里展示。随着音乐旋律和音量的起伏，喷泉随之起舞，忽高忽低，忽左忽右，色彩千变万化，形态婀娜多姿。让我遗憾的是，背景音乐居然没有《梁祝》。《梁祝》是名曲，于是我将音乐喷泉的录像配上这首曲子做成视频发到网上，总算是一个弥补。

其实，西湖在雨中的景色同样迷人。今天的西湖，春雨霏霏，烟雨蒙蒙；远山近水，如在梦中。这时，让我联想到了苏轼的名句："水光潋滟晴方好，山色空蒙雨亦奇""春衫犹是，小蛮针线，曾湿西湖雨"。

还让我们感到神奇的是，西湖既是游人如织的景区，又是野生动物的乐园。岸边几乎树树有松鼠，湖中处处有鸳鸯，天鹅、野鸭、小鸟也随处可见。它们似乎特别爱去游客多的地方，尤其喜欢与游人亲近。原来，西湖美景是人类与动物共同所拥有，于是，人类与动物也就成为和谐相处的朋友。

西湖是忠贞爱情的发源之地。大凡忠贞、美丽、经典的爱情故事，大都传说于此，堪称爱情之湖。

西湖之美，不仅仅是风景，还有那迷人的爱情传说；西湖不仅仅是水柔，还有那断肠的柔情；西湖的桥多，每一座桥都诉说着一个动人的故事，其中就有三座情人桥，诉说着四对恋人的故事。

最有名的莫过于断桥，它与雷峰塔一起，见证了白素贞与许仙千年等一回的曲折爱情。

还有长桥，是梁山伯与祝英台往返18次相送之地。元代冯士颐所作的《和西湖竹枝词》，记载了南宋淳熙年间，书生王宣教与女子陶师儿相爱不成，在月圆之夜，双双在长桥投湖自尽，瞬间在湖面开出了两朵玉芙蓉的故事。从此，长桥又有了一个别称——"双投桥"。

如果说断桥和长桥所传说的《梁祝》《白蛇传》的故事带有玄幻色彩的话，那么最令人信服的莫过于西泠桥关于南北朝歌伎苏小小的爱情故事了。苏小小从小受到西湖山水的滋养，不但姿容如画，而且心灵聪慧，无师自通，出口成章，仿佛天生就是一位诗人。她与当朝宰相之子阮郁相爱，至死不渝，因病魂断于斯，不但白居易为她写诗，袁牧为她刻章，而且由曾受恩于她的滑州鲍刺史将她安葬于西泠桥旁。今有西泠桥旁的苏小小之墓为证。

因为西湖是浪漫爱情之湖，所以刀郎去年瞬间火遍全球的爱情歌曲《花妖》，也把这里作为背景。

西湖是中国丰富的文化宝库。

西湖不但处处是美景，而且共200多个大小景点，无不充满着文化的气息。尤其是灵隐寺、岳王庙、雷峰塔等处，有着丰富的历史文化宝藏，文化古迹闻名天下。可以说，西湖是文化含量最高的风景区。正是因为丰富的历史文化遗产、独特的园林建筑、深厚的文化底蕴、多彩的艺术文化活动，西湖才得以惹眼全球，震惊世界。

西湖自古以来就是文人墨客的聚集地，留下了数不胜数的文学作品、传世之作、千古绝唱。所到之处，顺手查来，都有文人佳作。可以说，走进西湖，也就走进了唐诗，走进了宋词，走进了民间传说，走进了文学殿堂。

西湖是中国传统的园林文化代表之一，以其独特的"两堤三岛"格局和因地制宜的景观布局而著名。这些园林景点和历史文化遗迹无不展现出人与自然和谐相处的理念。

来到这里，时有所见，许多景点都有各种丰富多彩的艺术文化活动，如音乐会、画展等。因此，游客可随处欣赏，感受艺术文化的魅力。

前后两天的西湖之游，累并快乐着。意犹未尽，填小令一首：

忆江南·西湖游

春风畅，犹在画中游。李白桃红垂柳醉，湖宽堤长小船悠。追梦忆杭州。

水墨江南乌镇游

乌镇有着7000多年的历史，是中国典型的江南水乡古镇，被称为"最后的枕水人家"，是国家5A级旅游景区。

乌镇是一个令人魂牵梦萦之地，游乌镇是我多年来的梦想。而西湖距乌镇仅有80多公里，前晚住在西湖，昨天自然得来乌镇看看，于是开启了乌镇自驾游的行程。

来到乌镇，住在离主景区仅1公里之遥的慈云街。从慈云街街头望去，街道直直地通向天边。清一色的两层徽式建筑，统一的装饰风格，除了民宿、食店，几乎全是古装汉服门店。而且每家门店都有一个文雅的名字，让人感觉似乎回到了唐宋时期。

街道的后面是一条与街道平行的河流。河水清清，映着蓝天白云；岸边虽无垂柳，却有一座古代护城河用的吊桥。

进入房间，干净、整洁的环境，高档、人性化的设施，加上服务员热情周到的服务，让我们顿生如家之感。

中午进民宿对面的食店就餐，女老板居然是说四川话的重庆人，于是又多了一分亲近，吃饭菜的感受又平添了一分家乡味。

上午去东栅，我们随着三三两两的游客进入景区牌坊。

进了牌坊，一条小河横在面前，右边是一座小湖，其实就是游船码头。湖中排列着一只只江南特有的小木船，我们想趁着体力还足，先步行游览，到了尽头再乘船返回。于是，我们沿着湖岸的游廊，到了河的对岸，再顺着河边小街一路前行。

街道虽宽不足3米，但街面全由青石砌成，磨得油光发亮，透出历史的古老；两边全是老式门店，房屋陈旧得黄里透黑，屋檐连成一片，古镇的韵味尽收眼底。

每隔不足200米，就有一座石拱桥连通对岸，时有小船从拱桥穿过，让人陶醉在这份美丽与宁静之中。

莫看街道狭窄，里面的巷道却四通八达，连接着一座又一座展览馆。约2公里长的老街，居然有7家陈列馆或展览馆，且大都是三进式院落，一座连着一座，如同迷宫。

馆中展示的古物十分稀有，件件都是历史的老人，向我们述说着一个又一个乌镇的名人和故事。

江南百床馆收藏了数十张明代、清代和近代的江南古床精品；江浙分府为明代浙直分署，是乌镇历史上特有的一个政府机关，职掌巡盐捕盗，兼理地方词讼，俗称二府衙门；江南民俗馆通过实物、蜡像、照片等不同形式，展示的是晚清至民国时期乌镇民间有关寿庆礼仪、婚育习俗、岁时节令和民间穿着等民俗；江南木雕陈列馆又名百花厅，素以木雕精美闻名，陈列的是中国古代木雕精品器件；余榴梁钱币馆陈列的是乌镇钱币收藏大家余榴梁集藏40年的世界230多个国家和地区历代的2.6万余枚钱币，尤其是中国上起夏商、下至现代的各种货币；印染博物馆展示的是古老的印染工具、工艺和产品。而我更感兴趣的莫过于茅盾故居陈列馆了。茅盾是乌镇东栅人，他不仅是乌镇的骄傲，还是中国的骄傲。他的文学经历、文学著作、文学精神，他所获的茅盾文学奖，激励和影响着一代又一代的文学创作者和文学爱好者。

游览完东栅老街、观前街、河边水阁、廊棚，感受到的是宁静秀美的景色，清幽婉约的气息，这应该是东栅能代表的江南水乡的特色吧。

此时本想乘游船返回，不料尽头却是东栅景区的出口，好在还有西栅的游船在等着我们，只有依依不舍地步出了东栅景区。

下午游览西栅。西栅的大门在世界互联网大会永久性会址对面。仅仅是景区的大门，就足以让我们震撼。高耸的牌坊，仰视方能看见的牌匾，仿佛在雄视着对面世界性大会，彰显着西栅的不凡。

进入西栅，游客多了起来，熙熙攘攘，川流不息。原来这里不仅是旅游风景区，还是可以入住的休闲度假之所；不仅有新进的游客，还有住在这里的常客。不过，入住价格一天上千元，可不是我等能问津的。

想不到，游客中的年轻人不少，且女性居多，着汉服者成群结队，仿佛转换了时空，把我们带入了古代。

店铺一家挨着一家，民宿店、小吃店、旅游商品店处处爆满，店店红火。望不出头的古街，古色古香，仿佛回到了千年以前；一砖一瓦，一木一石，都是历史的沉淀；来来往往的游客，似乎到了南京的秦淮人家。

这里不仅旱街热闹，水街也很别致。

旱街之间隔着一条小河，即水街，由拱桥相通。为了确保水街船只和旱街人流的畅通，拱桥都是高高抬起，船从桥孔过，人从桥上行，拾级而上，去往另一条旱街。

西栅可谓古桥博物园。各色各样的古桥，全是石头起拱。圆孔的，方孔的，三孔的，两孔的，独孔的，都属古代，桥桥相望，街街相通。

摇橹船是西栅唯一的交通工具，这里没有现代交通，全是人力，听不见机器声，闻不到汽油味，进出的货物唯有摇橹船，就连快递也是黄衣小哥由专用摇橹船送达，且停靠的小码头不足百米就有一个。因此，水街的摇橹船如同城市的车辆，右进左出，进出有序，鱼贯而入，鱼贯而出，且无声无息。

水街的水一片碧绿，看不见一丝杂质，没有一点漂浮物，清澈见底。除了摇橹船，只有水底鱼儿的悠闲游动。

走得累了，我们进入优雅的茶房，一边品茶，吃着茶点，一边欣赏江南特有的用吴侬软语表演的弹唱。

西栅的尽头是一座高耸入云的白莲塔。我们拜过关帝庙，穿过文昌阁，登上白莲寺塔楼，壮观的京杭大运河映入眼帘：宽阔的河面堪比长江；平静的水流在夕阳下金光闪烁；一艘艘巨型货船悠悠而过；河边垂柳依依，把运河装扮得更加美丽。这时，我不禁感慨古人的伟大，没有高科技勘测仪，没有现代设备，居然建成了长达1700多公里的运河。这运河如同古代高铁，堪称世界之最。试想，如果没有这条运河，乾隆怎能七下江南，古代的南北运输，人流的南来北往，谈何容易！高居白莲寺塔上，我不禁多此一想：京杭大运河经过7个省的20多个历史文化名城，国家何不统一规划，加大力度，组织各省、市联动，开发出一条独具特色的全程观光、历史文化旅游热线呢？

这时，华灯初上，微风习习，西栅的夜景别有一番韵味。旱街灯红酒绿，人头攒动；水街张灯结彩，映照在静谧的水面上，随着游船掀起的微波悠悠闪动。

我们乘坐6人的摇橹船，穿过一座座彩灯装饰的拱桥。岸上的景色如走马灯式地一一划过，我们恍若置身于仙境之中，犹在水墨画中游。

旱街的游客如潮，水街的寂然幽静；古代的建筑和汉服女，现代的游客和行装；白天旱街的人流涌动，水街的自然绿色，入夜旱街的灯火辉煌，水街的流光溢彩——这一动一静，一古一今，一昼一夜，形成了强烈的反差，也构成了西栅从早到晚一幅幅绝妙的动态画卷。

宁静的河流和古老的建筑在这里形成了有机的和谐。无论从哪个角度看去，每时每刻每处都是一幅幅美轮美奂、精致、经典、天然的江南水乡水墨画，无不如诗如歌，美得让人心醉神迷。

这古韵犹存、时光倒流的场景，仿佛是一部古老的故事书，每一条小巷、每一座房屋都在诉说着西栅千年的历史。每一个角落都散发出迷人的气息，都有着说不清道不明的万种风情。过去如此，现在如此。每天来这里的各色人等，至少上万人。或许每天都有人在这里上演着如泣如诉、如痴如醉的悲欢情愁！

来到这诗意栖息的美丽之地，漫步于时光的长廊，这种韵味，这种氛围，这种难以言表的风光，这种别具一格的古朴气息，无不让人陶醉其中，流连忘返！

难怪这里吸引了来自四面八方的游客，尤其是摄影爱好者、直播网红和汉服美女。

回到房间，我不胜感慨：人们若心不能放下，感受到的或许仍是煎熬；若真正放下了，感受到的或许就是灵魂的解脱。如果来到乌镇，置身于这样的美景之中，就算有再多红尘的烦恼，还有什么不能放下、不能快乐的呢？

以此诗为赞：

江南遍雨烟，水墨美人眠。
桥下小舟醉，春波伴列仙。

泽贵君看了我在"旅文天下"视频号所发的乌镇美景，也续来一绝：

江南水墨妍，春韵惹人怜。
画舫秋娘渡，莺亭谢女弦。

龙井游

4月1日游西湖，游之不及三分之一，甚为遗憾。此后恰逢清明，春雨绵绵。剑飞提醒我，来到西湖，必看龙井，此地确实值得一游。今晨放晴，于是开车前往，不料去后又下起雨来。

我们的车几经盘旋，先到了山腰里的中国茶文化博物馆。博物馆依山势建在云遮雾罩的山间，主要通过实物场景、图片、影像等丰富多彩的形式，展示中国十大名茶、各民族制茶饮茶的历史和文化。

然后进入龙井村，来到狮峰。虽是春雨淅沥，但这里仍是车水马龙，停车位一位难求。停车场的管理员好不容易为我们找到一个不算车位的车位，他却告诉我："幸好你们是今天来，雨天来，工作日来，不然来了就得走；今天来的车辆和游客量还不及昨天的三分之一呢。"

虽然下雨，但仍可以采茶。茶姑们三五成群，有的在路旁的茶园采茶，有的采完茶正赶回家吃午饭。她们叽叽喳喳，说说笑笑，满口的地方话，我们一句也听不懂。

沿途都是民宿和餐馆，我们就近进了一家。这家餐馆不大，已是座无虚席。一位游客为我们挪动了一下座位，我们才得以在窗前桌边坐了下来。一边避雨，一边吃饭。菜品不错，别具风味。

来到龙井，必定品茶。刚好过了清明，我们要来明前新茶，50元一杯。虽价格有些贵，但货真价实，想来也值。一品，味道果然不凡，与过去喝的龙井大不一样，且四泡之后，汤色依旧浓，味道仍鲜。走时不舍，我还连茶带汤将其装进了自己的保温杯。

　　离开餐馆，我们冒雨去观赏狮峰山下胡公庙前的18棵御茶树。

　　"天下名茶数龙井，龙井上品在狮峰。"而狮峰龙井全靠乾隆帝钦点的18棵御茶树。

　　传说当年乾隆皇帝下江南时，来到杭州狮峰山下，学着茶女采茶。他刚采了一把，忽然太监来报："太后有病，请皇上急速回京。"乾隆皇帝赶回京城，也带回了一把已经干了的杭州狮峰山的茶叶，散发着浓郁的香气。太后想尝尝这茶叶的味道，泡上喝了一口，双眼顿时舒适多了，喝完了茶，红肿消了，胃不胀了。她高兴地说："杭州龙井的茶叶真是灵丹妙药。"乾隆皇帝立即传令下去，将杭州龙井狮峰山下胡公庙前那18棵茶树封为御茶树，每年采摘新茶，专门进贡太后。

　　现在，这18棵御茶树依存，只是产量有限，据说每年总产量不到500克，因此十分珍贵。2005年，这18棵御茶树所产之茶曾以1两茶叶7.28万元的价格成功拍卖。

　　我们参观了胡公庙，也看到了胡公庙旁山崖下的老龙井。龙井泉面呈半圆形，宽约3米，水质纯洁。龙井之水的奇特之处在于搅动它时，水面顷刻出现一条分水线，仿佛游丝一样地不断摆动，然后渐渐消失，人们以为那是"龙须"。这一奇观引得到此的游客乐趣倍增。我们本想搅动一试，无奈井旁的搅水棒已用绳索拴住，只得无奈地离开。

　　我们主要还是想一睹18棵御茶树的风采。原以为御茶树既已200多岁，必是高大耸立，老态龙钟，但是找遍胡公庙四周均不见。一问才得知，就是胡公庙下，龙井左侧之上，一个用玉石栏杆围起来的小茶园中的18棵茶树。靠栏一看，御茶树高不过1米，与其他茶树无异，长得同样郁郁葱葱，刚刚冒出的绿芽带着雨滴，晶莹剔透，鲜嫩得让人心醉。这已大大打破我的想象，哪是"老树新枝"一词所能描述的？

　　乾隆来这里，曾手书"龙井八景"四字。这八景，即风篁岭、过溪亭、涤心沼、一片云、方圆庵、龙泓涧、神运石、翠峰阁。因雨下个不停，我们也来不及一一观赏，只有告别了龙井。

在停车场一侧，一座茶山高高耸立，云雾缭绕，茶树横列，层层叠叠，有观光步行栈道穿园而上，直抵山顶，远远望去，十分壮观。我本想航拍，无奈天公不作美，也只有告别。

让我百思不得其解的是，我们的车是凭车牌号扫码进入景区大门的，停车场不但车位紧张，而且是明码实价，1小时10元，出景区大门时扫码付费。我们在景区的时间不少于3小时，而出景区大门时，我们的车刚进入扫码区，并未付费，栏杆就高高抬起，自动放行。

我实在不愿享受这不明不白的恩赐，在此填词一首，以示回报。

沁园春·龙井茶赞

龙居狮峰，天地精华，宋代茶园。忆清为贡品，乾隆钦点；庙前御树，太后尝先。翠绿青尖，沸泉冲卷，凤舞龙飞上下翻。琼浆现、清澈汤碧色，雾贯云天。

入喉醇厚甘鲜，神清气、幽香飘若仙。似兰英渗舌，直温心间；芬芳穿鼻，浸润丹田。昔日盛名，今朝世赞，西子迎来八面缘。陆羽叹：数千年清友，品此唯欢！

石鼓书院游

今日春分，昼夜平分，正好我们来衡阳办事。上午没事，我们游览了离住处仅1公里之遥的石鼓书院。

石鼓书院为宋代四大书院之一。

书院前面的广场矗立着石鼓七贤的雕塑。他们神态各异，正在"指点江山，激扬文字"。石鼓七贤是明代万历年间石鼓书院中七贤祠所祀的韩愈、朱熹等七位大家。他们都是历史上著名的思想家、文学家，他们的思想影响了中华民族一代又一代人。

大门外是禹碑亭。亭中立有一块石碑，被称为禹碑，传说是大禹治水时留下的。明代嘉靖之后多有翻刻，上面形如蝌蚪的文字无人能识，但据说明代杨慎撰写过释文。

进入大门，右侧是石鼓，据说古时真有一个石鼓，敲之能发出鼓声，后来被沉于江中。现在山门处的石鼓是中华人民共和国成立后建公园时新造的。

大门左侧是展览室。室内陈列的是石鼓书院的文献资料和历史文物，历代名人、地方官吏多来此讲学、题字。

石鼓书院始建于唐，兴盛于宋，是湖湘文化的发源地之一。自书院成立以来屡建屡毁。最后一次是毁于日本人的炮火，当时只剩下了摩崖石刻，让人叹息。房屋毁了可以重建，而它所传递的文化却生生不息，由一代又一代发扬光大。

进入大门，拾级而上，左右两侧分别为李忠节公祠和武侯祠。

武侯祠建于右侧。据《一统志》载，诸葛亮以军师中郎将的身份驻军衡阳县，督办长沙、零陵、桂阳三郡军赋，当时住在石鼓山山上。为纪念诸葛亮"鞠躬尽瘁，死而后已"的精神和对其高风亮节的敬重与追怀，石鼓书院内建有"武侯庙"，后改称"武侯祠"。

左侧为李忠节公祠。李忠节原名李芾，衡阳人，南宋末年任湖南安抚使。为抗击元军，全家人都以身殉国。元代时在他的故宅建李忠节公祠，清代时移至此地。

穿两祠而上，便是大观楼。大观楼前，一尊高大的孔子雕塑矗立院中，其神态庄重而安详，充分展示出这位古代教育家、哲学家、思想家的智慧和伟大。

大观楼始建于明代万历末，是石鼓山山顶的观景建筑。原来书院建筑早已损毁，大观楼也为复建。一楼本为讲堂，现摆放着"七贤"牌位；二楼为藏书阁，我们没有上去。

穿过大观楼，即书院最后的合江亭。合江亭建于湘江与蒸水河交汇的半岛悬崖之上，三面环水，共有两层，一层是开放的，二层陈列有唐代韩愈所撰的题合江亭的匾额。

我们绕亭而观，两江水面开阔，平静如镜，装满蓝天白云，两岸景观倒映江中，时有游船划过，剪出微波串串；江岸垂柳依依，嫩芽点点，满树翠绿，一派春意盎然的景象。

远处有一座巍峨的宝塔，格外引人注目，据说是衡阳的中国名塔——来雁塔。因为隔江，我们也只有远观而一饱眼福了。

最后，我们在合江亭沿梯而下，行至江边。江岸岩石上的名人雕刻还依稀可见。望着湘江之水缓缓远去，我不禁喟叹：人生也如江水，景色再美也留不住；能留住的，唯有思想与文化！

八千年古舟，三万顷碧波

——杭州不仅有西湖

来到杭州，处处是景。难怪古人云"上有天堂，下有苏杭"。这次来杭州，我们住在萧山，不出住处10里的景区就有好几个。

3月26日，我们游览了湘湖。一听名称，让我不解，怎么冠以湖南之名呢？听导游讲，才知湘湖是因酷似洞庭湖而得名的。这个解释实在难以让我信服，拥有2500多平方公里水域的洞庭湖之浩瀚之壮美，岂是湘湖能比的？但这里湖光山色之秀美，却又似在洞庭湖之上，难怪被称为西湖的姊妹湖。

我们开车沿湖而行，打开车窗，享受着明媚的春光，沐浴着清新的春风，穿行在郁郁葱葱、花花绿绿的园林中。因担心时间不够，沿途的景点也只有一晃而过。

中午时分，我们停留在沐心岛。

沐心岛位于湘湖风景区正中，三面环湖，临水而居，倚木而栖。若从空中俯瞰，或从地图上看，该岛呈心形，还用栈桥连接着另一个小心形岛。

岛口是阳光大草坪，桃红李白，吸引来一对对情侣、一家家老小。

沿街的户外煮茶引人驻足，洁白的帐篷，古色古香的茶桌，精美的茶具，无不洋溢着南宋丞相郑清之《春茶》诗的茶情——"一杯春露暂留客，两腋清风几欲仙"。

在这里，我们还感受到了浓浓的文化味和读书味。没有想到，中国共产党萧山历史馆、萧山方志馆也设在了岛上，居然还有书院。在读书风气每况愈下的当今，即使如我等俗人，来这里也似乎显得雅了一些。

岛的中心是五星级露营地，摆放着一排排澳洲房车，房车内的设施设备齐全，自带独立小庭院，奢华而不失格调。

返回入岛处，我们在台州府午餐，点了个排骨菌汤，一盘青菜，一笼从未吃过的香团。食之鲜美，分量十足。进入台州府后院，只见一座座徽派建筑错落有致地排列于湖中，形成一条条水街，俨然乌镇，一派江南水乡景象。

虽然驱车沿湖跑了近一圈，但仍无总体印象。于是，我们来到老虎洞景区大门，启动无人机拍摄，想俯瞰湘湖全景。

随着无人机升高，向前推进，湘湖美景尽收眼底。在群山环抱中，风和日丽，湖面似镜，各种水鸟巡视湖面，蓝天白云倒映湖中，时有游船往返穿行。古色古香的亭台楼阁点缀在弯弯曲曲的湖岸边，一座又一座拱桥连接着一个又一个小岛，随着云影的变幻，湘湖犹如一幅幅动画。我看着遥控画面，不禁如痴如醉，不禁想起明代来曾奕为湘湖写的一首诗："湖山四顾渺无涯，几度低回幽兴赊。水底烟峦云影簇，桥旁渔艇柳荫遮。"

收回无人机，观赏完湘湖全貌，我们又想乘船一游，于是登上了游船。

游船上的游客虽然不多，但随船导游的讲解却不折不扣。我们从讲解中得知，此湖由北宋时期任萧山县县令的杨时组织修建。杨时系将乐即今福建人，1076年考中进士，在萧山县令任上的宋政和二年（1112），因百姓苦于屡旱，要求将城西1公里处的一片水田辟为湖，于是组织"以山为界，筑土为塘"，建成了这座人工水库，即湘湖。当时用湘湖的蓄水，可灌溉9乡14万亩农田，"水能蓄潦容干涧，旱足分流达九乡"是后人对杨时关心农事的歌颂。为了纪念杨时的功绩，人们将湘湖中最长的21孔拱桥，以开建的年号，取名为"政和桥"。

政和桥桥长200多米，能通车，两车道，远看如水上长虹，似无路灯装置。但实际上，桥梁两边的望柱与柱头都是石灯笼，夜晚特别好看，如明珠串联，光影流转。

我们的游船穿过政和桥，湖面更显开阔，远山如黛，影影绰绰；近水含烟，波光粼粼。

途中，一座四亭桥进入我们的视野，只见四座古亭对称耸立于一座长约百米的拱桥两侧，如四个威武雄壮的卫士，守护着近千年的湘湖。据说关于四亭桥的一幅摄影作品，曾于几年前在美国游人如织的纽约时代广场上亮相，惊艳了世界。

从湖中向海拔200多米的老虎洞山望去，一座古塔高耸入云。据导游讲，此塔为莲华古寺千佛塔，高七层，八角形，楼阁式，内有金佛千尊，故名千佛塔。原塔毁于火灾，现在的塔于2023年重建，目前正在最后修缮中，尚未正式开放，故只能从远处一睹其风采。

游船返回，我们结束了今天的游程，遗憾的是，尚有湘湖的城山怀古、览亭眺远、先照晨曦、跨湖夜月、杨岐钟声、横塘棹歌、湖心云影、山脚窑烟古代八景，当代的湘堤卧波、湘浦观鱼、忆杨思贤、绿岛掬星、湖心云影、城山怀古、湖桥拾梦、越堤夕照、纤道古风、越楼品茗、跨湖问史等20个景点，因距离原因而不能一一观赏和感受。

特别值得一提的是，在湘湖跨湖桥遗址出土了距今7000～8000年前的独木舟及相关遗迹，此舟为迄今发现的世界上年代最早的独木舟，得名"中华第一舟"；还有在湘湖的城山之巅的越王城遗址，可见证越王勾践"卧薪尝胆"的历史风云……这些，因时间关系，这次均未能现场感受，也只有留待下次弥补了。

此外，湘湖还是唐代著名诗人贺知章的故里，李白、孟浩然、陆游、秦观、温庭筠、文天祥、刘基等历代名人均在此留有不朽诗文。

孤山游

4月1日，我们在西湖沿白堤，经断桥残雪、平湖秋月，来到孤山。

孤山是西湖中最大的岛屿，是文物胜迹荟萃之地。现有胜景30处，主要有文澜阁、浙江省博物馆、西泠印社、防鹤亭、秋瑾墓等。

我们拾级而上，来到清代行宫遗址。这里曾经是清代多位皇帝出行西湖时的居住之地。现存的也只有建筑、园林遗址遗迹。它见证了康熙、乾隆南巡杭州，并对"西湖十景"进行"康熙钦定、乾隆题词"的史实，以及西湖景观因获得皇家推崇而再度振兴这一重要历史事件。

在孤山南麓便是西泠印社。西泠印社创建于清光绪三十年（1904），吴昌硕为第一任社长。它以"保存金石，研究印学，兼及书画"为宗旨，是海内外研究金石篆刻历史最悠久、成就最高、影响最广的民间艺术团体，有"天下第一名社"之誉。

西泠印社的建筑虽然没有传统的纵横格局，但亭台楼阁皆因山势高低而错落有致，一层叠一层，井然有序，堪称江南园林之佳作。主要建筑有柏堂、竹阁、仰贤亭、还朴精庐等，均挂匾披联，室外摩崖凿石林立，名人墨迹触目可见。内建中国印学博物馆，收藏历代字画、印章多达6000多件。2001年，西泠印社被国务院命名为全国重点文物保护单位；2009年，西泠印社领衔申报的"中国篆刻艺术"成功入选联合国教科文组织非物质文化遗产；2021年，西泠印社被命名为"浙江省国际人文交流基地"。

清代西湖行宫、西泠印社，久负盛名，今天总算见到了。虽然是遗址，但并不让我们遗憾。

游览南江，如赏江南

来到杭州，住在萧山。经过两天休整，今天精神不错，天气也不错，实在不忍宅在家里，便去了最近的南江公园。

南江公园位于新塘街道，被称为"萧山的太子湾公园"，是集园林娱乐、赏景于一体，具有丰富的文化内涵和江南园林风格的城市滨河绿地。

一进大门，春天的气息扑面而来：草长莺飞，桃红柳绿，鸟语花香，亭台楼阁。那古色古香的建筑，高低起伏的草坪，小桥流水的意境，争相斗艳的花卉，无不引人入胜。最诱人的莫过于核心景区，在荷兰式大风车前，一大片郁金香格外妖娆，不远处桃花林粉红色的娇态，吸引了一大批游客纷至沓来。这里已然成为"在水一方，诗画江南"的花境式主题公园。

南江公园属典型的江南园林风格。无论是"吴越广场""北干茅亭""妆亭古迹"，还是仿古走廊及其他建筑，无不将江南园林的风格和绵延千年的吴越文化烘托得淋漓尽致。

南江公园虽不能与名扬天下的西湖相比，但其小家碧玉的姿色却不输于杭州的同类公园。难怪南江公园在2018年与2019年杭州市"双最"公园评选中获得最佳B类公园第一名，连续被评为年度"最佳公园（景区）"。

后 记

在长篇小说《东山情》出版之前，有幸在四川省作家协会的改稿会上见到全国鲁迅文学奖获得者、山西省作家协会副主席李骏虎老师。他问我："你写过散文吗？"我回答："没有。"他没有再说什么。我心里明白，言下之意或许是没有学会爬，就去学习飞，写小说还是应该从写散文开始的。

于是，我有了补学散文创作的意向，首先拜读了彭家河的散文集《瓦下听风》《湖底的河流》。文中清香的泥土味和浓浓的乡愁味引起了我的共鸣，就有了从故乡写起的冲动。

我生在冯家湾，长在冯家湾，冯家湾留下了我儿时的记忆，也留下了许多有趣的故事和传说。因此，我笔下很快形成了十多篇有关故乡的散文，并发在了我的微信公众号"旅文天下"中。

做视频和旅游是我的业余爱好。这些年来，我自驾独自出行或随全家游览了省内外许多地方，制作成了游记视频。每年随团外出避暑或考察，我几乎成为他们业余的随团记者。我一路游，一路拍，一路写，连夜制作成游记音乐视频，并通过微信视频号"旅文天下"发出。由于手机内存有限，每天的录制资料必须在制成视频发出去后及时删除。这样就逼着我在完成素材的拍摄之后，当夜必须把解说词写出来，再解说、录音，然后剪辑，后配背景音乐，做字幕，待生成发出后，最后才删除当天的录制素材。收入书中的许多游记或散文，差不多就是在这个过程中完成的。

我曾在重庆待了四年，北京五年，海南一年，曾陪母亲和素清游北京、上海、浙江及江南诸地一月有余，随朋友游过黑龙江、青岛、西安、延安、山西、甘肃、河南、山东等地和壶口瀑布、五台山、泰山、蓬莱等景点，可惜没有留下完整的视频，也来不及补记，就只有留待以后补写了。

此外，还有这些年来一时兴起，或受人之托，形成的上百篇政论文、音乐研究、红楼梦研究、历史研究、书评、铭文之类的文章，未收入本书。

如果没有四川文学奖获得者彭家河一而再再而三地动员、鼓励、关心和帮助，我不可能创作长篇小说，也没有《东山情》的今天；同样，如果没有四川著名散文家彭家河对此书的审读和肯定，还专门写了序，我也没有信心将此书稿发到出版社。这里，向彭家河先生表示衷心的感谢！

收入书中之文，先萍既是第一时间的读者，也是送出版社之前最后的审稿者。几乎每一篇文章，她都可以负责任地指出一些问题或提出一些建议。在此表示感谢。

借此机会，对于关心、关注、鼓励我从事文学创作的所有朋友、文友，表示真诚的感谢。

冯忠良

2024年10月